U0075769

風雲時代

風雲時代

還珠樓主——著
還珠樓主
近代武俠經典復刻版
青城十九俠
一・驚逢錦蛟

目錄

推薦序

別開武俠生面的還珠樓主

《武俠小說史話》作者 林遙

中國的武俠小說發展到二十世紀三〇年代，創作的中心開始由南方轉移至北方的京津地區，遂有「北派五大家」的稱呼出現。這其中產生巨大影響的，當屬以「奇幻仙俠派」別開武俠生面的還珠樓主。

還珠樓主在筆下開創了世界上亙古未有、異想天開的奇幻世界：

關於自然現象者，海可煮之沸，地可掀之翻，山可役之走，人可化為獸，天可隱滅無跡，陸可沉落無形，以及其他等等；

關於故事的境界者，天外還有天，地底還有地，水下還有湖沼，石心還有精舍，以及其他等等；

對於生命的看法，靈魂可以離體，身外可以化身，借屍可以復活，自殺可以逃命，修煉可以長生，仙家卻有死劫，以及其他等等；

關於生活方面者，不食可以無饑，不衣可以無寒，行路可縮萬里成尺寸，談笑可由地室送天庭，以及其他等等；

關於戰鬥方面者，風霜水雪冰、日月星氣雲、金木水火土、雷電聲光磁，都有精英可以收攝，煉成功各種兇殺利器，相生相剋，以攻以守，藏可納之於懷，發而威力大到不可思議。

還珠樓主（一九〇二至一九六一），原名李善基，後改名李壽民，四川長壽人。他出身於書香門第，祖上世代簪纓，其父李元甫曾於光緒年間在蘇州做官，由於不滿官場黑暗，後辭官還鄉，靠教私塾為生。在父親的悉心教導下，李壽民從小便學習中國傳統文化，文學積澱頗豐。三歲伊始，李壽民讀書習字；到了五歲，已能吟詩作文；七歲時，已能寫下丈許楹聯；年方九歲，因一篇洋洋五千言的《「一」字論》，在鄉里有神童之稱。李壽民生平興趣廣泛，頗務雜學，於諸子百家、佛典道藏、醫卜星相無所不窺、無所不曉，堪稱奇才。

李壽民的人生經歷，跌宕曲折，傳奇色彩十分濃厚。十歲時，他在塾師「王二爺」的帶領下多次登上峨嵋和青城。李壽民後曾在日記中反覆提到「三上峨嵋，四登青城」的所見及體悟。李壽民的塾師「王二爺」與一般腐儒不同，不僅能如數家珍地即興解說掌故，還曾帶他前往峨嵋仙峰寺，拜見了一名精通氣功的和尚，此後堅持鍛煉，從未間斷。

峨嵋山、青城山優美的傳說故事，層巒疊嶂、千姿百態的壯麗景色，使童年的李壽民流連忘返，這種生活和經歷，也為他後來的作品《蜀山劍俠傳》和《青城十九俠》提供了豐富的創作源泉。

李壽民少年喪父，家道中落，隨母親投親蘇州，後移居天津，先後做過軍中幕僚、郵政局職員、報紙編輯等職務。

李壽民的愛情婚姻的經歷也非常不平凡。李壽民夫人孫經洵，父親是大中銀行董事長孫仲山。

一九二八年，李壽民經友人介紹，擔任天津警備總司令傅作義的中文秘書，彼時留英歸國的英文秘書段茂瀾和他興趣相投、十分要好。段茂瀾不久擔任天津電話局局長，邀請李壽民做他的秘書，李壽民應邀而去。一九二九年春，李壽民業餘時間兼職在孫仲山家中做家庭教師。二小姐孫經洵與這位比她大六歲的家庭教師相愛。得知此事後，孫仲山大怒，他將李壽民辭退，並嚴斥孫經洵，孫經洵憤而離家。孫仲山藉「拐帶良家婦女」之名，把李壽民送進監獄。開庭審理過程中，孫經洵出人意料地出現在旁聽席上，氣宇軒昂地表示婚姻自主權掌握在自己手中，李壽民因判無罪釋放。

一九三二年二月五日，李壽民與孫經洵舉行婚禮，彼時，他已開筆創作《蜀山劍俠傳》，寫完十二回，恰巧友人唐魯孫臨時代理《天風報》社務，力促李壽民將書稿交由《天風報》連載發表，李壽民答應下來，開始以還珠樓主為筆名，撰寫《蜀山劍俠傳》。

還珠樓主筆名的來歷，與李壽民的初戀有關。少年時期，李壽民曾在蘇州認識了比他年長三歲的姑娘文珠，兩人正是青梅竹馬、兩小無猜，嗣後感情漸生，彼此不離形影。十六歲時，李壽民意識到自己正處於初戀中。然而由於家境所迫，李壽民當時要北上天津謀生，後來兩人只能以書信往來。不想天意弄人，變故無常，文珠誤入風塵，從此杳無音訊，李壽民精神上受到創痛。婚後的李壽民還會偶爾提起文珠，夫人孫經洵聽後，對文珠的遭遇深感同情，建議他以還珠樓主為筆名，取唐代詩人張籍《節婦吟》「還君明珠雙淚垂」詩意，以此紀念文珠。

《蜀山劍俠傳》在《天風報》一經刊出，大受讀者歡迎，《天風報》發行量成倍增長，李壽民從此一發不可收拾，名聲越寫越大。

《蜀山劍俠傳》寫於「九一八」事變後不久，開篇以愛國情懷為基調。全書第一集第一回的第一位出場人物，是一名鬚髮全白的半百老人，他立於舟上，慨歎道：「哪堪故國回首月明中！如此江山，何時才能返吾家故物啊！」哀慼之情，溢於言表。

多年後，談及《蜀山劍俠傳》的創作歷程時，李壽民寫道：「第以稗官雖屬小道，立言貴有寄託，涉筆不慎，往往影響世道人心，故於荒唐事蹟之中，輒寓愛國孝親之旨。」

一九三七年，「七七」事變後，李壽民因為子女眾多，滯留北平，以寫小說為生。一九四二年二月，時任中央廣播協會會長的周大文（原北平市市長）邀請李壽民擔任偽職，李壽民為之拒絕，於是被冠以「涉嫌重慶分子」的罪名抓到憲兵隊，遭受鞭打、灌涼水甚至往眼睛揉辣椒麵等種種酷刑。然而李壽民始終不肯屈服，經過七十天的煎熬，終於在社會人士的保釋下出獄。這一次酷刑折磨，李壽民視力大損，不能親自執筆，只好請秘書筆錄由他口授的文字。李壽民踱步屋中，指天畫地，滔滔而談，逐步構築起自成一家的「劍仙世界」。

此後，李壽民的小說開始由報紙連載轉向大規模結集出書，《蜀山劍俠傳》、《青城十九俠》等作品相繼出版，在全國範圍內風靡一時。「還珠熱」在上海灘一度風行，《蜀山劍俠傳》每本印數達到上萬，仍滿足不了市場銷售，位於西藏路遠東飯店附近的一個小書攤，上午剛放出十餘本，下午即告售罄。

新中國成立後，李壽民不再繼續從事武俠小說創作。一九五一年五月，完成其第三十四部武俠小說《黑森林》後，李壽民宣佈「放棄武俠舊作」。在隨後出版的《獨手丐》的卷首前言中，他公開檢討自己二十多年來所寫「是那麼低級和內容空虛」，並表示「將銷行二十年、在舊小說中銷路最廣、讀者最多、歷時二十年而不衰、能夠顧我全家生活的《蜀山》、《青城》等帶有神怪性的武俠小說，在當局並未禁止的環境之下，毅然停止續作」。

《蜀山劍俠傳》這部五百萬字的曠世奇作就此戛然而止，全書的「峨嵋三次鬥劍」和「道家四九重劫」等故事的高潮部分並未出現，關係著正與邪之間的大決戰結局如何終成懸案。

放棄武俠小說寫作後，李壽民轉職成為一名京劇編導，編寫戲曲劇本。一九五五年，李壽民在《北京日報》第三版刊登了《一個荒誕、神怪小說製造者的自白》，對自己的過去做了反省和批判，文中說：「我所寫的這些所謂『武俠』的荒誕小說，內容都是憑空捏造的，也都是具有反動本質的。在這些書裡，有的是亂打亂殺，有的是恐怖殘忍，其中也夾雜一些色情淫亂的成分。這實際上替資產階級、封建地主階級作了宣傳品……今天回想過去我寫的那些壞書和它們對讀者的毒害，我真不寒而慄，日夜不安。我願意努力改造自己，盡自己的力量，多寫一些通俗讀物和劇本，多為人民作些事情，以贖我從前造下的罪愆。」

一九五六年春天，李壽民托人將自己寫的歷史小說《岳飛傳》帶往香港出版。一九五七年「整風運動」開始後，李壽民發表了歷史武俠小說《劇孟》，在「內容提要」中特別注明，此書「沒有舊劍俠小說的荒誕」。然而「反右運動」旋即展開，武俠小說再遭批判。一九五八年三月，《讀書》雜誌發表文章，抨擊此書為「滿紙荒唐言，一套騙人語」，作者寫道：

有一個中學的一部分學生因為互相借閱武俠小說而結合成一個集團，武俠小說中個人英雄主義的腐化思想，把這些青少年的思想毒害得和社會主義現實生活格格不入，這個小集團最後竟變成了反黨小集團！

《評還珠樓主的武俠小說〈劇孟〉》一文，從《蜀山劍俠傳》一路批到《劇孟》。一九五八年六月，李壽民讀此文後默然不語，次日凌晨即突發腦溢血，由此輾轉病榻兩年有餘。病榻上的李壽民萌生了創作歷史小說《杜甫》的念頭，一九六〇年二月，他躺在牀上，開始口授，到一九六一年二月十八日，《杜甫》初稿完成，共十一回，九萬餘字。《杜甫》的結尾講到，杜甫在窮愁潦倒間病死舟中，李壽民轉首告訴夫人孫經洵：「二小姐，我也要走了。你多保重！」三日後，一九六一年二月廿一日，李壽民因肺膿瘍不治，逝世於北京大學附屬醫院，恰和杜甫同壽，享年五十九歲。

還珠樓主在武俠小說作家中，其作品最能展現中國傳統文化特色。儒、道、佛等中國特色文化元素佔據了小說裡重要位置。他採用半文言半白話式的文字風格，語言淺近易懂，卻沒有受到西化語言的影響。

還珠樓主一生撰寫武俠小說約四十餘部，其中最能代表其創作成績及其地位的，是《蜀山劍俠傳》一書。

龐大的「蜀山」譜系

一九三二年，《蜀山劍俠傳》開始連載於天津《天風報》，一九三三年四月由天津百城書局出版第一集單行本，七月，改由文嵐簃古宋印書局出版第二至十七集，一九三八年五月，改由勵力印書局（後改名勵力出版社）出版第十八至三十六集。一九四五年，李壽民移居上海，不再登報連載，而是寫完一集（每集約十萬字）直接出版。上海正氣書局於一九四六年取得第一至三十六集的版權，一九四七年三月出版第三十七集，一直出版到五十五集（後五集為《蜀山劍俠後傳》），總三百二十九回，不含《後傳》則為三百零九回。在第五十五集結尾，依然是「欲知後事如何，且看下集分解」，出版日期為一九四九年三月。據說全書計畫完成一千萬字，如今只到五百萬字，關乎正邪大決戰的結局是「峨嵋三次鬥劍」和「道家四九重劫」，這也是最重要的故事高潮部分，但並未完成。

在還珠樓主的武俠小說中，《蜀山劍俠傳》是其開山扛鼎之作，通過一部《蜀山劍俠傳》，還珠樓主構築起了一個龐大的「蜀山」世界，他的多數武俠小說都是由「蜀山」延伸而出，可分為正傳、前傳、別傳、新傳、外傳等。

歸為「正傳」者有《蜀山劍俠傳》（一九三二）、《峨嵋七矮》（一九四六）及《蜀山劍俠後傳》（一九四八）；歸為「前傳」者有《柳湖俠隱》（一九四六）、《北海屠龍記》（一九四七）、《長眉真人傳》（一九四八）和《大漠英雄》（一九四八）。

歸為「別傳」者有《青城十九俠》（一九三五）、《武當異人傳》（一九四六）及《武當七女》（一九四九）。

歸為「新傳」者有《邊塞英雄譜》（一九三八）、《冷魂峪》（初名《天山飛俠》）（一九四七）及《蜀山劍俠新傳》（一九四七）。

歸為「外傳」者有《蠻荒俠隱》（一九三四）、《雲海爭奇記》（一九三八）、《皋蘭異人傳》（一九四三）、《黑孩兒》（一九四七）、《俠丐木尊者》（一九四七）、《女俠夜明珠》（初名《關中九俠》，一九四八）、《青門十四俠》（一九四八）、《大俠狄龍子》（一九四八）、《兵書峽》（一九四九）、《龍山四友》（一九四九）、《獨手丐》（一九四九）、《鐵笛子》（一九五〇）、《翼人影無雙》（一九五〇）和《白骷髏》（一九五一）。

此種劃分是以小說中的武功描寫為主，正傳、前傳、別傳、新傳，皆寫劍仙鬥法，而外傳則是以武術技擊為主，劍仙為次，有的甚至是完全沒有劍仙法寶。

在這些小說當中，最為經典和代表性的非《蜀山劍俠傳》莫屬，前後創作近二十年，是還珠樓主的心血之作，其設想之奇，氣魄之大，文字之美，功力之高，諸書無法與之相比。

在蜀山譜系中，《青城十九俠》亦是一篇力作，與《蜀山劍俠傳》堪稱雙璧，一九三五年五月起在《新北平報》連載，旋由天津勵力出版社出版單行本，至一九四三年十月出版第二十四集，一九四七年十一月由兩利書局出版、正氣書局印行第二十五集，全書未完。《蜀山劍俠傳》第十六集第一回（總一百六十六回）中曾藉矮叟朱梅之口言道：「師弟伏魔真人姜庶……執意要創設青城一派，以傳本門衣缽。頭一代按照先恩師遺偈，共只收男女弟子十九人。」《青城十九俠》即以朱梅的這段話鋪陳，著力記敘青城派劍仙的眾弟子——裘元、羅鷺、虞南綺、狄勿暴、狄勝男、呂靈姑、紀異、楊映雪、楊永以及紀登、陶鈞、楊翊、陳太真、呼延顯、尤璜、方環、司明、塗雷、顏虎等十九人修仙煉劍、行道誅邪、開創青城派的事蹟。還珠樓主有意識要在《蜀山劍俠傳》之外，別樹一幟，將「天下第五名山」的青城山和川黔滇苗疆作為小說背景，通過對「入世武俠」的生活經驗和人情世故的深切體會，創造出一個可與「蜀山峨嵋」媲美的藝術天地。

《青城十九俠》在談玄說異方面不及《蜀山劍俠傳》神奇宏偉，但某些章節，如虞南綺與裘元夜觀天體星群、李洪大戰太虛一元祖師蒼虛老人等，也是想像豐富，瑰麗不可方物。

《青城十九俠》與《蜀山劍俠傳》不同之處，在於還珠樓主並不專注於飛劍法寶的神奇超邁、仙山靈域的瑰麗奇幻和想像構思的出人意表，他藉四川、貴州、雲南等地的山川景物和當地民族生活為背景，把裘元、虞南綺夫婦的活動作為小說敘述主線，詳細地展示了裘元夫婦、狄氏姐弟、紀異、呂靈姑等青城派弟子的生活遭遇和歷經艱險、創立門派的曲折過程。比起《蜀山劍俠傳》來，本書不僅更顯得內容首尾連貫，結構相對完整，文字風格統一，而且作家筆下的人物，更富有濃厚的人情味，因而也更有獨特的文學價值。

《蠻荒俠隱》（一九三四）、《黑森林》（一九五〇）和《黑螞蟻》（一九五〇）等作品，繼承發展了還珠樓主以苗疆風土人情作為故事背景的構思方式。《青城十九俠》（一九三五）直接或間接地影響了眾多武俠小說作家，比他略晚幾年出道的「詭異奇情派」朱貞木，就繼承了他這一構思，其作品《羅剎夫人》（一九四八）、《苗疆風雲》（一九五一）等作品，就將故事背景選在了苗疆。

除《蜀山劍俠傳》和《青城十九俠》，還珠樓主其餘作品雖然成就不俗，但不及這兩部小說成就大，然而正如天地日月，縱有大小之分，但彼此間密切相連，缺一不可。

第一章　天外飛來

話說灌縣宣化門外，有一座永寧橋，是竹子和粗麻索做的。這橋橫跨江上，長有二三十丈。橋下急流洶湧，奔騰澎湃。每當春天水漲，波濤電射，宛如轟雷喧豗。人行橋上，搖搖欲墜。不由你不驚心動魄，目眩神昏。及至一過對岸，前進不遠，便是環山堰，修竹干霄，青林蔽日。襯上溪流索繞，綠波潺潺，越顯得水木清華，風景幽勝。

離堰半里，有一小村，名叫裘家廠壩。全村無外姓，只得百十戶人家，倒擁有一二百頃山田果園。裘氏世代都以耕讀傳家，房數也不多，彼時灌縣民風極淳厚，所以全族甚為殷富。

近村口頭一家，是裘姓的么房（川語：么房即最小一房）。房主人名叫裘友仁，妻子甄氏。乃祖曾為前明顯宦，李闖之亂殉節。他父親裘繼忠，因為自己是書香華裔，世受先朝餘恩，明亡以後，立誓不做異族官吏，只在家中料埋田畝，隱居不仕，豐衣足食，倒也悠閒。只是妻子老不生育，直到晚年，親友苦勸，才納了一個妾，第一年生下友仁。過了四、五年，又生了一個女兒，名叫芷仙。

友仁七歲，繼忠夫妻相次病故。友仁兄妹，全靠生母守節撫孤，經營家業，友仁長到十七歲上，剛娶妻不久，他生母也因病逝世。

且喜甄氏娘家是個大姓，人又賢惠，幫助丈夫料理家務，對芷仙也極友愛。友仁雖秉先人遺訓，不求聞達，卻是酷好讀書，閒來也教教妹子。

他有一表弟，名叫羅鷺，是成都人，比友仁小一歲，比芷仙大四歲。從小生得玉雪可愛，聰敏過人。他家原是宦裔，與裘家守著一樣的戒條。他父親在成都經商。小時隨了母親到裘家探親，友仁的父母很喜愛他。因彼此同心，便由雙方父母作主，與芷仙訂了婚約。

羅鷺平時和友仁更是莫逆，常常你來我去，一住就是一月兩個月，誰也捨不得離開。那時芷仙也一年比一年出落得美麗端淑，親上攀親，好上結好，一個得配這般英俊夫君，一個得著這般如花似玉的淑女為妻，哪有個不高興之理。偏偏先前因為彼此都未成年，自難合巹。後來又值兩家都遭大故，四川禮教觀念至重，居父母之喪，哪能談到婚姻二字。誰知就這幾年耽誤，便使勞燕分飛，鴛鴦折翼，兩人都幾乎身敗名裂。雖說前緣註定，也令人見了代他們難堪呢。

原來羅鷺生具異稟，膽力過人。雖和友仁一樣，也讀讀書，不廢書香世業，他卻別有一番見地。常說：「閱讀除了會做人外，便是獵取功名。我們既不做亡國大夫，獵取功名當然無望。卻眼看著許多無告之民，受貪官汙吏宰割。我們無權無勇，單憑一肚子書，也奈何人家不得，只好乾看著生氣，豈是聖賢己飢己溺的道理？那麼我們功名不說，連想做人也做不成了。再要輪到自己頭上，豈是讀書可了的？何如學些武藝，既可除暴安良，又可防衛自己，常將一腔熱血，淚灑孤窮，多麼痛快呢！」

因為他心中常懷著這種尚武任俠的觀念，十五六歲起，便到處留心，隨時物色奇人異士。直到父母死後，自己又是獨子，連姊妹通沒一個。擁有極大家財，又有父親留下的可靠老人經管。每日閒著無事，不是到灌縣去訪友仁，便在家中廣延賓客，結交豪士。末後居然被他物色到兩個有名武師，早晚用起功來。連友仁那裡，有時因久別想念，都是著人去請，而不似以前自己親身造訪了。

至於他那位青梅竹馬的愛侶聘妻李芷仙，雖因少年血氣未定，也未始沒有室家之想。但一則父喪未除；二則那兩位武師都說內家功夫，要練童子功才能紮下根底，最好是終身不娶，否則也等練成再完婚。最使他為難的便是這一件事。一則自己沒有弟兄，不孝有三，無後為大；二則不娶既太對不起友仁兄妹，自己也委實難於割捨，只好和兩武師明說，妻是萬萬不能不娶的，只須等到功夫練成以後。

他本有天生神力，又經高人指點，雖只三年工夫，已練成一身驚人本領。又因好客仗義，揮手千金，更得了一個俠士雅號。越使他興高彩烈，慨然以朱家、郭解自命。

友仁人最本分，和他感情雖然是莫逆，主意卻甚相反，覺得他鬧得不成樣子。又聽了他管理家業的老人說，少東用錢如泥沙，近來已年有虧耗，尤其俠士之名一出，官府已經加以注意。雖仗著鄉紳世家，奧援不少，終非善法。越發代他著急。想來想去，只有趕緊將妹子嫁出去，早一點收束他的身心，省得早晚鬧出事來。

好容易盼得他服滿。友仁年紀不大，倒也灼知人情世故。知道人在迷途，只有從側面想法，但只良言相勸是無用的。先是故意好幾月不往成都去，到了他服滿之日，一面命妻子將利害婉告芷仙，勸她不可過事拘泥；一面藉田裡豐收，收拾了一間精舍，請他前來賞花飲酒，盤桓些日。

羅鷺正因心上人兩年未見一面；友仁又和自己情投意合，從未用迂腐的話勸過自己。良友久隔，本就異常思念，這次也許是請來商量吉期。還好眼前武功已練得很有樣子，不必需人指點，到他那裡，閒時也是一樣用功。一接信，興高彩烈地趕了來見面。

友仁只推說鄉里事忙，少去看望，更不談催他完姻之事。二人敘完闊別，羅鷺照例請見表嫂。友仁答：「內人同舍妹，昨日因為長房二姊要出閣，接去幫做嫁衣了。就在村後不遠，已著人送信，少時便會回來的。」

羅鷺聞言，不禁心裡一動，臉上微紅，竟不往下再說。見友仁還睜著雙眼，覷定他的臉上，似要等他答話，只得遮飾道：「表嫂幫你照管這一大片家業，你又專好讀書種花，真能幹呢。」

友仁說：「你莫說，倒真也虧她呢。」

話猶未了，一個長年進來回道：「大娘請得小姐回來了。」

羅鷺聞言，便偷偷舉目往外望去，半晌不見人影，耳邊似聞蓮步細碎之聲自廳側甬道由近而遠。正覺有些悵惘，又聽友仁對長年道：「你去對大娘說，表少爺愛吃她做的渣渣鹹菜和血豆腐，把肥臘肉也多切些蒸起。（上三種食物，為蜀中民間常食名產。鄉間中人之家，每值秋末以後，直至次年夏季，均有大宗預備，客來即饗。物以外購為羞。）再挑些水豆腐，把豆花點好，就出來見客。」長年領命自去。

羅鷺暗忖：「芷仙近年老遠著自己，一見就躲，令人心裡頭悶氣。其實這也難怪，一個女孩家，習俗縛人，見了未過門的丈夫，哪有隨便談笑的膽子，不怕人家羞麼？又不比小的時候。看今日神氣，她再和上次一樣害羞，恐怕又見不成，連明日後日也未必有望。這一次又算是白來了。」

正在沉吟遐想，友仁忽道：「你看我真笨，天離吃晚飯還早呢，既約你來賞花，倒叫你陪我悶坐。快隨我到後面竹園看菊花去。」羅鷺本有一肚子話和友仁談笑，不知怎的，覺得沒有興致。聞言極為願意，便隨了友仁，往後園走去。

這裡原是走熟了的。羅鷺暗想：「從這廳走過圓長甬道，出門經假山後一片竹林裡面，便是他夫妻的臥房。房後有三間竹樓，以前芷仙曾在那裡消夏。如今涼秋九月了，不知今天還在那個樓層住不？」邊想邊走。剛出甬道，即從一間小書房後面繞進園去。

斜陽影裡，只見丹楓照眼，滿園秋色。一片十畝大小的菊畦裡，數百種各色菊花，在秋風寒露中爭妍鬥艷。再襯著四圍的綠松，又有奇石森列，真是景物清麗，令人目曠心怡。二人沿著菊畦，指點黃英，載品載笑。

正行之間，猛見路旁坡上花畦裡似乎動了兩動。友仁忽於此時告便先走。羅鷺疑是什麼野兔之類竄入，怕踐踏了名種。剛將身往坡上一縱，倏見畦心一片菊花叢中，有一兩朵極鮮豔的大花朵長了起來，不禁心裡怦地一動。待要回身退去，略一尋思，重又立定。脫口說：「表嫂表妹，怎的在此？」

原來那往上長起的，並不是什麼菊花，恰是友仁的妻子甄氏和芷仙二人，甄氏只是荊釵布裙，手裡拿著一把長竹花剪。芷仙想是歸家不久，便隨著嫂子匆匆走到花畦，華妝猶未卸完。因怕泥汙了衣服，兩隻長袖挽齊肘間，露出一雙又白又嫩新藕一般的皓腕。一手提著竹皮編成的花兜。裡面已放有十幾朵碗大的白菊花。雲裳錦衣，朱唇粉面，站在萬花叢中，夕陽影裡，越顯得玉膚如雪，潔比凝脂，花光人面，掩映流輝，神采照人，艷絕塵世。

芷仙先時雖經甄氏一再勸說，如見未婚夫君，不要忸怩害羞，並沒料到甄氏暗使促狹，騙她同往花畦剪菊。起初聽見友仁和羅鷺笑語之聲，便有些心頭著慌，打算回去。

甄氏悄悄說：「現在要避已來不及，你出去正好遇上。他們在下面必看不到坡上，也不會往這裡來。不如將身微俯，暫時隱過，等他二人走後，我們再走。」芷仙無法，只得依了。

待花縫中望見友仁引了羅鷺，逐漸走近坡前，芳心中已經焦急。剛幸友仁轉身，猜羅鷺也勢必跟去，誰知甄氏早打了主意，故意裝作失足，往前一滑。芷仙素來忠厚，沒有機心，見嫂嫂要跌，連忙用手去扶。甄氏就勢將她一拉，芷仙一個冷不防，不由隨了她同時站起。偏偏羅鷺又誤會坡上花畦裡有了野兔，將身往前一縱，恰好碰頭對面。就在彼此微一怔神之間，把芷仙羞了個滿臉紅霞，心頭亂跳。也不顧豐草礙足，丟下花籃，折轉身軀，一路抖著長袖，便往坡後邊慌不迭地退避下去。羅鷺才得看清來人面貌，果然見面就躲，好不又愛又惜。更怕她腳小滑跌，又不便出聲相阻，反而呆在那裡。

友仁解手回來，看見這等情形，暗自心中好笑。這時甄氏已從菊畦中款步走了出來，與羅鷺見禮。友仁故意埋怨她道：「羅弟遠來，你怎麼不到廚下招呼，卻領著妹子在此剪這菊花則甚？」

甄氏說：「這才稀奇，事情還用你說嗎？我看豆花還沒開鍋，天也還早，叫伙房（川語：廚子）添了幾截饟腸（即四川臘腸），又切了些截截菜、泡海椒，回房等鍋開。見妹子正卸妝，想起那年表弟在這兒吃菊花鍋子，說有清香。想做，怕一個人忙不過來，也沒容妹子把妝卸完，就拖了她走。萬想不到天都快黑啦，你們還會到園裡來。妹子臉皮嫩，看等一下好埋怨我哩。」

說罷，也不俟友仁答話，轉身對羅鷺道：「人表弟好久不上我家來，你哥哥想你得很，這回須要多住些日子。我正想做完吃的，再換衣服，出來談天，不想在這裡遇上。好在不是外人，老嫂子也不怕大表弟笑話。你還和你哥哥到書房去，我到灶房鋪排完了再來。」說罷，若嗔若喜地對友仁將嘴皮動了動，轉身便往路旁竹徑後走去。

友仁說：「你嫂嫂當家過日子，門門都好，就是嘴碎一點。你看我只問她一句話，她倒嘮嘮叨叨了一大串。」

羅鷺道：「友哥一天抱死書本，同我一樣不事生產，卻沒有可靠的人管理。若非嫂子賢慧能幹，有這片家業，倒麻煩死人哩。」

友仁只笑了笑。見天色漸暮，夕陽已薄崦嵫。園後青城山，被天半餘霞蒸起一片紫色。暮鴉陣陣，噪晚歸巢。秋風生涼，花畦中的千萬朵寒葩，明一片暗一片，隨風搖曳，已不似先時一望雲錦。知離開飯時間將近，便邀羅鷺往前面書房落座。

羅鷺見適才友仁夫妻伉儷深情，流露顏色，想起自身之事，不覺有感於中。暗想：「滿服授室，原是時候。自己素來豁達，又和友仁情逾昆仲，何況已經聘定，不比臨時央媒，本不是不可啟齒。無奈這兩年練武功時，常和同道諸友談及婚事，總說自己不好女色，只慕英俠，可惜自己終鮮兄弟。若非先人遺囑，嗣續為重，對於妻子，簡直可有可無。人聞此言，都道自己業已聘有艷妻，故作矯情之語。今日來此便議婚娶，雖友仁長厚，向不說人，豈不被那同道笑話？」

想了想，又想起：「成都劉家的那位老年姑母，平時主張自己早日完婚最力，每見必談，恨不能在服中便要舉辦才好。自己因嫌老年人嘮叨，都不願意常去走動。此次回轉成都，何不借請安問候為名，前去看望？那時不用開口，她必強著自己完姻。既可對那些同道裝作老人之命，被迫無奈；還可免去向友仁夫妻當面開口，省得心上愛妻覿面蓬山，令人難堪。只要正式成了夫妻，怕你不由我輕憐密愛，那時看你還往哪裡去躲？」想到這裡，臉上一喜，幾乎笑出聲來。

友仁先見羅鷺進屋後只管沉吟，忽顰忽喜，心中已瞧出了幾分。仍是裝作不知，故問：「何事面有喜色？」羅鷺聞言，越覺臉上發燒。一會，見長年端進燈來，擺好三副杯筷，知道芷仙不會出來同席。雖然近五、六年都是如此，惟獨今朝倍覺惘然。

長年擺好杯盤菜餚，甄氏也隨著進來，重敘寒暄，三人一同落座。至親至好，原不容套。甄氏素來健談，學問又極淵博，主客歡洽，談笑風生。雖然羅鷺眼中尚缺一人，還不顯寂寞。

酒闌，長年端上菊花鍋。友仁又問：「妹子吃飯不曾？」

甄氏道：「這位姑太太，還能短了她吃的？我一進房去，便搡（排揎之意）了我好幾句。是我給她賠了好幾句禮，才把她逗喜歡。單給她挑了兩樣素常愛吃的，看她端起飯碗，才走來的。不然，這頓飯會這麼晚？說真話，因她愛講過節，我有時心疼起來，恨不能她永不嫁人，留她在家裡過一輩子；有時恨起來，巴不得她早些出了門，等有客來，我好輕省一些。」

友仁一手把杯，一手拈著一片血豆腐，正往口裡送，聞言答道：「你老捨不得她出門，看到幾時是好？」

羅鷺聽他大妻問答到芷仙身上，也不做聲，只管盤算回轉成都如何進行。友仁夫妻只略談了幾句，便不再說。又問了羅鷺練武情形。大家都酒足飯飽，長年撤了殘料。甄氏命人去泡了一壺上好普洱茶，才行與羅鷺道了簡慢入內。

書房原是專為羅鷺收拾出來的一間精舍，佈置甚為雅潔。席散以後，甄氏又打發長年端了兩盤糖食果子出來。友仁也不再進去，便與羅鷺剪燭夜話，品茗談心。到了此時，才丟開旁的，互道別後之事。兩人直談到魚更三躍，方行同榻臥去。

隔天醒來，甄氏早就準備好了早點，一人一碗醪糟（即江米酒）打荷包蛋。吃完，商量要往青城山去。甄氏進房來說道：「天已不早，過一會兒就吃晌午，我連給你們做的蛋皮卷（形如北地春捲。以雞子和麵為皮，以肉絨加筍、菌、韭黃之類，炒熟為餡，再入油炸。外嫩黃而內香軟，不似北地春捲枯焦無味也。）下稀飯，都沒端出來。這時去遊山，什麼時候吃飯呢？」

二人聞言，看看日頭，果然業已近午，算計今日遊山，也難深入。再過三日，便是重九。索性在家中吃了晌午，歸途到長生宮去尋友仁一個方外之交，吃他一頓晚齋，回家來宵夜。等重九那一天，再往第一峰去登高。計議已定，一會吃完午飯，便與甄氏作別，往青城山走去。

那山原在裘家花圃的後面，登臨甚便。轉過房後，便是一條山路小徑。友仁雖是文人，因為自幼山居，走慣了的，並不怕勞。好在山中道士，有的是熟人，佣人食飲，一概不帶，一同空手偕行。繞過環山堰，走向入山正路。一路上盡是些參天修竹，凌霜未凋，泉聲松濤，交相應和。襯著秋陽猶暖，晴空一碧，越覺身在畫圖，應接不暇。

走沒多時，便到了長生宮。門前小道士認得友仁是師父好友，便要請進。友仁問知他師父邵凌虛正做午課，便不驚動，說聲回來必去看訪，仍同羅鷺前行。

約有二里多路，走入環青峽，蒼岸削立，峭壁排雲，甚是雄秀。尋著峽徑，盤旋上升。到了半山平處，走沒幾步，忽見前面一座小橋石闌上，臥著一個身軀矮瘦窮老頭兒。

那橋橫跨仕兩山中斷處，是兩塊二尺來寬、六七尺長的青石板搭成，石闌寬才半尺。倚視絕壑千尋，下臨無地，天風冷冷，吹人欲墮。膽小一點的人，都不敢低頭下視。那老者偏臥那窄石闌上，稍一不小心，怕不被風吹落下去，粉身碎骨。

二人一見，甚是驚異。先疑是老頭有什難過，特意喝醉了來此尋死。見他業已睡著，恐怕驟然一喊，將他驚落。直到身臨切近，羅鷺一手拉著老頭肩膀，然後低聲喚道：「老人家醒來，這裡大險，不是睡處。」喊了有十多聲，那老頭倏地醒轉，將臂一掙。那力量竟重有好幾百公斤，若非羅鷺天生神力，又早有防備，幾乎連老頭帶他自己都帶落到絕壑下面。

羅鷺不由吃了一驚，忙把老頭拖下橋闌。正要發話，老頭已指著羅鷺忿忿說道：「我老人家多吃了兩杯早酒，身上發燒。走遍青城山，好容易才找到這般涼快地方睡一回覺。有你多鳥事，把我吵醒則甚？」言還未了，噗的一聲，朝著羅鷺淋淋漓漓嘔了一大灘。

幸而羅鷺身法甚快，聞見老頭酒氣熏人，站在那裡搖搖晃晃，已防他要嘔吐。雖然避讓得快，沒有弄汙了一身，臉和手臂上已微微沾著一點餘滴，兀自覺得疼痛非凡，彷彿和碎石子打在身上一般。

羅鷺心中好氣又好笑，因為老頭是個醉人，不犯和他計較，便向他解釋：「哪個愛管你睡不著？只是你睜開眼看看，這石闌多窄，下面又是千百丈深溝。這裡風大，不說你不小心，要被風颳下去，還有你的命嗎？我們喊醒你，原是好意，你怎麼倒埋怨起人來？」

老頭怒道：「我一年吃醉了，不知來此睡多少好覺。偏偏今天背時，遇見你們這兩個不識貨的毛娃娃。這是你家的山？我偏愛在這兒睡，你們別管。」說罷，又往石闌上躺了下去。

羅鷺吃了他一頓辱罵，不由也生了氣，便道：「好！我看你偌大年紀，竟會不知好歹，說你不聽，由你去。睹你少時睡熟了，不被風吹下去才怪。你做鬼見閻王，莫說我們見死不救。」一邊說著，賭氣轉身就走。

那老者本已躺下，聞言卻不依起來，趕過橋去，拉著羅鷺嚷罵道：「你這小狗東西，我老人家好容易今天騙吃了個酒足飯飽，來此睡覺乘涼。被你一打岔，將我鬧醒，酒食都吐出來了。肚子一空，睡就沒有剛才香。我老人家還沒找你賠還我肚裡的酒食，你倒罵我不得好死。你這小狗東西巴不得我死了，好承受我的家當。今天賠還我適才那一頓酒食便罷，要不依我，我不送你們忤逆才怪。」一路說著許多無禮之言，兩隻又瘦又白的手卻拉緊羅鷺衣領，死也不放。

羅鷺見老頭胡鬧歪纏，年紀看去雖老，也不知為何身體竟那樣靈巧。腳底又似乎虛飄飄的，卻不見有多大力氣。自己枉練成了一身內外功夫，竟會被他跑來一把抓住，怎麼分解也分解不開。氣得幾乎想給他吃點苦頭，用內功中大擒拿法，將他兩手掰開。後來一想：「這種老無賴，勝之不武，反讓外人知道笑話。」只好忍氣喝道：「老頭兒，你再不放手，就要吃苦了。」

老頭仍是滿不理會，索性大嚷大罵起來。友仁從旁連連勸解，絲毫無效。老頭反說：「似你這等書呆子廢物，只會種花抱婆娘，我老人家還不屑理你呢！」

羅鷺幾番想要動粗，都勉強忍住。後來友仁見鬧得太不像話，又恐羅鷺氣急生事，聽出老頭口氣是要訛詐，只得認作活見鬼，便笑問老頭道：「你要我們賠你酒食，原物實在沒法歸還，折給你錢行不行呢？」

那老頭聞言，容色少和，答道：「要說賠我錢，我還不願意，不過也可將就，但是須要他親自拿出來。你也沒有錢，就有我也不屑於要。」

其實友仁因為山中羽流多半熟人，遊山不比出外，用錢不著，身上還是真的分文俱無。羅鷺雖帶著一些散碎銀子，少爺脾氣，服軟不服硬，吃老頭訛詐了去，委實不願。無奈老頭實在難惹，沾上便不放手，除了將他打倒，實無解法。但自己枉負義俠之名，恃強欺凌老弱，不問理由如何，終非雅道。想了想，對老頭道：「錢我便與你，只是似你這般行為，下次再向別人如此，犯在我的手內，難討公道。我們遊山，不犯與你嘔氣，也沒帶什麼零錢；這塊銀子，你拿去好好作一生理，省得靠賴騙營生。」

說罷，往囊內掏出一塊二兩多重的銀子。羅鷺還要往下說時，老頭見了銀子，立刻放手，面帶喜容，一把搶過，說道：「老人家是警戒你一次，賞你臉呢。你本來心裡老想跟我動手，但你那點兒鬼畫桃符（川語：罵人本領有限。）還不曉得行不行呢。」說罷，連頭也不回，竟往橋那邊走去。

羅鷺聽了，自是生氣。經友仁連勸帶拉，他為人素來豁達，走沒多遠，便已丟開。一路指點煙嵐，說說笑笑，不覺過了老楠坪。前方再轉過一座高崖，便離天師洞不遠了。

那崖壁立路側，面對一片廣原。原上生著一片茂林，鬱鬱森森，枝柯繁密。雖是九秋天氣，因為土暖泉甘，樹葉黃落甚少。濃蔭覆蓋中，不時看見一叢叢丹楓紅葉點綴其間。從高處望下去，宛似攤著一幅錦茵繡褥，華艷非凡。再加上天風冷冷，泉聲潺潺，崇山峻嶺，凝紫堆青，雲清天高，碧空無際，越發令人心曠神怡，萬慮皆忘。

羅鷺不住口地直讚有趣。友仁道：「這裡算得什麼？崖那邊紅葉茂林，一片丹霞，還要美得多呢。」

羅鷺正要隨了友仁舉步，忽聽來路天空中，有一種奇異微妙之聲由遠而近。抬頭一看，日光耀眼，看不清楚是什麼東西。彷彿見有一線光華，細如遊絲，比箭還疾，直往崖腳那片茂林之中投去。定睛一看，不禁「嗳呀」一聲，捨了友仁，從崖旁慌不迭用力將腳一點，一個長龍入海，往下穿去。到了下面，連縱帶躍，步履如飛，直往林中跑去。

友仁不解何意，不禁驚疑。隔有好一會，羅鷺才從林裡悶悶不樂地跑了上來。友仁問是何故？羅鷺道：「再也休提。我成年到頭訪求劍仙、俠客一類的異人，這兩三年也不知費了多少心血精神。雖物色到幾個有名的武師，真正飛行絕跡的異人卻未碰上一個。好容易今天遇上，又被我自己糊塗，當面錯過，豈不是平生一件恨事？」

友仁聽他說得沒頭沒腦，還是不懂，便問：「我們一路問來，只見著一個訛錢的老頭兒，哪碰見什麼異人？莫非適才你跳到那樹林裡，就是去找異人的麼？」

羅鷺自怨自艾地答道：「你哪知，那老人家便是一個飛行絕跡的異人，只怪我適才瞎了眼。他裝瘋裝呆地試我，我竟不知道，還當他是個老騙子。你想，那位老人家看上去已是年將半百，身子那樣瘦弱，竟敢醉臥在懸崖石闌之上，當然不是平常之人。這一層我見不透，且不說了。「單說我自幼酷好練武，雖是不得門徑，也著實有點根底。自從先父一亡故，這幾年得遇名師，練成一身內家功夫。雖不敢說鐵皮銅筋，刀槍不入，尋常兵刃暗器不打中我的要害，也傷不了我。怎麼會被這位老人家嘔吐出來的幾粒殘飯，打得臉上生疼？我竟蒙了頭，只顧生些閒氣，卻把這曠世難逢的良機忽略過去，真正可惜，該死！直到末後，聽見天空響聲來得異樣，頗與前些日在成都聽人說那劍仙御氣飛行的破空之聲相似。連忙留神追蹤趕去，已不及了。」

友仁見羅鷺滿臉懊悔，不住垂頭喪氣，便勸慰他道：「即便空中響聲果是劍仙一流，你又沒有看清，焉知便是那位老人家呢，凡事俱有前定，真是仙緣，遲早總會遇上，何須氣急到這般田地？」

言還未了，羅鷺答道：「你說得直輕巧，有那麼容易的事？起初我見他許多無理取鬧，太已不近人情，心想異人奇士往往故作瘋狂，遊戲三昧，未始沒有動物色之念。及至留神觀察，竟看不出一絲過人地方。總算還能忍耐，沒有恃強凌弱，鬧下笑話。同他分手走出老遠，我不知怎的，儘自心動回望。到了這坪上，從高望下，還隱約看見他一些影子。就只一轉顧間，便聽破空之聲。循影注視，已在林中現身，不是他是誰？

「還有一位瘦長的異人，手裡似乎拿著一叢叢未見過的花草，正從林中出迎。連忙趕下，只是一片金霞影子，微微一閃，便不見了。我跪在地下哀求了一陣，始終沒有看見，知道飛行已遠，才上來的。」

友仁聞言，也覺可惜。又勸慰道：「大弟不須後悔。你想他如不想見你，頭一次你既錯過，要是看不起你，第二次何必再顯形跡？像我才是無緣的人，先前連我的錢他都不要。後來我不隨你縱下崖去，固然無此本領膽力，上下相隔太遠，為何只你一個看見光華和他本人？我除了微聞聲息，什麼影子也沒看見，可見這位仙人事出有心，早晚總還要給你機會。那時再不留心錯過了，才算絕望呢。」

羅鷺仍是悶悶不樂，推說身子不快，連紅葉也懶得看，急於要回去。青城本是友仁常遊之所，此來專為陪客，只得由他。兩人仍由原路回轉，羅鷺還存萬一希望，逐處留神，哪有老頭影子。直到長生宮坡前，才碰見兩個道士，俱與友仁相熟，互相見禮，知宮中觀主邵凌虛聞得友仁遊山，已治素齋相陪。

友仁連未休歇，也覺力乏；道士盛情，不可不擾。道士堅邀進門，邵凌虛得信出迎。

羅鷺見那邵凌虛面目清癯，頗有道氣，不是平常羽流。暗想：「青城為道書上有名洞天福地，異人儘多方外之交，也許得知一點蹤跡。反正回去也沒事，不過因友仁不慣滿山亂跑，又恐友仁在側，異人不肯出見，打算將他送回家後，獨自再來尋訪。就朝道士打聽，也是辦法。」便不堅持，一同隨入。

長生宮原是昔日李雄、范長生隱居修道之所，歷代多是有道行的羽流做觀主，流傳的仙跡很多。這邵凌虛，出身世宦，看破世情出家。雖不是高人異士，人極風雅，尤其精於星相六壬之學。

友仁堅欲訪他，一則多日不見，歇腳敘闊；二則他精於占卜，年前曾託他起了一卦，說應在至親骨肉身上，就在這三年之內，主有絕大災厄。心想：「自家本分，不會有事。妹夫羅鷺好勇鬥狠，喜管閒事，莫非應在他的身上？」難得羅鷺到來，成心想請他看看相貌，斷斷休咎。

落座敘完寒暄，友仁略道來意。邵凌虛笑道：「令親身俱仙骨，氣宇清奇。若照他人看來，二目淨若澄波，而藏鋒蓄煞，蘭台紫府，隱現赤紋，天庭高露，三峰聳秀。雖說得天獨厚，祖上根基非比尋常，然而過清無濁，威稜內蓄，有正煞而無正權。彷佛群林蔽野，一木獨秀；危峰砥柱，獨峙中流。世上千年華蓋，能有幾株？龍門奇石，能有幾個？早晚還不是被大風狂瀾，摧殘淨盡。可惜一副大貴的骨架，反被一身至清至奇之氣掩蓋成了貧薄。主於幼遭孤露，弱冠以後，不但富貴難期，更無順心適意之時。縱不致流轉溝壑，也必蹭蹬終身。

「貧道卻不贊同這般說法。自以為造物生人，必有所為；英靈毓秀之氣所鍾，決非偶然。若不任他發洩，何必給他這種秉賦？以令親之相，置之富貴中人，誠非所宜。恕我言直，似這等清奇孤高骨相，如能拋棄外物，投身方外，雖然英煞暗藏，不能成佛成仙，也必可以成為像空空、精精一流的劍仙俠客。機緣遇合，據我看來，目前已在發動，恐不會遠了。」

友仁聽了，知他素來相得靈準，暗暗吃驚。羅鷺聞言，卻正合心意。剛想發問，邵凌虛又對友仁道：「若照目前來說，施主是至福人。三十年後，你二位比較，卻難說了。實對二位說，貧道數十年來，閱人何止千百，似這位這種至清至奇相貌，只在去年冬大雪，黃昏時節，見到過一個。那人是個老者，體形極為瘦小。彼時山頂雪封，漫說是人，連野獸也難飛渡，我卻見他從楠坪懸崖上緩步下來。匆匆一面，無緣攀談，儘自在後呼喚，道路又滑，身腿不健，未曾追上。我見他至少已有半仙之分，比這位又強得多了。」

羅鷺聞言，連忙細問形貌，果與適才所見老頭衣著身容俱都一樣，只是邵凌虛未曾見過第二面，問不出所以然來。心中悶悶的，猜定異人住在山裡，越發動了嚮往之心。這時一意訪仙，幾乎連心愛妻也置諸九霄雲外。

山中飯早，吃完齋，天還未黑。友仁見羅鷺滿臉愁思，恐入魔道，便和邵凌虛告辭回家。臨行悄問：「親人有災，是否羅鷺？」

邵凌虛道：「照前卦象看，彷彿應兆的人，於至憂絕危險之中，還有曠世奇逢。出死入生，先危後樂，好似屬於陰人。羅施主終難免遁跡方外，卻是無大凶險。」

這一番話，把友仁鬧了個心神不定。便疑心甄氏有了兩月天癸不至，莫非產期中有什亂子？萬也沒想到未出閣的妹子身上。

回家以後，兩郎舅各有各的心事，候到吃完宵夜，略談了談，便即就臥。第二日一早，友仁醒來，不見羅鷺，忙喚長年來問。回說：「天還沒亮，表少爺就叫門出去，說上青城山尋邵道士算卦，中飯後準回來，不要派人去找。」

友仁連忙著人到長生宮去問，說是昨日走後，並未去過。知是昨天的道兒，怕他遇見異人，真個出家，好不焦急。飯後正要著人遍山尋找，羅鷺已自回來。問出並未遇見老頭，略為放心。

由此，羅鷺住在友仁家中，也不言去，也不提起親事，沒早沒晚往山裡跑。有時友仁勸得急了，有一次竟藉故回轉成都，說去三五天，辦完事就回來。誰知他卻裹糧入山，連去數日，直到回來，才得知道。轉眼殘年快到，大雪封山。羅鷺雖有本領，也無法攀登，才行暫時中止，打算告別回去。

以前的事，友仁始終未向甄氏提起。反是甄氏聽下人傳說，又見親事越等越沒信，問起友仁，好生埋怨，說：「早知你這般呆法，還不如我來。只因你想等妹夫自家開口求說，差點沒弄出事來。」當下也不等羅鷺說出告辭的話，先備下一桌豐盛酒席。席間，仗著生花妙舌，把羅鷺父母的遺命和成家立業的做人大義，隱隱約約點了個透，卻沒表示有催娶之意。

羅鷺一連遊山數日，並無佳遇，已漸有些灰心。經這一席話，猛想起青梅竹馬之情和來時初意。大丈夫焉能負一孤女子？何況多年愛侶，豈忍令其丫角終老？不禁重起家室之想。聰明人一點便透。飯後，老著臉，和友仁說了心事，仍用來時打的主意：回成都去，使姑母開口主婚。連日期都商量好，趁著正月裡，友仁夫婦帶了芷仙給他姑母拜六十整壽，就便在成都辦理喜事。此時便算定局。

羅鷺因還要回家準備，第二日告辭動身。友仁夫妻，也不再留，總算少了一場心事。嫁妝早已安排妥當。因為當兄嫂的友愛，又是富家，刻意求工，連年也未安逸過，添了這樣，又是那樣。芷仙雖惱著嫂嫂老拿自己取笑，芳心中也自感激歡喜。

因為正月廿七是長親六十整壽，二月初二是吉期，需要期前趕去才來得及。所以忙過了十五，兄嫂妹子帶了幾名長年丫鬟，一行十餘人，逕往成都進發。嫁妝有的在成都早已備就寄存，有的也早都送去。大家歡天喜地，坐船動身，沿江東去。到達離成都還有三十多里路的周板場，上岸換轎，抄田岸中小路捷徑，往西門城內走去。

這時上元才過，孟春時節，雖沒什麼花草，偏巧前一天下了一場大雪。成都氣候溫和，雪存不住，道路非常泥濘難走，可是樹枝椏上的殘雪猶未消融淨盡，到處都是一樹樹的銀花，瓊枝堆艷，分外顯得華美。有時轎子走過矮樹底下。轎頂絆著樹枝，便灑了人一臉的雪水，陡地一涼，兀自覺得添了幾絲寒意。

友仁心裡埋怨轎夫，不該捨了石板大路不走，只顧貪走一些近路，卻去抄行這種野外田壟。路上這麼滑，要跌了芷仙怎好？正在尋思之際，忽見迎面田岸上走來一個道人，穿著打扮，好似哪裡見過。及至道人挨肩過去，才想清是在河壩上岸時節，曾見這道人向著自己的坐船探頭探腦。搔夫子說他已經跟了十多里地，鬼頭鬼腦，不是好人。罵了他幾句，他也沒理，只冷笑了兩聲走開。

當時因見這道人生相古怪凶惡，多看了他兩眼。隨後友仁忙著招呼家人們上轎，不多一會便動了身。這條路自己昔日走過，沒岔道，怎會從對面走來？不禁心中一動。

友仁坐的轎子原是頭一乘，芷仙第二、甄氏第三，第四乘是兩個陪嫁的丫環合坐。餘下便是些長年挑著行李，跟在後面。川俗淳厚，除友仁要看沿路風景，挑起轎簾外，所有婦女照例是轎簾低垂，外人再也看不見轎中人的面目。

那道人剛從友仁轎前過去，忽聽後面長年吆喝起來，同時又聽空中「嗡」的響了一下。友仁連忙探頭轎外，喊過長年詢問。那長年道：「適才一陣風颳過，不知怎的，上轎的時節，抬轎的搭扣沒扣好，大娘、大小姐和春蘭她們的轎簾都被風颳了起來。偏巧那鬼道士走來，竟往大娘、小姐的轎裡面探頭去看。我們見他不老成，罵著要打他，才嚇得他往田裡踩著稀泥跑了。我們怪抬轎的不小心，他們還死不認帳呢。」

友仁聞言忙攀扶手，探出頭去，往回路四下裡細看，只有遠處場壩上有兩三匹黃牛在那裡曬太陽。正是鄉下吃早餐的時候，雖然到處都有茅舍炊煙，並無人影，哪裡還有道人蹤跡。問道人逃走的方向，更是一望無際的水田。縱有秧針，才出水面一兩寸，有人也無處躲藏。

若在平時，友仁一腦子都是孔孟之書，哪信什麼邪魔外道。自從在青城山遇見那個怪老頭兒，又聽羅鷺平日說起劍仙異人，那般活靈活現，只數月光景，已然改了觀念。因知風塵中儘多異人，自己雖無目的，不由也要隨處留心。

友仁暗想：這兩次又遇見那個道人，尚可說他是土著，另有捷徑或腿快，又從前面趕回。惟獨這陣風來得奇怪。自己在前面，漫說不曾覺有風，連轎門幾串穗子都是迎面飄拂，不曾胡亂擺動。簾鉤縱不牢固，也不能後面三乘轎子的簾兒同時被風颳起，那道人又有那種可疑行徑。不禁駭怪起來。仗著一行人多，雖不害怕，總覺心神不安，如有大禍將至。當時恐啟家人驚疑，也未深說。只命長年招呼，將甄氏轎子移作第一乘，芷仙第二，自己改在第三。吩咐：「到了多加酒錢，快走！」

成都轎夫，本來出名的又穩又快。一聽到客人加了酒錢，自是賣力，一個個格外打起精神，往前飛走。雖然道路泥濘，禁不住熟能生巧。

友仁在轎中，望見前面兩乘轎子平如順水輕舟，貼在轎夫肩膀上，紋絲也不動地直向兩旁雪枝底下穿行過去。只聽泥腳板踏在泥水上吧吧響成一片，與轎夫呼喝之聲相應，兩旁尺許來長轎圍上的紅綠穗子，迎著微風，一齊向後飄拂，身子穩得和騰雲一般。

沒有半盞茶時，已跑出了幾里地，眼看再轉過一兩個田岸，便是進城大路。雖喜快到地頭，不知怎的，友仁還是覺得心神不寧。正不解今日是何緣故，無事發煩。忽聽後面鑾鈴響動，蹄聲得得，耳旁又聽喊聲大起，不由大吃一驚。還未及將頭伸出轎門去看，一騎快馬，已從斜刺裡飛一般往轎前衝來。定睛一看，不禁高興起來。同時來人已先時出聲招呼。

原來馬上坐著一個英俊少年，正是友仁好友而兼至親的小孟嘗羅鷺。因為算計姑母壽期將近，友仁全家快來，按照習俗，妻子尚未過門，本不應親身前去迎接。一則男家並無多人主持，再則自己和友仁，又是總角莫逆之交，素來大性豁達，連友仁家中都是一住幾月，哪還在乎這個。更平日一班好友因他婚禮在即，老拿前言嘲笑，索性老了臉皮，親來迎接，以免友仁不常大舉出門的累贅，好幫著下船時照料。

這兩日他都約了那兩個教他武藝的名武師申純、任中虎和一些下人，算計船到時刻，往河干迎候。他卻沒料到，友仁因成都親友太多，羅鷺平素又不拘小節，不比在青城是個山居，自己素來恬淡，除年節外，不與外人往來，凡事還是本著俗禮，省人背後議論。知他必在當午船到時候來接，特地多給撓夫子酒錢，頭天多趕了一站多路。次日未明開船，天亮就到。打算將妻、妹送到秦家之後，再去拜望羅鷺。

羅鷺午前到了河干，聞得清早到得有船，行李甚多，一打聽正是友仁全家。仗著馬快，沿路趕了下來，申、任二人在前，羅鷺在後。剛放完一轡頭，按馬緩行，耳旁猛聽路側叢樹林裡有人說道：「我出現得快了一步，那女孩同那一夥人雖然免難，畢竟還是被牛鼻子跑了。」又聽一人說：「那廝惡貫滿盈，不久終伏天誅。我們還是找白矮子去吧。」

羅鷺剛覺那頭一個說話聲音非常耳熟，要想回馬去看，前面申、任二武師已將韁繩一提，放開轡頭，跑了下去。羅鷺的馬戀群，不等羅鷺抖韁，一聲長嘶，也自跟蹤往前飛跑。畢竟心中惦記接人，被馬一跑，未暇深思。彷彿耳際還聽得天空似風箏般，很細微地嗡嗡響了兩聲。當時只顧放馬揚鞭，追趕前騎，均未在意。

直到會見友仁，一心敘闊，隨即丟開，將申、任二人招呼上前，分別引見之後，挨著友仁轎子，且談且走。不覺過完田岸，前面便入土路。

友仁忽然驚呼道：「大弟你看，天上是個什麼？」

羅鷺抬頭往上一看，只見一片灰雲，宛如一座百十丈的高峰，撲面飛來，彷彿很快。正相顧驚異，耳旁猛聽申純驚叫道：「禍事到了，前面的人還不停轎下來逃命！」言還未了，那座奇怪的雲峰已疾如奔馬一般捲到，忽然飛沙走石，狂風大作，天日無光，昏暗暗伸手不辨五指。只嚇得人喊馬嘶，亂作一片。

羅鷺和兩個武師那般本領，竟會搶不上前頭去。只勉強翻身下馬，伏在地上，彼此不能相顧。還算好，那風雲來得也快，去的也急，沒有半盞茶時，便即過去。依舊日暖風清，晴天一碧。眼看那座怪雲峰在日光下滾滾飛馳，轉眼往天邊飛去。

這時幾乘轎子大多連人跌翻，轎頂也被風揭去，行李也吹得四散零亂。風勢略定，羅鷺見第二乘轎子倒在路旁，兩名轎夫一個還在抱著轎桿掙扎，一個伏在地上連動也不動。心中惦記著芷仙，不知可曾受傷，先一箭步縱上前去。定睛一看，不由「嗳呀」一聲。原來轎中芷仙，竟然被風吹得不知去向。這一驚非同小可。

友仁先也從轎中跌出，總算還不曾受傷。因為變起非常，本來就嚇得面無人色。再聽羅鷺在芷仙轎前失聲驚叫，料知出了事故。懸著心跑將過來一看，越發嚇得體似篩糠，又驚又痛。還算羅鷺稍微鎮靜，連同兩武師遍處尋找。除甄氏那乘轎子的轎夫有些經驗，因見風大難支，不等招呼便即停轎，與友仁兩個人僥倖沒有受傷外，餘人雖然大半跌得皮青臉腫，肉破血流，俱還在場，只不見了芷仙一人。友仁夫婦與羅鷺，兩個是骨肉義重，一個是比翼情深，又是傷心，又是著急。先疑芷仙是被怪風吹出轎去，不知吹向何方。即率同了兩武師與手下健僕，乘著快馬，往四下裡搜尋，差不多把附近一二十里地面全都踏遍，全無蹤影。枉自憂傷腸斷，一籌莫展。

那姓申的武師，當年原是綠林俠盜，外號人稱無翼神燕，生平見多識廣。見友仁兩郎舅焦急，便勸慰道：「我看那旋風來得太奇，裘小姐如被風颳去，決非二三十里以內所能尋到下落。現在轎仰人翻，還有好些受傷的人和女眷們，裘兄文弱，無濟於事。莫如命轎夫將轎子收拾收拾，派兩名家人，護送裘兄夫婦行李，尋了住處。同時命家人在附近查看；我二人和羅賢弟騎著快馬，順著風行之路往前搜尋打探，或者還有萬一之想。否則裘小姐一個文弱女子，即使不曾受傷，孤身在遠處墜落，也有不便。」

友仁一聽，事已至此，雖然傷心，也是無法，只能盡人力，以聽天命罷了。夫妻倆向著羅鷺等三人，忍淚含悲，道了重托，告別往城中走去。還好轎夫雖有兩個重傷的，還空著一乘轎子，這時業已喘息過來，早將殘毀之處紮好。羅鷺吩咐先抬到自己家。又命兩個下人跟去，開發轎錢醫傷等費。送走了友仁夫婦。同了兩個武師，略商前途會合地點，快馬加鞭，分頭跑了下去。

可憐羅鷺既是傷心，又覺對不起友仁夫婦。如在服滿以前定好吉期，去年迎娶，恩愛夫妻早成連理，哪會遇上這樣天外飛來的橫禍？一路上心似油煎，用盡目力。一邊向人打聽，又加重托：如有人能尋見芷仙，不問人是死是活，不惜萬金重謝，連看帶跑，逢人遍告。直尋到黃昏時分，同武師分而復合者幾次，直跑了有一二百里路程，人雖不睏，卻已馬乏難行。羅鷺更是從早到晚，只在路上討了一些水喝。然而始終哪有分毫朕兆，前一段路上所問的人，還說也曾見有那座雲峰從天空飛過，只是越飛越高，轉眼不見，風也並不甚大。十里以外問人，簡直連那怪雲都無人看見，天已昏黑，無可奈何，兩武師再三勸慰，才垂頭喪氣，騎馬趕回。叫開城門到家，業已三更向盡。

友仁夫妻也是粒米未沾，哭得兩目皆腫。一見羅鷺等空身回來，知是絕望，越大放悲聲。羅鷺對景傷心，又是一番傷心腸斷。自此勸慰了好一陣，才行止淚。

羅鷺重又將二武師和許多門客請至後面商議，俱都無甚善策。就中只有一個新來的食客，名叫尤璜，年紀最輕，到才不過兩月，見家人紛紛議論，先是沉吟不語，忽然起立說道：「裘兄來時，路上可曾見什麼異兆麼？」

友仁說：「一路之上，倒也平安，起岸以後，不知如何，總覺心神不甚寧靜，不久便遇這場大禍了。」說著說著，猛又想那古怪道人，便將前事說了。

尤璜聞言，吃驚道：「照此說來，恐怕令妹難得生還了。」

眾人正要根問何故，那中武師忽然搶著說道：「尤兄言之有理，裘兄令妹必為妖人攝去無疑。起初，我見那雲峰來得古怪，因為昔年曾在邊荒之區遇見好幾次大旋風，將山中沙石都捲成了一根風柱，拔木揚塵，人畜遇上，皆無生理，先也疑是什麼颶風之類。

「後見那風來快去速，那麼大風力，並無砂石擊人，又疑不類。因為急於找人，未及向裘兄細問。如今一聽這道人行徑，猛想起舍妹那年才只五歲，同了小弟，還有保姆出遊，先也是遇見一怪老婆子，對保姆說，要將舍妹度上山去，被保姆和小弟將她罵走。第二日，先父帶了舍妹在門前閒立，又遇那怪老婆子。舍妹方和先父指說昨日之事，忽然一陣旋風，將舍妹颳去。日光底下，也見那風頭像一座小山，疾如奔馬飛走。先父連用家傳珠弩去射，均無效果。至今不知舍妹死活存亡。與裘兄令妹情形，正是大同小異。恐怕暫不能尋回去呢。」

尤璜冷笑一聲：「如此說來，妖人猖獗，我們只能束手任其宰割了？」

申武師道：「若論真實武功，我等縱然不行，尚可代約能人相助。這種飛行絕跡的妖人，除了劍俠飛仙，誰還是他敵手？不過裘兄與羅賢弟也無須悲傷，凡事皆有命定，人力也不可以不盡，吉凶禍福，正難逆。依弟之見，明日一早，再著十來個幹練家人，攏了盤川，分頭由附近各縣村鎮往前尋找，多出酬賞，尋找裘小姐的下落。如真不見，便是被妖人攝去，只好認命的了。」

友仁夫婦與羅鷺想了想，只此一法，明知報官無用，也不報官。互相又勸慰了一陣，略進了一些飲食，便即散了家人。挑了十多名幹僕，吩咐妥當，分別就臥，有事在心，哪能睡著，天還未大明，便即起身。羅鷺不必說，連友仁也帶了兩名同來長年，跟著出城尋找。

這時，羅鷺的姑母秦家同許多親友，俱都得到了凶信，趕來問訊。羅鷺、友仁已走，由甄氏出見，說了經過。恐駭人耳目，只隱起道人一節不提，眾人已經駭怪萬分。親屬戚友，俱在盛時，自然不能坐視，派人的派人，親往的親往，也紛紛幫忙尋找不迭。

似這樣接連亂了有一個多月，休說芷仙下落，連絲毫影子俱無。吉期自是耽誤，連秦家辦壽，一半為了想藉這個催娶侄媳，因為出了這場禍事，也都冷淡下來。

兩個月後，友仁、羅鷺雖然還在尋訪，已知凶多吉少，枉自痛哭悲悼，也無濟於事。

尤其羅鷺，自發生事變那天起，好像變了個人一般。日常總是神魂顛倒，若有絕大的心事。素來那般好客的行徑，一概收拾乾淨。除了友仁夫婦和兩位武師還略為周旋外，對誰都冷淡起來，每日只和那尤璜形影不離，同出同進。有時竟兩人關起門來談天，一談便是一夜。次日天還沒亮，又一同出去，一去就是好幾天不回家。友仁夫婦只說他為了尋找芷仙，憂傷太過，也曾勸解過幾次，羅鷺只微笑不答。

看看春去夏來，不覺四月初邊。芷仙固是鴻飛冥冥，無處尋蹤；羅鷺的性情舉止，也越來越覺乖僻古怪。他雖是生長在富貴膏粱之家，卻是秉賦聰明，長於知人，善別賢愚美惡，並非一味濫交。凡是投奔他的，交情不論新舊，只要有一技之長，無不盡情延納。慕名延聘的，更不必說。若來人是拿他當秧子的，他便用善言打發，酌贈金錢，使其知難而退，決不容留。所以門客眾多，並無奸人混跡，聲勢浩大，從未惹出事端。

不過來人既是些有名武師，江湖豪俠，自視多半甚高。起初主人禮貌殷勤，自然有如歸之樂。及見出了事變，主人忽然對大家落寞起來，先還原諒他心神受了刺激，不去見怪。後來日子一多，便以為他是重色輕友，一向好友，純是以金錢來盜買虛聲，漸漸就看他不起。持重一點的，念在素常解推延攬之情，還想再住些時，伺便勸勉；那性情較為粗豪的，早已相繼求去。有的竟連川資也不屑於要，來了個不辭而別。

羅鷺見門客紛紛辭去，凡當面告別的，雖不挽留，總還贈送極豐厚的程儀；對那不辭而別的人，只微微笑一笑，毫無惜別之容。鬧得未走的人個個短氣灰心，不久也都相率告辭。羅鷺仍照例送了川資，打發上路。走到後來，僅剩那兩位武師，因與羅鷺情兼師友，不忍就此一走。勸勉了好多次，羅鷺總是唯唯否否。每日仍和尤璜在一起，悲喜無常，和瘋人一般。那申武師看出是尤璜作祟，越看越不服氣。這日，竟當著羅鷺，要和尤璜較量。尤璜答應晚上三更後，在後面竹園奉陪。申武師見羅鷺並不攔勸，好生不快，準備晚上將尤璜痛打一頓，也來個不辭而別。訂好了約，拂袖而去。

羅鷺同尤璜在書房內又密談了一陣。晚餐前走到後面，看了友仁夫婦，忽然撲地下拜。友仁夫婦大驚，問他何故如此。羅鷺只用言語支吾，並未說出所以然來。接著又傳見老管家鄭誠，略問了問家事。與友仁夫婦同吃了晚飯，直談到三更將盡，才行道了安置走去。

這時，已是四月初旬天氣。甄氏來時，身懷有孕，肚子一天大似一天。芷仙既然歸還無望，哪能將小孩養在親戚家裡？恐再住下去，不便回家，路上動了胎氣。又加出門數月，家中無人照顧。因當晚羅鷺面有喜色，有說有笑，不似平時愁眉不展，夫妻同聲微露告辭之意。羅鷺聽說，連道：「好，好。」只勸友仁夫婦再住兩日。友仁夫婦當時並未在意。

次早起來，友仁夫婦忽見老管家鄭誠氣急敗壞地跑了進來，口裡直喊：「這怎麼辦？」說著，手中遞過一封書信。友仁認出是羅鷺親筆寫給自己的信，心中已是一跳。

看完之後，不禁大吃一驚，便問事由何起。

鄭誠喘息略定，說：「昨日申、任兩位武師，曾約那姓尤的比武。少老爺當時並未攔阻，後同姓尤的談了一會，便關起門來寫信。我等因少老爺和眾武師時常掄刀動槍慣了的，反正是比著玩，又沒出過亂子，統沒在意。要是大白日裡，還想看看熱鬧。半夜三更，大家都累乏了，少老爺又在事前招呼不要人去，也就樂得早些去睡了。

「今早起來，我侄兒么毛來和我說，他昨晚曾去後園偷看來著。見少老爺同那姓尤的先在亭子裡點了兩支燭在等候。三更過去，兩位武師各拿一個包袱和兵器，氣沖沖走來，見面便要和那姓尤的動手。是少老爺攔住，請到亭裡，朝著兩位武師便跪了下去，磕了好幾個頭，也不知說了些什麼。又從亭桌底下，取出兩包日前和我要去的金條，親手送給兩位武師。談談說說，武也不比了，反都和姓尤的親熱起來。一到四更，少老爺便說聲：『我一切都安排好，是時候了，我二人先送一程吧。』兩位武師略讓了讓，便一同跳出牆去。我侄兒等了一會兒，便回來睡了。

「少老爺常吩咐下人，不等呼喚，不要到書房去伺候。起身又沒定時。我侄兒睡了晚覺，起來已是不早，還沒見少老爺起身。想起申、任兩位武師是少老爺用重禮託人聘來學習武藝，平時待他二位甚是恭敬，為何人家要走，卻不開門送出，竟去跳牆？

「少老爺除了用錢，從不問我家務，昨日又問得那般仔細，心中奇怪。拚著擔些不是，打算問個明白。見少老爺房門緊閉，房門倒插，門內無人，桌上擺著兩封信。撥開門進去一看，一封是給袁老爺的，一封是給我的。上面寫著少老爺業已看破世情，決意棄家尋訪異人，修道報仇。將家業交袁老爺與我分別照管，歲時修埋墳塋，多做功德。一二十年之內，如其在外不死，必定還要回家一次，那時再定立嗣之事。有人問起，只說今日一早同友出遊，去尋袁小姐生死下落。現在打算命人出去尋找，自己又不敢作主，來聽袁老爺吩咐。」

給友仁的信，與給鄭誠的信大同小異。不過除托友仁督率鄭誠料理家業，歲時修墓祭掃外，還再三說：此行不遇異人不歸。芷仙失蹤，乃是妖人所害。追本窮源，還是自己所誤。既無以對芷仙，又無以對友仁。縱不能身入仙門，死活也要尋著劍俠一類的異人，去找妖人報仇。自己和同去之人，俱是日行數百里的腳程，萬不可命人追趕。自己暫時不歸，如一聲張，反啟外人驚疑等等。

友仁和甄氏一商量，知道羅鷺之志已決，無可挽回，只好依他為是。眼看鄭誠含淚出去，想起芷仙，又是一場悲痛。便照羅鷺信中之言，和鄭誠商量佈置了一番。吩咐如有糾葛，或者羅鷺回來，急速往青城送信。又住了幾日，看無甚事，才與鄭誠作別。夫妻回轉青城山麓後，甄氏足月不產。友仁十分著急，幾次求神問卦，都是吉兆。

長生宮道士邵凌虛，也說決無妨礙。友仁因芷仙失蹤，羅鷺棄家修道，前言一一應驗，才略放一些寬心。

直到當年除夕，甄氏日裡料理年事，未免稍勞。友仁勸她不聽，說這十幾個月都不生養，看她今天偏生下來。夫妻本是說笑，誰知到了夜間，果然發動。好在自足月起，穩婆和戚族中有經驗的老人早請好在家裡，連過年也未放走。一切俱都順手，當晚子正，竟生下一個男孩。甄氏生時，也未多受痛苦。

這男孩雖懷有十幾個月，身子並不顯長大，卻生得像個小瘦猴一般。只是啼聲洪亮，一雙眼睛尤其黑大圓光，的的流轉，看人絲毫不畏懼。因是頭生，夫妻二人自然十分喜愛。三朝滿月，照例熱鬧過去。大年三十晚上子時，已交正月初一，便取了個乳名，叫做元兒。

光陰迅速，轉眼不覺過了五年。這元兒雖是身軀瘦小，卻是異常結實，永沒生過什麼病痛。又加上天生就絕頂聰明，無論什麼，大人一教就會。小小年紀，應對賓客，居然中節，宛若成人。友仁夫妻自是鍾愛已極。這時長生宮觀主邵凌虛雲遊在外，已是數年未歸。友仁見兒子聰明，漸漸教他認字讀書。課子調妻，倒也享受一些天倫之樂。

當元兒剛生下時，依了友仁，因為邵凌虛命相驚人，原想請他算算元兒終身休咎。甄氏卻說：「邵凌虛是張破嘴，說禍不說福。他說妹夫、妹子有災，俱都應驗。我們雖然年輕，剛生頭一個兒子，既不想做異族的官，只把書理讀通，守著這份田產，保著耕讀世業，也就罷了。難道安分克己，還有什麼風波不成？你找他算，算好便好；算不好，心裡頭無端多一個疙瘩。俗語說：『怕鬼有鬼。』那才糟呢。你們讀書人，偏愛這些婆婆媽媽的。」

友仁聞言，雖然不便違忤愛妻意旨，不知怎的，總覺這孩子有些與別人異樣：第一，從不愛吃葷；第二是剛學會走路，便喜歡強著家中長年帶了他往山裡跑；尤其是喜靜怕熱鬧。左近親鄰家的小孩，見面休說一起玩耍，連理都不愛理。平時同了大人走到山麓幽僻之處，獨自坐在山石上面，仰天望雲，常帶著沉思神氣，動不動就坐到夕陽啣山，大人幾番催迫，才戀戀不捨地回家。友仁因當初羅鷺是幼時愛武好道，才有後來棄家學道之事，這孩子竟比他還要變本加厲，如何不起疑慮?先想求教邵凌虛，被甄氏攔住。

後來邵凌虛一走，就成了心事，橫亙胸中，也未對甄氏說起。

這年又是八月天氣。頭一天中秋佳節，夫妻兒子三人，照例歡喜過完了節。第二日覺著餘興未盡，又命伙房備了幾樣可口酒菜，準備晚間對月痛飲。

到了黃昏月上，友仁夫妻攜了元兒同到後園。長年早在土坡涼亭外石桌上擺好杯著酒料。夫妻兒子三人一同落座。甄氏一面給友仁斟酒夾菜，一面又拉著元兒小手，問他前兩日所讀的書。友仁見坡下菊畦中黃英初孕，綠葉紛披，在月光下隨風招展起伏，宛如一片綠波中，隱現著幾十點金星。仰頭往上一看，明月當空，冰輪如鏡，碧空萬里，淨無纖塵。遙望青城山色，一片青碧，宛若翠屏。有時崖腰山半，急然湧起一團團的青雲，又將山容映變成了深紫，凝輝幻彩，閃爍有光。移時輕雲離山升起，先還成團成絮，及至被山風一吹，又變作一條一縷的輕絹素紈，緩緩飄揚。山容也跟著雲兒的升沉，改換它的裝扮。

再加上秋風不寒，只有涼意襲人襟袂，心胸曠爽。越顯佳景難逢，月明似水，風物幽麗，清絕人間。

友仁夫妻酒量本好。元兒年幼，雖不准他多飲，卻偏要陪父母夜酌，幾番催促，都不肯睡。直到魚更三躍，友仁酒在心頭，又想起芷仙為妖風颳走，多半化為異物，骨肉情懷，不由淒然淚下，甄氏不住含淚相勸才罷。

元兒見父母傷感，倚在甄氏懷中，不住追問當時細情同芷仙颩走的方向。

甄氏說：「你娘娘（川語稱姑母為娘娘）失蹤的事，與你不是說一回了，只管追問則甚？好容易才將你爹勸住，莫不成又招惹他的傷心？」

元兒說：「媽你不知道。自從娘娘被風颩走，這多年來，從沒斷過打聽尋訪。活著有人，死了有屍，哪有幾年工夫，都沒個影的？姑爹也沒個音信，長年他們都說是被妖怪害了，一定不差。我只盼望長大，想個法兒，殺了那妖怪，才稱我心呢。」

甄氏說：「呆孩子，青天白日，哪裡來的鬼怪？出事那天，差點沒把我嚇死。你姑爹一身武藝，還有那些好武師幫忙，都沒有辦法。要真是妖怪，怎麼打得過？還不被牠吃了？少說瘋話，你再不睡，我同你爸要去睡了，看你一個人還玩不玩？」

元兒遲疑了一會兒，答道：「我還小呢。」說完這句，索性又一頭扎到友仁懷裡，涎著臉，仰面說道：「爹，媽又催我去睡呢，你看這月兒多麼乖，山兒雲兒多麼好。反正過年就要給我請老師讀書了，讓我多玩一會兒。」

友仁見元兒倚在他懷中，仰著臉，睜著一雙又黑又亮的眸子，撒著嬌兒，盼望自己回答，不由又愛又憐，哪還忍拂他的意思。便撫弄著他頭上的柔髮，說：「你這倒好，我叫你睡，你便去磨你媽；媽媽催你睡，你又來磨我。你看天都多晚了，這不能比六七月裡，由你性兒。看著了夜涼，豈不教你媽擔心？好乖乖，孝順兒子，還是叫蘭香領你先睡去吧。」

元兒原已磨了好幾回，一見這次無效，不由掃了興兒。鼓著一張小嘴，站起身來，要走不走的。又拿眼望著甄氏，似想乞憐，許他再玩一會兒。甄氏更是心軟，早一把將元兒拉到懷裡，說道：「乖兒子，莫氣，媽媽再許你玩一會兒。還是媽好說話不是？偏去求爹。也沒見你兩父子，夏天乘涼不說，這都過中秋了，還愛跟月亮打親家。賭你們到冬天也這樣，才算能幹。」

元兒聞言，便喜得笑了。

友仁也笑道：「看你媽這樣慣得沒樣子，明年請了老師，叫你難受呢。」

甄氏說：「倒是你慣是我慣？上樑不正下樑歪。你要早去睡，他不也早睡了麼？自己不睡，拖著我陪你，兒子自然跟著學樣，還怪人呢。」

友仁未及答話，元兒搶道：「媽，這月亮比昨晚還圓得好，又沒多雲彩。天是青的，月是白的，又大又圓又亮，多好看。就是爹早睡，我也要叫蘭香陪我玩的。」

友仁拍手笑道：「如何？他定要鼓住（川語：挾持之意）你，這該不怪我吧？」

甄氏未及反唇相譏，忽然一陣涼風吹過，微覺身上平添了一些寒意。見丫頭蘭香在亭中酒爐旁假寐正酣。喊了兩聲沒喊應，便起身對元兒略正面容說：「天真不早了，既答應你玩一會兒，待我給你父子再去取一件衣添上，略坐片刻，連你爹也該去睡了。」

說罷，往前走還沒有兩步，元兒忽然高叫道：「媽，快看那大流星。」同時友仁夫妻也聽得天空中似有一種極細微清脆的異聲，順著元兒手指處往空中一望，只見一溜青光，在碧天明月之下，直往地面瀉落。初發現時，已比尋常流星大有十倍。後來越往下落，越覺長大。疾如電閃星馳，夾著一陣破空之聲，似往三人立身所在墜落。方在驚疑，還未及退身走避，一轉眼間，那道青光竟如長虹電射，直往三人面前飛到。立時覺得冷氣森森，毛髮皆豎，寒光照處，鬚眉皆碧。

友仁夫妻自經大變，已成驚弓之鳥，只嚇得魂悸心驚。雙雙不顧別的，欲待伸手拉了元兒逃跑時，驚慌駭亂中，竟你拉著我，我拉著你，往後一退，又忘了背後石欄，歪的一聲，夫妻雙雙同時跌進亭去。

耳旁猛聽一聲斷喝道：「大膽妖怪，看我打你！」昏瞀中彷彿聽出是元兒的聲音。雙雙睜眼一看，才知手中拉的不是元兒，這一驚更是非同小可。雙雙戰戰兢兢強掙起來，便往亭外跑去。一眼看到元兒已被那妖怪抱在懷裡，兩隻小手不住在妖怪頭上亂打，雙雙口裡喊得一聲：「兒呀！」便不顧命地撲上前去。

還未近前，友仁首先「噯呀」一聲，重又翻身栽倒。

第二章　童殲異獸

話說友仁大婦看見月光之下飛來一個妖怪，嚇得連跌帶滾，逃進亭去。猛覺得愛子元兒還在外面，急得連命也不要，雙雙強掙著爬起，重又跑出亭外去救元兒。友仁在前，一眼看出那妖怪有些面熟。定睛一看，不由又驚又喜，大叫一聲，跑上前去。慌亂中顧了上面，沒顧下面，被路側樹根一絆，重又翻身栽倒。

甄氏一見丈夫跌倒，越發嚇得心膽皆裂。正要拚命搶上前去，妖怪竟已抱著元兒，一轉步使到了友仁面前，將友仁扶起，口裡直喊：「大哥莫怪，是我。」

友仁聽妖怪口音，越知沒有認錯。驚魂乍定，才要開口，甄氏已張抖著雙手，口裡亂喊著救命，撲上前來，將友仁抱住。猛一眼又看到元兒還在妖怪懷裡，兩隻小手只在妖怪頭上亂打亂抓，甄氏又捨了友仁，向妖怪撲去。

友仁此時心裡已然明白大半，只苦於事出意外，驚慌駭顧之餘，累得氣喘吁吁，一手拉著甄氏，直喊：「你，你……」兀自說不出話來。還算那妖怪比較聰明，見甄氏上前，口裡道聲：

「大嫂，莫怕，是我。」便先將手一放，鬆了元兒。

甄氏連忙搶著抱起，回身就跑。

甄氏的腳本極纖小，懷中又抱著一個五、六歲的小孩，慌忙中哪裡行走得動。再被友仁一拉，幾乎栽倒。

夫妻二人正亂作一堆，好容易友仁才結結巴巴他說：「你，你不要怕，這是羅妹夫大弟回來了。」

甄氏已是急得哭著直喊：「菩薩救命！」友仁連說幾句，才得聽清楚。大著膽子回頭一看，果然容貌相似。再回過身去定睛一看，不是羅鷺是誰？驚喜交集，兩腿一軟，一個支持不住，便跌坐下去。友仁連忙上前將甄氏扶起，坐在石欄上面。又上前拉著羅鷺兩手，一再細認了認，不由喜出望外，立刻覺得千言萬語，齊上心頭，也不知從何說起。只說得一聲：「你是幾時來的？」便即呆住。

還是羅鷺先開口道：「大哥、大嫂休要驚疑。小弟從師學道，僥倖有些進境。因奉師命，來此辦一件事兒。只因劍術尚未煉到爐火純青，空中飛行不能隱秘形跡。日裡防人耳目，恐於大哥有礙，為期又促，特於深夜前來。只留一日，明晚便須回山覆命。以為此時大哥必然就臥，原想從後園落下，再往臥房叩門相見。不想大哥、大嫂清興，在此賞月。久別重逢，一時高興心急，忘了顧忌，直落下來，累得大哥大嫂受驚，真正魯莽該死。」

「這孩子想是大哥佳兒。適才大哥、大嫂見小弟出其不意飛來，全嚇得驚慌失措。難得是他小小年紀，不但不怕，聽大哥一喊妖怪，反迎上前來，打了小弟一石塊。小弟見他捨身救親，一喜歡，將他抱起。他又在小弟頭上亂打，專挖小弟的雙眼。年紀輕輕，卻是一把神力，天生手疾眼快。幸而小弟修道數年，如換個本領差的大人，怕不被他挖瞎？小弟留神看他根骨，師父所言果然一絲不差。將來成就，比小弟又強得多了。」

甄氏喘息方定，才上前與羅鷺見禮。元兒在旁侍立，一聽來人是棄家入山的姑父，喜得心花大開，早不等招呼，走上前來，喊了一聲：「姑爹。」便跪下去叩頭。羅鷺見他此時卻彬彬有禮，越發心喜，一把將他抱到膝上，不住口地誇讚。

甄氏說：「妹夫從天上來，想必是成了仙了。我妹子的生死存亡，可知道一些下落麼？」

羅鷺嘆口氣答道：「令妹雖遭妖人擄去，受盡磨折，且喜仙緣遇合，被一位前輩有名女劍仙救去。憐她貞烈無辜，根骨又好，大發鴻慈，收為弟子，度到峨嵋派門下，傳授道法劍術，其成就還許要在小弟之上呢。」

友仁夫妻聞言，大喜道：「不想世上真有仙人，真是奇事。舍妹既有仙緣奇遇，現在何處修道？大弟既成仙人，想必時常與她相見，何不請她回來，那怕住些時日再去，使我們見上一面，也好放心呢。」

羅鷺道：「成仙二字，談何容易。就如小弟，也不過托足下乘，略知劍術，像空空、精精一流罷了。若論令妹，峨嵋規矩素嚴，又值正邪各派兩不相容，勢成水火之際，道未煉成，決不許無故私自離山。小弟也僅知她在峨嵋後山地谷仙府，凝碧崖大元洞養性修真。休說相見，連仙府也不知有無，哪能前往觀光呢？」

友仁道：「大弟既未與舍妹相見，何以知道她的下落？」

羅鷺道：「小弟雖無此仙緣，師父卻常與峨嵋派中道友來往，絕無差錯。此時談將起來話長，天已不早，小弟只能留此一日，事完即去。昔日為小弟所留精舍，想必無人居住，我們何不到室內，作一竟夜之談呢？明日對家中人們，可說小弟昨夜在前途趕路，錯了路程，到時天已深黑，叩門不應，繞向後園，正遇大哥在此賞月，才得入內，日內還有事他去等語，免招外人物議。」言還沒了，甄氏笑道：「只顧聽妹夫說話，連害怕帶喜歡，茶也未奉一杯。你看那蠢丫頭，適才那樣鬧法，她還沒醒呢。」

友仁道：「自家骨肉至好，拘什禮數。你沒聽大弟說，不願外人看出形跡麼？丫頭睡著正好。你此時再準備飲食，也不為晚。我們就到屋裡談。你先去將丫頭喚醒，叫她喊起伙房。索性說大弟趕路才到不久，叫她預備點酒菜宵夜，痛飲一回，解解幾年來相念之苦。」

羅鷺點了點頭道：「師父雖未命小弟長素，山居無甚美食，也想嚐嚐家鄉風味，還可以助些談興。自家人，也不用客套了。」說罷，甄氏進去喚人，友仁便揖客人室。因元兒依偎羅鷺肘下，說什麼也不肯去睡，羅鷺又代他說情，只好由他。甄氏急於知道別後情況與芷仙被難經過，招呼好丫頭、伙房，便往書房走來。大家落座之後，才由羅鷺說起經過。

原來羅鷺自從芷仙失蹤後，怪來怪去，都怪自己不早完婚，才遇上這種無端天外飛來的橫禍。「我雖不殺伯仁，伯仁為我而死」。要真是遭了天災，雖說自己誤她，還可委之氣數；假如真為妖人怪物攝走，枉自負為英雄，不能為她報仇，既對不起愛妻，也對不起良友。好歹總得尋出個真實下落才罷。叵耐一連多日，所有人力全都用盡，宛如海底尋針，哪有一絲音信。就連兩位有名武師久在江湖，本領閱歷俱非等閒，也是束手無策。

正當悲愁不解之際，有一天，同了許多武師門客，又在商議無有善法，忽然聽出尤璜言語有異。那尤璜來日不久，自稱是貴陽人，隨父遊幕河南。自幼愛習武藝，因從河南回家，行至宜沙一帶，聞得小孟嘗義聲，特來拜訪。

羅鷺雖然仗義輕財，交友卻極慎重。來人果有真本領，性行端正，往往一席班荊，即成至契；如來人無甚專長，人品再低一些，使用好言和銀錢打發，決不容留。所以門下那麼多賓客，無一人不經過他的詳細考察。

只有尤璜到時，正值羅鷺青城初回，忙著舉辦婚事，因見他語言亢爽，容度軒昂，斷定他不是尋常人物，一見面便留住賓館，招呼下人好生款待。原想過一二日，再細盤他的本領來意。偏生老管家鄭誠因年紀太大，小主人成家仕即，只管把家務事前來絮聒。羅鷺不好意思全不過問，只好隨他往各處產業、買賣上去看上一看，不由便耽延了幾天。再加離家日久，親友中的應酬甚繁；又值過年，俗事太多；每日還得勻出工夫，練習武藝。

那尤璜更好似成心避著主人，每日總是隨眾進退；不然便是單人出遊，到晚方歸。大家宴集談笑，總是默坐在旁。羅鷺始終沒有機會和他作一次長談。日子一多，以為來客無甚出奇，也未放在心上。自從事變一起，漸漸覺出他說話議論，均與常人不同，才留起神來。

有一次，羅鷺捨了別人，特地約了他，一同出去尋訪芷仙下落，連從人也未攜帶。雙雙剛出了城，尤璜倏地將馬韁一拎，往城南跑了下去。羅鷺跟在後面，跑了有十多里路，只見前面土坡上一片大竹林，地方甚是幽僻，尤璜已然下馬相候。等羅鷺近前下馬，便拉了羅鷺的手，往林中便走。

羅鷺見他不向有人處尋訪打聽，卻來這與芷仙失蹤方向相反的幽僻之處，不解何意。一見他伸手來拉，猛想起連日雖看他行徑有異，還不知道他的深淺，正好試他一試。手接著手，一用力。因自己學的是內家重手法，恐尤璜萬一支持不住，不好意思，只用了三成力。蓄氣以待，相機行事，好使彼此不傷面子。

手抓在尤璜手上，人家總沒在意。趕緊又加用八成力量，對方仍是如若無覺。羅鷺不由大吃一驚，暗忖：「申武師常說，自己雖然學藝年淺，因為生具異稟神力，現在已是青出於藍，勝過了他。平時江湖上聞名拜訪的人，在最後一半年中，也頗有幾個成名的英雄，還是自居主人，方讓給來客一個平手，從未敗過。不料今天遇見了勁敵。」少年好勝，立刻起了僥倖之心。

羅鷺裝作往前一移步，就勢微翻手腕，中三指捍定尤璜的脈門，暗運內功，將周身力氣集中在手指上面，猛一較勁。滿以為尤璜決沒準備自己會使絕技，縱不失聲求饒，也使他半身酸麻一陣。誰知力使上去，也沒見尤璜面容有甚變化。自己猛覺拇指和中三指似捏在一件有彈力的東西上面，微微震了一震。知道不妙，連忙放手時，一隻手臂已是又酸又麻。

羅鷺知道這種功夫，便是兩位名武師常說的「勁功」，乃當年武當派鼻祖張三手的嫡傳心法。非內外兩家功夫俱臻絕頂，不能練成。連兩位武師也只聽說，失傳已久，不想今日遇上。還算存心不狠，給對方留了地步，只使了七八成力量。若將全身力量用足，回震的力量自必更大，手指不折，多少也得受點內傷。

正在驚慚，說時遲，那時快，二人交手比勁，只是轉瞬間事。尤璜仍和沒事人一般，早反手拉了羅鷺，進入林中，擇了一塊石頭，一同坐下。又一抬手，裝作去彈羅鷺肩上的塵土，往羅鷺右臂膀微微一拂，羅鷺頓覺酸麻若失，只窘得慚愧到無地自容。

當默坐了有半盞茶時，羅鷺忽然靈機一動，倏地翻轉身，便要拜下去。未及開口，尤璜比他還快，早一把像提小貓一般，將羅鷺扶起，按坐石上，說道：「羅兄，這是何意？」

羅鷺道：「我自幼愛武，訪師交友。從先父母過世，也不知費了多少心血，延聘過多少有名的武師，均無甚過人本領。只申武師一人，內外功俱是上乘，為眾公認，我再三要拜他的門，是他執意不肯，只答應做半師半友。承他不棄，盡心傳授，最近三年工夫，略得了他一點傳授。他卻說我再加精習，雖不算蓋世無敵，也可在江湖上數一數二，我因好交友，平時頗有成名英雄見訪，差不多對申武師均極敬重。來人有時和我動手也未敗過，平素頗為自負，今日一見老師本領，我竟差得不可以道里計，才知平日狂謬，有如井底之蛙。天幸得遇老師，務乞俯念微誠，收歸門下，感恩不盡。」說罷，又要拜了下去，只是身體被尤璜按住，不能轉動。恐他不收，還待哀懇。

尤璜已笑答道：「羅兄，你錯了。你門下多少位武師，雖無什出奇本領，倒並非江湖誤人騙人的打手。即以申武師而論，因看出你秉賦非常，天生神力，自忖不配，留待有緣。雖為生計，受你供養，卻執意不肯以師位自尊，這正是他老練高明之處。

「此次我來訪你，原有所為。若見我一點尋常武家本領，便要拜師父從學，豈不辜負了你的美質？天下異人正多。你如打算以土豪終老，就你眼前所學，已足縱橫一鄉，只要眼底漂亮，也輕易無有人來尋你。若是想求深造，出外尋師，似我這一類的人，正不知有多少，你也就不勝其拜了。」

羅鷺聞言，便將以前心事說了又說：「起初只因芷仙是父母聘定，又是童時愛侶，才貌、德行無一不佳，自己又沒三兄四弟，所以才打算完姻、生子之後，再打主意。不想發生這種天外飛來的奇禍，這多日工夫，多半已化為異物，再論娶妻，漫說萬難比上芷仙，縱有合適的，也對不住死者。再費一半年工夫，好歹尋出一個準確下落。萬一生還，自無話可說，否則，惟有作棄家入山之想了。

尤璜道：「日前尊夫人失蹤，照當時情形而論，定是妖人攝去無疑。如不在中途遇救，生還一節，總是無望，即使可能，也非左近數百里以內便能尋覓。實不相瞞，我也是書香後裔，只因自幼愛慕武藝和劍仙俠客一流人物，數年前在成都市上遇見終南山伏龍觀的鐵面真人呂磊，將我收歸門下，帶到岷山靈飛寺大師兄何意那裡，學藝三年。真人家法素嚴，初入門的弟子先學會了武功，便須出外濟世行道，等到積有功行，德性堅定，才更換道服，傳授劍術，正式收為弟子。起初只算掛名。

「我生母原是側室，因不容於嫡母，留在重慶鄉下，料理田業，我父母卻在我襁褓之中，奉了祖父母，帶了家眷，往山西做官，一去多年，從無音信。後我長大，家中田業已逐漸被族人吞沒淨盡，只剩幾畝薄田，與我生母將就度日。我讀書和出外的川資，全是受一個好友資助。

「及至我在岷山將武藝學成以後，原打算回家奉母，就便給川東客人保鏢，便中作些義舉，到家不久，我生母便因老病身死。我那好友，又遠遊未歸。人情澆薄，好容易變賣了薄產，辦了喪事，出門給人保了兩次鏢，先還順手，未免自大了些。去年在沙市保一趟貴重藥材，路遇獨霸川東的俠盜李鎮山，同一個會劍術的盜夥將鏢劫了去，幾乎送命。他成心臊我臉皮，將我打敗，挖苦了幾句，只向同行客人要了十兩銀子貲路錢，便將藥材發還。

「我傷好後忙去岷山，尋我師兄何意給我報仇，偏偏師兄雲遊未歸，一則師父行蹤無定，二是我也有許多不是之處，不敢往終南求助。只好等師兄回山，再作計較。由此，我便倒了旗號，川東立不住腳，只得來在成都，設法謀生。

「有一天，在望江樓喫茶，無意中聽一老年茶客說起我多年尋訪沒有信息的先父，我便朝他打聽。才知先父原在山西做州縣，到省不久，便被陝西中丞相調去。全家染疫，病故在米脂縣任上，已經將近二十年了。他和先父是先後任，所以知得詳細。

「我行完了父執之禮，便求他指點了葬處，打算前去運靈歸葬，他雖是個退休官員，並無積蓄，年老家貧，僅足自活，承他指示，已是出於望外，怎能累他？偏我錢又用盡，此去數千里，要運回五、六口棺木，沒有多的錢怎成？家師教規，又絕不准門下弟子偷竊。久聞你有仗義疏財之名，原想奉求，又因所需太鉅，無故受人大德，於心難安，正在委決不定。

「第二日行經碧筠庵外，遇見一個背紅葫蘆的道士。我一見他行動，即知決非常人，便跟了下去，走到江邊無人之處，再三求他留步，上前拜見，說起來歷，他果是家師的好友、峨嵋派有名劍仙醉道人。他也主張我來尋你，並說曾在路上見你兩次，頗稱讚你的資質，就嫌你膏粱之氣尚重一點。又說你目前面帶晦色，主家中人口有非常之變。

「我和他談了一番，承他指教了一番，逕來投你，我總嫌無功不能受祿，因醉仙師說你目前家人有難，我以為你得罪了人，家中要遭盜劫，所以也不同你出門，專心代你留意防守，卻久無動靜，方在心急。

「那日問起館童，才知你家中並無親屬，新辦婚事尚未過門，正疑要應在新人身上，當日便出了事。明知為妖物攝走，不易生還。一則我新來不久，人微言輕；二則你和新人親上結親，又是小時愛侶，勸你必然不聽，只得隨眾敷衍。近日我見你對我注意，今日又特地約我出城，知要盤問我的蹤跡，才引你到此說明經過。依我之見，凡事自有天定，不如免抑悲懷，徐圖報仇之計。座上諸人，均不足為你之師，莫要自誤，才是正理。」

羅鷺忙道：「尤兄運靈安葬，自有小弟一力承當。」

尤璜聞言，連忙下拜稱謝。羅鷺謙遜了幾句，不再說別的，便即一同回城。

羅鷺到家，獨自關上門，想了好半天，忽然半夜去叩尤璜的門，決計棄家出遊。先隨著尤璜去運先靈，便中尋訪芷仙下落。等到尤璜先靈歸葬以後，再請尤璜引進到鐵面真人門下。尤璜知道羅鷺資質還要勝過自己，師父見了必然心喜，拚著擔些不是，一口答應，互商了一陣遣散門客之法。羅鷺在暗中命人給兩位武師家中各置了些田產，餘人除了那負氣不辭而別的，也都各有厚贈。因想路上多做義舉，將現銀都暗交尤璜，代往市上換了金條，依著羅鷺，原想將家財散盡再走。尤璜卻主張異日陸續充作善舉，可以取用不盡；當時散盡，白便宜了許多不急的親友，真正窮人卻少實惠。

一切就緒，又尋訪了些日，芷仙仍是杳無音信，羅鷺才死了心，將家務囑托友仁和老管家鄭誠。正值兩武師約到後園比武，到時由羅鷺說明實情，中武師見多識廣，在江湖上久聞鐵面真人的大名，尤璜是他弟子，哪裡還肯動手。當下羅鷺又將在鄭誠手中要來的金銀，分贈給兩位武師，以報傳授之德。然後一同跳出後園，彼此都依依不捨地分別上路。

有錢自易辦事，沒有數月工夫，已將尤璜先靈運回重慶鄉下安葬。羅、黃二人先往岷山靈飛觀去尋何意，打聽鐵面真人可在終南？正值何意由終南歸來，見面交給尤璜一封鐵面真人的遺書。尤璜拜觀之後，不禁痛哭起來。

原來鐵面真人所學劍術，乃是旁門。所幸平時教規嚴正，行為光明，各正派中劍仙均極交厚敬服，所以這次劫數到來，承峨嵋山飛雷洞的髯仙李元化與陝西大白山積翠崖的萬里飛虹佟元奇竭盡全力相助，煉就嬰兒，才得脫殼飛升，免去兵解之厄。

鐵面真人事前因見尤璜質地甚好，自己成道在即，不願他誤入旁門，所以只教給了一些氣功運行根基和暫時防身武藝，托詞不肯傳授劍術。

這兩年考查尤璜的功行，尚無大過。已在飛升前，將他師弟兄三人分別引進到兩位有名劍仙門下。何意和二弟子楊人偉拜的是崑崙派名宿鍾先生，業已由鐵面真人在日作主，行了拜師之禮。尤璜的新師父，便是那陝西太白山積翠崖的萬里飛虹佟元奇。因以前曾收長沙羅九做徒弟，屢犯教規，逐出門牆之後，還是怙惡不悛，為非作歹，對收門人有了戒心，雖經真人在日再三求托，尚未應允。

真人以為佟元奇是嫌尤璜出身異派，拿不準心志是否堅定，所以不肯收容。飛升時機緊迫，又不便去尋了尤璜前來面求。只留下一封遺書，吩咐尤璜前往太白山，在天池旁先結一茅棚，每日往積翠崖前虔誠跪求，必有效果，切均照書行事。

尤璜看畢，悲傷了一陣，暗中尋思：「自身雖然尚無著落，羅鷺棄家相從，受有大恩，也不能只顧自己。何意也說羅鷺心地光明，根基美厚，只須艱苦卓絕，不畏難苦，早晚定有成就。」便把前途委之命數和緣法，決計問明了羅鷺心意，一同前往。

在岷山住了一夜，尤璜因何意忙著到南川去向鍾先生受業，第二日一早，便作行計。何意贈了些丹藥，以備緩急。彼此訂了後會，才行分別起身。

到積翠崖一看，那崖在上天池旁，座孤峰上面，拔地千尋，直撐天半，終年雲霧封鎖。峰腰以下略辨山容，卻是上豐下銳，陡峭非凡，四面更無一些途徑，任是猿猱也難攀渡。上半更不知如何險峻？知難上去。到日，先同羅鷺捧定真人遺書，望峰跪求了好些時，見雲霧還是不開，只得回到中天池，草草搭了個茅棚住下，每日除了到峰前跪求外，便是互相刻苦用功。

那太白山甚是高寒，一交七、八月便大雪封山，鳥獸絕跡。二人事先備辦好了充足食糧，山中有的是木柴，倒也不愁什麼。只是連求了兩三個月，絲毫沒有動靜。幾次冒著奇險，想攀到峰頂上去，不是走錯了道，此路不通，便是滑足失手，跌了下來。雖未送命，也好幾次帶傷不輕，但兩人絲毫也不灰心，照舊按日往來。

有一天，風雪甚盛，起身略進了點飲食禦寒，正要冒著風雪，照著走熟的道路，去往積翠峰上。剛出了門，便見上天池絕頂上走下了一個道人。太白山平時雖有道士羽流來往，那都是山麓寺觀中的尋常道士，二人所居在山的高處，地勢僻靜，輕易不見人跡，何況又是隆冬封山時候，風雪這麼大，山石都凍成了冰，又加著上面的新雪，就是二人都有一身絕頂武功，每日走慣的熟路，走起來也得凝神提氣，格外小心，還短不了有墮跌的時候。那道人卻走得那般自然，二人不禁心中一動！

羅鷺首先疑是佟真人已鑑察真誠，親自下山援引，正要迎上前去。尤璜已看出道人身後的大紅葫蘆，心中大喜，恐來人升空飛走，忙在雪中跪倒，高喊：「仙師留步，弟子尤璜參拜。」

那道人正從積翠崖下來，見雪景甚好，原想略行幾步，賞玩一番，再御劍飛行回去。起初見下面的兩人行走已覺希罕，這般風雪高寒險峻的山路，怎會有常人到此，仔細一看，認出是鐵面真人的門徒尤璜，前行不遠，又聽跪下招呼，便近前喚二人起身說話。

尤璜先給羅鷺引見道：「這位仙長便是先師好友、成都碧筠庵的醉仙師。」羅鷺聞言，重又拜倒，自報姓名。

醉道人見羅鷺一身仙骨，秉賦不凡，甚是心喜。等兩人說了經過，笑對尤璜道：「令師主意錯了，佟道友不肯收徒，自有他的難處，強他則甚？如今各派正因劫數，收羅美質，傳授衣缽。只要像你二人這般志行堅正，何愁沒有名師接引？

「我也是往積翠崖去尋佟道友，傳掌教師兄齊真人之命。到了才知他自助令師成道之後，一直並未回山。你們二人枉用了心血，他日前還未必知道。

「依我之見，佟道友另有打算，你二人和他無緣。我如今指給你們一條明路。日前我在九峰山，見著嵩山二老中朱道友的同門師弟伏魔真人姜庶，談起各派興衰。姜庶因當年力主朱道友重創青城派，一語失和，師弟兄多年沒通音訊。分手以後，姜庶決計要踐昔日之言，在九峰山神音洞努力潛修，枯坐十年，忽然靜中參悟，泯去以前私見，正要去和朱道友修好，忽接飛劍傳書，朱道友已允他昔日請求。並說以前乃是成心激勵，自從別後，還代他收了好幾個門人等語。姜庶越發心喜，趕到青城負荊請罪。

「一問細情，才知朱道友本來奉有乃師遺命，自己另有仙緣，不願為一派之長。又見他道淺氣盛，故意激他努力。話說起來甚長，日後自知。當時談完之後，曾託我便中代他留意物色門人。青城與峨嵋，類乎一家，殊途同歸。你二人如願前去，持我書信，定蒙收錄，不知你二人願否？」

尤璜本想求醉道人收錄，一聞此言，知師父在日尚且惟命是從，佟真人當日始終就未允收錄，醉道人也說無緣，料知求也無用。有醉道人作主，雖與遺命不符，也可從權行事，料不為罪。連忙同了羅鷺跪拜稱謝。羅鷺原攜有筆硯，準備閒時消遣。醉道人命取來寫好書信，交與二人，說來時真人曾說有東海之行，此時未必在山，可到明春開山再去不晚。二人重又跪下領命，醉道人已自破空飛去。

兩人跪送之後，每日仍往崖前苦求，冀能見上一面。直到過了年，依舊雲封不開，才望崖跪祝了一番，下山往福建九峰山走去。

到了神音洞，極容易地見了伏魔真人姜庶。因事前已有醉道人先容，又見二人資質根基甚好，當時收錄。先傳了坐功，不久又傳了劍法，二人由此在山中修煉，資質既好，又能勤苦用功，真人甚是心喜。

直到第三年上，醉道人路過九峰山，下去看訪，談起前因，羅鷺才知聘妻裘芷仙那日失蹤，乃是被雲南竹山教門下的妖道豹頭神牛壽攝去。沒有多日，便遇見峨嵋三英當中的女劍仙李英瓊路過，將牛壽用紫郢劍殺死，同時李英瓊也被妖法迷倒。幸遇峨嵋派中長老乾坤正氣妙一夫人荀蘭因與嵩山二老中的矮叟朱梅先後趕到，救了英瓊。然後同往妖窟，又救出許多被陷的少年男女，芷仙也在其中，妙一夫人見她根基渾厚，心性貞烈，又因她再四誓死苦求收錄，當時賜服靈丹解毒，收歸門下，帶往峨嵋凝碧崖大元洞府之內，與小輩同門在一起修煉劍術去了。（事詳拙著《蜀山劍俠傳》）

談話中，並說起醉道人那日也在成都，遇見牛壽，知他必在附近害人，待要下手誅擒，已然被他見機躲避。此時忙著一件要事，沒有跟蹤追尋。正在路旁和矮叟朱梅談論遇見妖道經過，只說他害怕逃走，不曾回頭。沒有多時，便見一道妖雲遁光從遠處天空飛逝。一則沒料到便是牛壽，又值與五台各異派約期比劍之際，無暇分身。

事後聽路人喧嚷，裘家被怪風颳走一個將出嫁的少女，方知十有八九是牛憲躲過自己，抽空下手，要追已是不及了。

羅鷺在側侍立，聞言恍然大悟。那日迎接芷仙兄妹途中，聽路旁有兩人說話有異，口音更是耳熟的。原來一個就是醉道人，那另　個口音聽去耳熟的，便是青城山所遇見的怪老頭子，現在的師伯「嵩山二老」之一矮叟朱梅。那日原想回頭，辨認那兩人的面目，不該一時粗心，只顧忙著追趕前面兩個武師，以致失之交臂，芷仙幾乎送了性命。幸而得遇仙緣，芷仙也投身峨嵋派門下，總算是因禍得福。

想起他哥哥友仁那般友愛，聽了不知若何喜歡，苦於劍術尚未修成，未奉師命，不能下山，趕往青城送上一信，在胸中盤桓些時，也就暫時丟開。芷仙既有了真實下落，又聽師父說，峨嵋劍術冠冕群倫，在正邪各派之上。只要有仙緣能列門牆，成就又速又好。將來大家都是劍仙一流，遲早總能相見。要是自己不如一個女子，豈不笑話？便越發加功奮勉起來。

如此又過了一年多。這日，真人將羅鷺喚在面前，說道：「論你資質，原可造就。不過本門傳授須紮根基，由漸而進；不比峨嵋派，取捨門人既是十分嚴謹，而入門以後，為應他本派劫運和光大門戶起見，勢須速成，以便早日應敵和積修外功，不惜將他們開山祖師的心法傳授，使其早熟。

「這種辦法雖有弊端，然而他的門人俱是生有自來，無一凡品，當初既詳加考驗，所以也不會有貽羞門戶之事發生。不過得之太易，終非一般後學所宜。照你這數年苦功和你自己的秉賦，若在峨嵋門下，早已飛行絕跡，變化無窮。

「我卻不肯使你成就這般容易，異日一個心志不定，陷落旁門，為門戶之玷，特意使你循序漸進。且喜如今已有了些根底，再有年餘，便可出而問世。論理還不該是遣你下山的時候。因我日前應了東海三仙之約，須往一行；而青城師伯那裡，又命我派一門下有功行的弟子，前往聽訓，你師兄楊玥、陳大真、呼延顯三人採藥未歸。時日將至，我不能分身，特命你代我前往，恭聽師伯訓誨。

「一則青城金鞭崖你師伯門下，除了紀登外，餘下還有幾個同門師兄尚未見過；使你前往見上一面，以備你明年劍術煉成，出山積修外功，相遇時有個照應。事完之後，就便還可以回家祭祖，與裘家也送一個好音，尤璜功行不亞於你，有他盡可留守。

「你雖然御劍飛行功候尚差一年，飛行時節隱晦一些，便可免驚俗人耳目。我以前與各派無多仇怨。近年來你師伯因異途同源之雅和扶正誅邪之故，將異派中人除去不少。正邪本就難於並立，現時仇恨更深，異派中能人盡多，一旦狹路相逢，你能力有限，能避便避，非至萬不得已，不可動手和多事。」

羅鷺跪領訓示，心中自是高興。真人又喚出尤璜，重又分別囑咐了幾句，逕自起身出洞，飛往東海。

羅鷺別了尤璜，逕往青城山進發。到了金鞭崖落下，遇見朱梅的二弟子陶鈞。報了姓名，見禮之後，引去拜見朱梅。才知是雲南竹山教主因朱梅屢次殺害他的門人，結怨太深，自知朱梅有峨嵋派相助，抵敵不過，忍氣吞聲，召集門人躲在苗山之中，苦修十七年，煉成了幾件專門汙損飛劍和迷人的妖術邪法。派了一個得意門人，名叫萬里飛蝗滕莽的，到青城山金鞭崖挑釁，約朱梅明年冬至到苗疆黑玀山桐樹坪去鬥法比劍，決一最後存亡勝負。

朱梅素好滑稽玩世，用玄門道法，先將滕莽戲侮了個夠，才答應到日準去赴約。又因來人用言語激刺，說朱梅不敢單率門人前往。就是約了峨嵋派倚仗人多，去了也休想有一個生還。

朱梅當時對滕莽說：「嵩山二老從來誅妖除害，不曾要過幫手。」說完將滕莽轟走。滕莽還在得意，以為矮子受激，自誇海口，不請峨嵋派相助，自尋死路。他卻不知朱梅早有計算，明說嵩山二老，便有九華山的追雲叟白谷逸在內，有此一位，何須再約旁人？

朱梅知道竹山教近多年來，用五雲桃花毒瘴煉成的紅桃落魂砂厲害，同去門人一上場，飛劍先要汙毀，不得不事先預備。除門下弟子紀登、陶鈞另有準備外，又命九峰山派一得力門人前來，面授機宜。將預先採就五金之精煉成的十二口飛劍取出，傳授了修煉之法，交與羅鷺。吩咐一口與他本人，其餘分授楊翊、陳太真、呼延顯、尤璜如法修練。但是各門弟子本來煉就的飛劍，也不准荒了功課。成功以後，先期在青城聚齊，到時一同前往，也教這一干妖邪知道青城派的厲害。羅鷺見那飛劍長只數寸，青光晶瑩，冷氣森森，托在手中輕若無物，知是至寶。連忙跪下拜受，收藏身旁。

朱梅又命將金鞭崖下從東海釣鰲磯移植來的靈草紅白辟邪各採兩株，一同帶回山去，交與師父，連楊、陳、呼延三人奉命採回的靈藥，配那辟邪神丹，以作應敵之用。

那紅白辟邪，葉形如劍，異香襲人，平時深藏土內，一年只出十六次，不遇酉日酉時，不會出土長葉開箭。一經三人之手，便減靈氣。所以須羅鷺親自去採，回山面交真人祭煉。

恰好第三日正是酉日，本月又是酉月。朱梅見有兩三日空閒，知羅鷺業已離家五載，命他就這便中回家掃墓，只不許炫露形跡。另吩咐了幾句友仁家中之事，便命起程。

羅鷺領命，先駕劍光回轉成都，到了無人之處落下，回家一看，老家人鄭誠尚還健在。五年光陰，他一個老年得的兒子鄭英，已是二十來歲，很能代替乃父經管主人家業。

羅鷺一走，少了一大耗費。加上鄭誠兩父子整理，比羅鷺在家時還要富足幾倍，鄭誠一見主人回來，喜從天降。羅鷺見他忠義，甚為心喜。當時並未深說，先命同去掃墓。見墳地裡也是佳城鬱鬱，松柏森森，益發感激。在祖宗父母墓前哭拜了一陣，才回家去。

羅鷺摒退家人，單留鄭誠父子，再三吩咐坐下說話，著實安慰獎謝了一番。又提出二百擔穀的田作為他父子的酬勞。鄭誠方要開口推謝，並問主人年來蹤跡。羅鷺先開口略說大概和芷仙的下落，只隱起已成劍仙之事。並說自己當晚便走，先往青城去見友仁即行回山覆命。鄭誠哪裡肯信，見主人才歸又走，全不以室家為念，只管絮叨，說著說著，竟老淚滂沱起來，反是鄭英，連使眼色勸住。羅鷺也未覺出鄭英用意。

羅鷺因芷仙既在峨嵋門下，縱然日後得見，至多是一個忘形莫逆之交，未必能圓舊夢。既已出家，要這麼多金錢何用？打算將它散去，但日期太促，又不知如何散法，還是託付友仁代辦為妙。便吩咐鄭誠父子，日後須聽表老爺吩咐，將家業隨時充作善舉。只剩下一部分祭田，由他父子代為管理，多餘也歸父子享受。說完略進了些飲食，天已近夜，便說急於和友仁相見，趁今宵月色，要連夜趕往青城環山堰去。

鄭誠父子以為羅鷺素信友仁，前去必定留住些日，還可徐行設法挽回，再四勸留不住，便問用船用馬，好去包僱準備。羅鷺說連年奔走江湖，俱是隻身步行，要甚車馬？鄭誠父子無法，只好親送出城。見主人連行李俱不帶一件，甚是淒然，一直送出城去老遠，還不捨分手，一路勸說，把嘴都說乾，累得氣喘吁吁。經羅鷺再三攔阻，才行止步不送。

羅鷺大踏步走了下去，正想擇一僻處飛起，猛覺身後還有人在跟隨。返身追過去一看，正是鄭英，因自幼隨著學武，腳底甚快，所以兩下相去不遠。

羅鷺問他何故跟隨。鄭英說奉父命，隨侍主人同去。羅鷺再三說是無須，末後厲聲說：「你父如此年邁，你不護送回家，卻來跟我。我去看朋友，又不是去死，卻怎地這般不放心？」才將鄭英喝退。還恐他再暗中跟隨，將氣一提，施展陸地飛行本領，轉眼跑出去好幾里地。估量追趕不上，四顧無人，才駕起劍光，飛往友仁家。

羅鷺見了友仁夫妻，略談了一些經過。友仁夫妻自是悲喜交加，驚奇不置。因芷仙雖說有了下落，畢竟羅鷺出自傳聞，不曾親見，仍是有點不甚放心。但是仙凡路隔，有甚法想？空嗟嘆了一會子。元兒本有夙根，早在旁聽得眉飛色舞，口裡不說，心裡羨慕到了極處，真個是喜而忘倦，一任友仁夫妻再三催促，哪裡再肯去睡。等至伙房端進宵夜，用完之後，又談了一會，天已快明。

友仁夫妻因羅鷺久別重逢，又說至遲到了中午，便須往金鞭崖去，等候取了仙草回山傳命，無論如何不能停留，只得打多聚一刻是一刻的主意。一面又請羅鷺將來雲中路過，好歹時常下來相聚。羅鷺允了，說是只要可能，必定前來看望。

天明以後，家中佣人全數起來。聽說夜裡來是羅姑爺，都進來請安問好，甄氏等眾人出房，便跟出去說了幾句，吩咐在午前提早開飯，多備豐盛酒食。

安排好後，又催元兒去睡道：「你姑父是仙人，騰雲駕霧，少不得還要常來的，你一個小孩子，跟著熬些什麼，還不睡你的去？」

元兒聞言，咕嘟著嘴，倚在友仁面前，也不說話，只管低頭尋思。甄氏見他不聽，正要上前拉他，羅鷺忙止住道：「大嫂不必和他用強，待我勸他去睡，我此來只顧說話，還忘給見面禮呢。」說罷，從懷中取出一個白玉瓶子，倒出了三粒丹藥，將元兒喚至面前，說道：「當姑父的遠來，沒什麼東西給你，這是我師父煉的乾元脫骨丹，雖無脫胎換骨之妙，常人服了，益智增神，明心見性，強筋固髓，百病不侵，可抵練內家武功的數十年苦修之力，我上山時節，師父曾賜我幾粒，已然服了，大見功效。後來我大師兄楊翊，因這藥還有起死回生之效，稟奉師命採來靈藥，煉了一爐，準備下山濟世，積修外功。我無意中要了幾粒，一向也不曾服用，我想塵世之物，你家都有，一則身旁未備，二是無甚意思，這三粒丹藥，大可助你長命百歲，送給你，權當個見面禮兒吧。」

元兒聞言，喜出望外，連忙跪下叩頭，起身接了。才入手，已自聞著一股子清香，細看了看，先跑向友仁身旁，口裡喊道：「這是仙丹，爹爹吃喲。」

友仁方要出聲推阻，羅鷺卻在元兒身後比了個手勢。友仁不解是何用意，只好接過嚥了。元兒又取出一粒，去敬甄氏。甄氏因藥係仙授，吃了可以延年，心疼愛子，便推卻道：「你守了一通夜，候著這麼好的東西，你快自己吃了長命百歲吧。不曾見你爹這般饞法，分兒子的東西吃。」

羅鷺道：「神仙最重忠孝。他小小年紀，念不忘親，大嫂休負了他的孝思。這丹藥的確助人祛病延年呢。」

甄氏一聽這般好法，更不捨得自己吃了。先讓兒子。後來又說友仁近年來看書多了，常患頭痛，要友仁吃。

元兒哪裡肯依，說：「娘先吃吧，爹爹有病，這兒還有一粒呢。」說著，便猴上身去，強塞在甄氏口內。果然入口清香，順津而下。

元兒又剩下一粒，去逼友仁吃。

羅鷺攔道：「我因見你聽話出神，時露心羨之意，這三粒靈丹原是準備你父母和你三人的，成心試你一試，果然頗有孝心，這丹無須多服，你父親之病即日除根，你但服無妨。不過你父母俱怕你熬夜，現在想和我長談，還不到時候。你心事我已盡知，等你長大，我自會前來看你。快些乖乖去睡，莫使你父母擔心。你沒聽說，神仙最喜忠孝人麼？」

元兒聞言，果然將丹藥咽了，口裡直喊：「好香！」又向前叩了個頭，並再三囑咐：「姑父走時，爹娘須要叫我來送。」才戀戀不捨地由甄氏帶著走了出去。

元兒走後，羅鷺對友仁道：「我有一句話，恐怕大哥大嫂聽了不快，又恐孺子無知，聽了生心，話到口邊，不曾說出。如今元兒已睡，趁著大嫂也不在此，還是對大哥說了，省得臨時出事傷心。」

友仁因羅鷺來時，頭幾句便讚元兒夙根深厚，又想起元兒平日行徑，與別家小孩不同，早就有點心懸。一聞此言，果然慌了。方要張口，羅鷺忙道：「大哥休急。你怎的這般想不開？一人成道，九祖升天。想小弟縱然苦修百年，限於資稟，至多也不過像古劍俠一流，終久難免兵解，才能成道。我還羨慕元兒的造就比我強得多呢，你怎倒聽了愁煩起來？若說後嗣，大哥膝前至少還有二子，何愁無後？

「去年年終，師父自這裡路過回山，對眾門人說環山堰下有一個幼童，生具仙根，勝似我等十倍。當時只說是別家之子，前日又聽朱師伯說，才知是你的令郎，不禁心喜。昨晚一見，果然仙根深厚。想是府上累世積德之報。事有前定，豈能勉強？不過此子罡氣太重，煞紋直貫華蓋，一入歧途，便難救藥。那靈丹最能培養性靈，所以才給他服了。不然，我和你還論什麼世俗禮數。給什麼見面禮兒？實不相瞞，連大哥大嫂服那靈丹，也是沾他的光。你我交情縱厚，如無仙緣，也愛莫能助呢。

「據我看，大哥目前正在旺時，十年之內，還要添丁進口，家業增多。過此由盛轉衰，必有拂意之事。多行善事，或能倖免。所幸僅受虛驚，無傷大體，仍可晚年納福。但只元兒必在此時出走，此行必遇仙緣，異日造就難量，你看我現在尚未成道，已能空中遊行，來去自如，暫時離別，萬勿悲慮。大嫂人甚賢淑，女人家到時自是難過。就是大哥，也是不免愁苦。所以我說在頭裡，以免傷心難過。現在不可對她母子說，無事生事，反為不美。」

友仁聽了，有羅鷺做榜樣，又是日後的事，雖然心驚，素來豁達；又值甄氏進來，不便再說。只是勉抑愁懷，另談別事。

到了午時將近，長年端來午餐。二人吃了。羅鷺又囑咐了一些自己事情，假說要往山中訪友，就此別去。友仁哪裡肯捨，仗著服了靈丹，絲毫也不覺累，定要走送一程。

二人同行，走過長生宮無人之處，羅鷺再三說，遲恐誤事受責，兩下才行作別。

友仁眼看著羅鷺將手一揚，一道青光，連身破空而上，從日影裡投向山的深處去了。友仁滿腹心事，走了回來，見元兒已然醒轉，因羅鷺走時沒有喊他起送，正氣得要哭呢。友仁夫婦勸哄了好一會兒才罷。

傍晚，鄭誠父子從成都趕來，原想求友仁勸留羅鷺，不料走得這般快法，也是十分難受。友仁便按照別時之言，交代他父子，打發回去不提。

隔年開春，友仁請了一個同族飽學教元兒讀書，竟是穎悟非凡，先時認字，過目不忘；後來讀書，十行並下。不消三、四年工夫，便已青出於藍，神童之名，馳傳遠近。可笑他書沒有老師讀得多，卻時常用書理將老師問住，更奇怪的是，從羅鷺走後，一直未來，元兒不但始終未提，連以往那些好道行徑全收拾起。友仁見他安心讀書，甚是心喜，漸把前事忘卻。

一晃七、八年光陰過去，甄氏又連舉兩男，一名裘信，一名裘隱。友仁除了日常多行善事而外，有愛妻偕老，課子力田，又加年豐歲足，內助賢能，宅近名山，登臨又便，自是美滿。

誰知日中則昃，月滿則虧。這年元兒已一十四歲，友仁因守祖父之訓，不要兒子去求功名，見他書已讀通，也無甚出奇名師可教，便也不再延師，由他隨著自己，早晚讀書寫字，或帶著出外玩耍遊行。

元兒原是好動不好靜，而動時又和別人異樣的。起初安心讀書娛親，原另存有一番心意。散館以後，不時隨著大人到處跑跑，便又按捺不住起來。恰巧長生宮又來了兩個羽士，俱善圍棋，與友仁甚是投機，時常也帶了元兒前往走動。下棋時節，便由隨去的長年和宮中小道士，帶了元兒在附近山中遊玩。

起初倒沒甚事，元兒原是生具異稟，服了靈丹以後，越發身輕體健，力大無窮，雖然年紀幼小，卻是心雄萬夫。自從五歲那年，親眼看見姑父羅鷺駕著劍光，從天空飛墜，又聽了那許多奇異的仙跡，心裡羨慕得了不得。再被羅鷺暗點了幾句，心想：「此時年紀太小，如求姑父攜帶，父母必不允准。好在姑父他說還要再來。莫如從明年開蒙起好好讀書，引得父母喜歡。等姑父來家，再請他給父母去說情，好歹也和姑父一般，能在雲中來往，才稱心意。」誰知等了將近七八年，書倒讀了個通，羅鷺始終未回，不由盼得著起急來。

正在失望煩悶之間，那一日友仁夫妻無聊中重提起當年羅鷺在青城山中遇見那怪老頭之事：友仁怎樣失之交臂，並未看出那是仙人，後來聽說，才得知道，自知無緣。雖不定想成仙，很想拜識拜識。幾次跑到羅鷺所說的金鞭崖去，只是荒山深處，漫說洞府寺觀，靈跡仙草，連個人的影兒都沒有。只看見一些兔、獾之類，見人亂逃，才失望回來等語。

元兒想起幼時所聞之言，暗罵自己真蠢。當年姑父所遇第一個仙人明明近在山中，父親遇不上乃是無緣。姑父來時，曾誇獎過我，說是他師父說的，只要誠誠心心去求，定能遇上。姑父不來，難道我等他一輩子？想到這裡，不禁高興起來，只苦於自己雖能爬山，除非父親同去，出入皆有家人兩三個陪伴，縱然仙人肯見，也見不了。說明了自去，父母決然不肯放心。重又為難起來。

偏幸友仁見兒子書已念通，守著先人遺訓，不令他求取功名，剩下二子年紀還小，便暫時辭了老師，由他隨意自讀。因為鍾愛過甚，連出門遊玩也都帶在一起。這一來，總算略稱了元兒的意。也不把心事說出口來，日常只磨著友仁去山中散遊。又故意做些覽勝登臨的詩句，使友仁見了喜歡，好時常帶他同去。

元兒每次到了長生宮，總趁友仁下棋時節，請准友仁，命宮中小道士引他到附近去玩。他原安有深心，一面逐處留心，不時還向同去的小道士們打聽，可曾有何人見過那樣一個窮老頭兒？一個問不出就裡，第二回又換一個。後來覺出小道士無甚知識，便對友仁說：「近山玩膩了，想走遠一點，要請大一點的道爺帶了同去。」

友仁既是長年施主，道士們又都喜元兒聰明伶俐，先時個個願討友仁好，陪他去玩。友仁有時也高起興來，自己帶了同去。有友仁同往還好，如同去的是宮中道士，他總想著仙人不願見無緣的人，叫人陪往，原是藉此遮蓋，使父母放心，才一出門不遠，便施展他天生的本能，攀蘿捫葛，捷比猿猴，躥高縱矮，健步如飛，一轉眼便跑沒了影兒。

那些小道士也都頑皮，雖跟不上，還不心慌，那年長一點的，怕他在前跑迷了路，找不著人；更怕失足跌傷，嚇得在後面亂喊亂叫。他恐斷了路頭，也就聞聲趕回，直拿好言央告，回頭休對人說。日子一長，有那覺得干係太重的，不是不再同去，便向友仁面前提醒。

友仁因他素常同自己一路總是斯斯文文的，說了他兩回，也就罷了。過有半年多，元兒滿懷熱望，通沒一絲影子。但他一毫也不灰心，仍是得便照舊行事。

這時已是隔年春暮，元兒已有一十五歲，恰好月底便是友仁父母的百年冥壽，設四十九天道場，僧道兩班晝夜誦經超度。青城山是道教發祥之所，山中宮觀大半羽流，和尚甚少，只有兩三處僧寺，地方也小。友仁夫妻在事前一商議，因為和長生宮道士有多年的交情，又離家近，便決計借他的地方做法事。除本宮道士外，連縣城內外各有名的僧道，差不多全請了來。

日子一到，裘家同族連同遠近親友，都先後得信趕來，送禮致祭，友仁夫妻自是竭誠款待，另請了幾個近親至戚，幫同料理。訂了數十乘山轎，準備接送。又收拾出許多屋子，款待那遠來親友。

甄氏帶兩個幼子和一些女眷，日裡去長生宮跪拜焚香，晚來仍回家住。友仁父子便長住在長生宮內。由三月初頭上開始，正日子在第四七的第四天。三七剛做完，便忙起來。直忙過了四七，客才散去。同縣同村的戚友，也都各自辭歸，等末天來拜圓滿。除友仁父子夫妻外，只剩兩位管帳的戚友和甄氏一個娘家侄子叫做甄濟的，友仁夫妻方覺輕鬆了一些。

雖然這次舉動是從俗的禮節，也含有人子追遠之心。起初幾日，元兒見父母鎮日愀然，孝思甚隆，不由激動天性，每日跟著大人跪送賓客，只有內心哀戚，並無他念。

及至正日一過，友仁要在靜室中獨跪唪經；甄氏一身兼顧兩地，忙得不可開交。只閒了元兒一人，除早晚跪拜外，都無甚事。偏那甄濟一向隨宦在外，人才十八九歲，初回不久，原想等佛事做完逛山的。元兒因他會武，見的事多，獨和他說得來。

這日因看父親上供時跪哭，心裡發酸。吃齋時節，甄濟無心中說了來意，一句話將元兒提醒。暗想：「如今家人都忙，趁此時抽空出尋仙人，學那飛行本領。」當下便以識途老馬自命，鼓動甄濟去和甄氏說了。甄氏一則內侄初來，怕委屈了他；二則見愛子連日都帶愁苦之容，怕悶壞了他，立時答應。因甄濟帶著一個家人，便不再派人跟隨，只囑咐不要去遠，早去早回，元兒口裡答應，行至半路，說遊山帶僕，有傷雅道。甄濟原非紈袴一流，聞言便命家人在半路相候，自己同了元兒前進。

元兒仗著甄濟不識路，成心按照平日打聽得來的路徑，往金鞭崖走去。甄濟見元兒在前領路，上下如飛，峻崖峭坂，一躍便過，好生驚異，以為他也習過武，故意賣弄，不肯示弱，也將本領施展出來，緊緊跟隨。

元兒仍恐仙人不肯見他，總是推託路記不真，前行查看，先跑出去二三十步，看不出前面有何異狀，才回身招呼。從來遊山，哪有這日任性，心中好不痛快。仗著都是快腿，從早餐後出門，由辰刻到未初，不覺到了眾人所說的金鞭崖上。

細一考察，與友仁所說的林木位置，有些不差，只是仙人卻無影子。以為仙人洞府，必在僻靜之處，仍在東尋西找。

甄濟見一路上美景甚多，元兒都不流連，只說還有更好的所在。誰知累了一身大汗，卻跑到這兒一個略生雜樹、形勢險惡的峭崖上來，不由又好氣，又好笑。後來見他神志專一，不住東張西望，若有期待，看他必有所為，再三盤問。元兒被逼無法，只得略說了實話。

甄濟笑道：「表弟，你真是枉叫神童了。你想這裡雖然崖險壁峻，卻是景物枯燥，好的林泉都無一處，下面澗溝中盡是些泥漿積潦，汙濁不堪，哪一點像仙靈窟宅？羅表舅所說的金鞭崖，不是哄你，必是另有地方，我也隨著家父遍歷雲貴，走過不少山路，又聽教師們說起，漫說仙人，就連高人隱士所居之處，大半水木清華，巖壑幽美。似這種連我們也不肯流連的地方，仙人怎肯在此居住？若說這裡形勢險惡，地界僻遠，是個毒蟲猛獸潛伏之地，倒還像些。」

元兒聞言，不禁恍然若失。但仍未十分死心，以為彼時年方幼小，又未明說出心事來，羅鷺何必說那假話？及至全崖都差不多找遍，並無大的洞穴。又經甄濟再三勸解，才行怏怏回走。因為來時專注崖上，來路一面崖下，尚未尋找，回時暗中留神。

甄濟正邊說邊走之間，忽聽元兒失聲叫道：「洞在這裡了！」回來一看，原來半崖藤樹交蔽中，有一塊丈許高的大石，形態甚奇，孤倚壁間。壁上苔繡中，竟隱隱看出有「金鞭崖」三個大字。再看元兒，已從那塊石根際一個兩三尺大小的石孔中鑽了進去。

探頭一看，裡面黑洞洞的，猛聞一股子奇腥刺鼻。心中一驚，連忙一把拉住元兒，喊聲：「表弟不出來，要尋死麼？」同時元兒也聞見腥味刺鼻難耐，鑽了出來。

甄濟說：「你怎麼胡鑽亂鑽？這裡頭要是什麼毒蛇的洞，哪還有你的命在？你沒聞見腥氣麼？」

元兒道：「你不知道，我最能黑地裡看東西。適才我往石孔裡一看，那洞竟深大得緊，後來還想再進一步，被你一喊，我也聞到腥氣，人受不住，才作罷。退出來時，無意中一推這塊石頭，竟是活的，稍用點力，便可推倒。我怕壓了你，沒有推。」言還未完，甄濟便說：「這裡不是好地方，手邊又沒拿著兵器，快走的好。」元兒執意不肯，定要看看洞的真形，方才死心。

正爭執間，元兒倏地一低頭，又往石孔裡鑽去。甄濟一把未抓住，連忙趕過，伸手往孔中去扯時，猛聽元兒高喝道：「表哥快躲開，這石頭要倒下了。」

那塊怪石雖然附在崖旁，並未生根。要估石重，少說也有千斤，先還不信元兒有那麼大力量。就在這一轉念間，忽聽頭上藤斷，嚓嚓作響，那石上半截已自搖動。知道不好，連忙縱過一旁，抓緊壁上藤根。身才立定，那塊大石已經離壁飛起，直往下面澗溝中滾了下去。接著便聽山崩地裂一聲大震，眼前砂石塵土飛揚，殘枝斷乾，滿空飛舞，山谷回音，震耳欲聾，半晌方絕。元兒早從石後跳了出來。

甄濟見元兒雖然淘氣，竟然有這等神力，不由又驚又愛。連忙拉著手，一同往洞中看時，天光只照進得數丈。元兒目力最好，也看不見底。拾了一塊石頭，丟將過去一探，石到盡頭壁上撞了一下，一會兒又聽撲通一聲，彷彿落在水裡的聲音。

元兒還想冒險鑽進探看，當不住那股奇腥夾著生土氣，刺腦欲暈。甄濟又說內中定有毒蛇大蟒潛伏，才行作罷。走在路上，還不住的心頭作惡欲嘔。這真是乘興而來，敗興而返。甄濟重又追問前情，元兒不便再為隱瞞，便將細情說了。

二人且談且走，忽見前面一高峰阻路。記得來時途徑不曾有此。定睛一辨日影，才知說話疏忽走岔了道，多繞了好多里地。因見那峰拔地孤立，直矗天半，四外大小峰巒都似朝它拱揖，極具形勝。耳旁又聽松風泉瀑之聲聒耳，估量上面景緻一定不差。拼著時光還早，足可趕得回去，兩人都是童心正盛，便不願繞回原路，索性登峰一望，再行披蓁歷莽，覓路回去。

那峰深藏山腹，有山擋住，外面的人看不見，從來人跡罕到，連個樵徑都無。仗著體健身輕，攀緣到了峰頂一看，上面只有不到十畝方圓地面，滿是奇石怪松。因在山頂，松都不高，株株盤紆磅礴，蒼鱗鐵皮，虬枝龍幹，夭矯攫拏，似欲臨風飛去。

再往峰下低頭一看，三面俱是崇岡拱衛。另一面半山懸著匹練般一道瀑布，宛如玉龍飛墜，下臨無地。松濤泉響。交相應和，再迎著劈面天風一吹，頓覺宇宙皆寬，心神俱爽，把適才煩悶一齊打消。二人擇地坐下，領略佳景，互相讚不絕口。

盤桓了一陣，商議明日還須再來，才作歸計。往去路一看，到處都是峭岩絕坂，似無途徑。二人也未放在心上，仍舊攀越下去。山中生路，甚是難走。各自奮力趕行。連越過了幾處深谷崖壑，一路亂竄，始終沒有歸入正路，彷彿越走越遠似的。

甄濟說：「看今日神氣，我們要留在山裡了，早知如此還不如下峰時節，繞回原路走呢。」

元兒說：「我們只記準來時方向，一直前進，莫非還走不出山去，怕它怎的？」

正說之間，又上了一個峰頭，白日忽被雲遮。兩人都覺有些口渴，附近又不見溪泉。正待舉步下峰尋覓，忽見前面樹林中飄起一縷炊煙。

元兒喜道：「我們快到家了。你看，那不是近山腳人家在煮飯麼？只要找到那裡，便可照正路走了。」甄濟也甚高興，各自放開腳程，往前奔去。

誰知高處望前，似近卻遠。又翻越了好些岡嶺，才見前面現出一片石山坪，其平若砥。一面倚著高山大壑。盡頭處滿是桂李花林，殘英未卸，紅白相間，趁著斜陽，猶自嬌艷。峰頭所見炊煙，便自林中飄出。坪旁還橫著一條小溪，溪底盡石，水流潺潺，白石粼粼，一清到底。二人正煩渴，奔到溪邊，用手捧起，連飲好幾口。覺著舒服清爽，才一起走向林中覓食。

入林一看，裡面涼陰陰的。一棟石土相間砌成的房子端端正正，安置在林中一片平地上面，屋前圍著一列短短的籬笆。四圍除了原有桃李樹之外，屋後還種著數百竿修竹。

雖是山中土房，卻是紙窗茅棚，別有幽意，青林白石，不染纖塵。只是除了這一所孤零零的房子以外，休說左鄰右舍，靜得通沒有一點聲息。

再看那炊煙來處，並非人家煮飯。原來竹籬之內，是一個寬約畝許的庭院。一邊畦裡種著些野花，一邊畦裡種著些春韭。隙地上有一個黃泥爐子，上面安著一把瓦壺。

爐中燒的也不知是什麼樹枝，那青煙兀自飛揚半天。壺中不知煮的什麼，壺嘴上突突直冒白氣，屋中的人，卻不見出來。

二人急於問路，在門前喚了兩聲，不見答應。見那籬笆高低齊胸，探頭往裡一望，剛好紙窗半開，斜陽的光，從林隙照向窗內。花影迷離中，元兒眼尖，早見屋裡頭榻上坐著一人。便對甄濟道：「你看這人好沒道理，我們這般喊，通沒理一聲。我們索性進去問來。」說著，拉了甄濟，便從籬笆門內走進。

剛走到窗下，便聽一個極細微的聲音說道：「二位說話，我已聽見。無奈身患大病，聲音不濟，有什麼事，請二位進來少坐一坐，等我二個兒子回來再說吧。」

甄濟聽那人口音，像個老婦人，不願進去。便道：「老婆婆，我們是遊山走迷了路的，別的不便打攪，只借問一聲，哪條路可往長生宮去？」

那老婆子聞言，似是吃驚道：「二位若是想往長生宮，今日恐怕足力多快，也出不去了。」

甄濟便說：「來時原是知道迷路，按著日影走的。這裡既有人家，想必是個通路，怎會出不去？」元兒又將從金鞭崖歸途所經之路說了。

那老婆子道：「二位好造化。那峰叫做萬松尖，由那裡往金鞭崖一帶，聽我大兒子打獵回來說，新近出了許多毒蛇蟒怪，二位並未遇上，總算便宜。你們按著日影走路，要是走熟，原可出去，生人卻非迷路不可。

「路上那些岡巒，叫作螺獅環，走好了，走到我這裡來；不然，錯走七十三番，再走十天也休想走出山去。因為這山周迴千里，二位所走之路，看是尋常，卻最曲折難行，又在山的側背面，遊山的人從不到此。山上雲多，日光常被雲遮，更易迷路。二位想是練過武功，不朝容易路走，誤打誤撞，來到此地。今日天色已晚，還隔著許多峰巒，多是懸崖峭壁，比來路還險十倍，怕沒有百十多里的大彎轉，才走向來時山路。二位路徑又生，縱有本領，也難渡的了。不如少時進了飲食，權留舍間與小兒們同榻，明天起行回去吧。」

兩人猛想起來時，果覺日影的方向稍差，因為別的無路，還特意照直前進，翻越許多危岩幽谷，不想毫釐之差，竟鑄大錯。料知一夜不歸，家中必定著急，就冒險前進，又恐路越走越錯，更無辦法。再加走了大半天，腹中飢餓起來，只得謝了，就在窗前站立，等這家兒子回來，再作計較。

元兒閒著無事，見庭院中瓦壺大開，便問煮的是什麼東西，可要代她端進。那老婆子以為他二人行乏口渴，想要喝水，便道：「二位口渴，屋裡有泡好的山茶。壺中煮的是藥草，適才二小兒還在此地添火，又不知跑向何方去了。有客來，都無人接待，少時還須說他呢。」

甄濟接口道：「老人家不用擔心，我們來時原也口渴，適才在林外溪澗中見泉水甚好，已然喝夠了。」

那老婆子聞言，驚問道：「二位喝了那溪中的水麼？」二人同聲應了。那老婆子便催二人進屋說話。

甄濟一想：「看神氣，左右得擾人家，也該進去見個禮兒。」便拉了元兒進去。那老婆子不俟二人說話，便說自己因病不能下床，請元兒代將屋角松燎點起。元兒照她所說，點好了火把。火光影裡照見床上面坐的那老婆子，雖生得白髮飄蕭，卻是面容紅潤，不像老年。倚著牆兒坐在被中，神態甚是安祥，又加適才問答談吐文雅，不似尋常山民，不由起了敬意。正要舉手為禮，那老婆子早對二人注視了幾眼，口裡連聲道奇。二人便問何故。

那老婆子道：「這裡叫做百丈坪，前面桃溪上流有一毒泉，人服了心中頓發煩渴，不出二日必死。二位來此已有片刻，通沒一絲跡象，所以奇怪。」

甄濟聞言，便驚慌起來，忙問：「老人家既知那水有毒，想必有甚法兒解救？」

老婆子道：「二位不要害怕，那水雖是入口甘涼，毒性甚烈，發作起來也快。人誤服下去，決挨不到此刻，便要腹痛倒地。二位還是好端端的，而臉上神采甚好，哪有中毒樣子？想必二位得了神佑；再不，那水變了也說不定，要說解救，卻難得。萬一少時發作，只好等小兒們回來，再作打算了。」

兩人聞言，將信將疑，也不知道真假。一陣談說，覺那老婆子不但容度大方，談吐尤其文雅。再一盤問她的姓名家世，只說姓方，四五年前因丈夫被仇家所害，自知力不能敵，攜了兩個兒子，避居這座山內無人之處，闢了二三十畝山田，以耕田打獵度日。別的卻甚含糊，不肯吐實。

甄濟知她家定有來歷，既不肯說，諒有隱情。見元兒聽她丈夫被仇家所害，義形於色，只顧不住口地盤問，還說要代她家報仇，滿臉稚氣，甚是好笑，便悄悄拉了他一把。恰被那老婆子看見，說：「只顧說話，我還忘了問二位客人貴姓呢。」二人便接口答了。

老婆子道：「二位原來不是一家，我心裡原說，都是一樣英雄氣概，裘官人骨格氣宇又自不同呢。」

正說之間，忽聽屋外有人說道：「媽，你在屋和誰說話？是表姊他們來了麼？」同時便聽屋外有人拖著東西在地上走的聲音。

老婆子答道：「你表姊暫時哪裡會來？是兩位迷了路的小客人在此。快去換了衣服，進來相見吧。」接著又問：「你兄弟呢？怎麼半日不見家來？看藥該添火了吧？」

外面那人答道：「二弟因聽媽說想吃肥頭魚，乘媽睡著，到隔山海裡去捉，在路上碰見我，同回來的。我田裡忙完了，也去打了兩隻斑鳩和三隻野兔兒。既有外客，少時燻來陪媽下酒。」

正說之間，葦簾一啟，早蹦進來一個十四五歲的小孩子，偏巧元兒童心，一聽屋外的人是打獵回來，忙著出去觀看，走到簾前，剛一邁步，兩人腳底都輕，事先沒有聽見聲音，進出的勢子都猛，不由撞了一個滿懷，元兒神力，把那小孩倒撞出去有三四步遠；元兒胸前肋骨吃那小孩撞了一下，也覺生疼。

那小孩立定身軀，朝元兒定睛一望，鼻子就唏了一聲。

老婆子已在床上看見，忙喝：「三毛不得無禮！」

那小孩應了一聲，走進前來，口裡直問：「媽此刻好了什麼？仙藥一吃，過幾日就起床了的。我先去給媽弄魚去，看二哥又給我弄糟了。」說著，便往外走，也不答理二人。

那老婆子卻微怒道：「這兩位佳客在此，也不見個禮兒。再在山中住幾年，快成野人了。」

那小孩就應一聲，朝著二人作了個揖，仍往外走。

元兒適才無心撞了人家，心中過意不去，想對他陪個話兒，已然出房去了。

那老婆子嘆口氣說：「山居野人不曉禮節，好叫外人笑話。」

甄濟連說：「哪裡話。」

元兒卻覺出那小孩力量不小，又見他神氣很孝，甚是愛惜。他不肯接談，想是惱了自己。經此一來，不便再行出去，只管低頭尋思。

不多一會，屋簾又起，進來一個十七八歲的少年，生得猿臂蜂腰，虎目長眉，丰神挺秀，玉立亭亭。先上前朝母親問安，再回身朝二人請教見禮。二人才知這名少年名叫方端，適才小孩名叫方環，乃是同胞弟兄。方端尚有個兄長方潔，流落江湖，業已十多年不知蹤跡。

那方端人既俊爽，情意又甚真摯。雖是初見，十分投契，大有相見恨晚之概。當下三人便訂了交，稱老婆子當伯母，重又見禮。老婆子也不推辭，等二人拜罷，使喚方端察看二人可曾中毒。方端聞說飲了溪水，也甚駭異。便道：「那水飲過片刻，眉心可見血經，媽怎不先看？」

老婆子說：「我已照過，恐眼力不濟，還不放心，你再照來。」方端舉火細照，也說不曾中毒，只想不出道理來。

老婆子又問備飯不曾。方端道：「媽既肯延客入室，定非庸士，孩兒進門時，便去將飯煮好。因三弟搶著做菜，孩兒把兔、鳩放在架上燻烤，便交給了他，今日有魚，還有出門時煨的雞菜，想必夠了。」

老婆子道：「初搬來時，你三弟貪玩，定要帶兩隻雞到山中來養。這幾年工夫，牠也為我們添生了不少的雞和蛋，都陸續吃了。算起來，牠也給我們出過大力。如今雖然停了生蛋，你兩弟兄要藉口牠吃過仙草，吃了補人，殺來我吃，我是不答應的。」

方端道：「媽早說過，孩兒那敢，殺的是另一隻。」

老婆子說：「我說的是三毛，他有些牛氣，你到後屋看看他去，有客在此，看又和上回一樣，弄不好，還怕他心裡難過，勉強著吃。你對他說，一天到晚，盡給我想吃的，不打正經主意，算的是哪一門的孝道？」說時面帶微笑。方端應了，忙和二人告便。

二人知他家中沒有佣人，心甚不安，想跟著去幫忙料理，老婆子道：「二位賢侄生長富家，哪幹過這種營生？就連小兒們，也只近幾年來才會胡亂做些，母子三人將就充飢而已。後面不乾淨，還是陪我談天吧。要餓的話，牆洞裡還有熟臘肉和鍋魁，先用點點心吧。」

兩人連說不餓。甄濟情知自己去了，任什不曾做過，無忙可幫。元兒卻很想會那方環的面，又和婆子去說。老婆子笑道：「你三弟牛性忒大，不去也罷，少時自會來的。」

元兒不好再說。少時元兒覺著腹脹，便告便出房，走至籬外小解了一回。回房時見堂屋後方火光閃閃，鼻中直聞香味。

元兒走將出去一看，原來這一列房背後還有一片空地，一邊角落有兩間小房。耳聽方氏弟兄正在爭論。方端道：「三弟，你平時逞強，今日也遇見能手。人家輕輕將你一撞便跌回來，差點連屋壁都被你撞倒。看你明天見了表姐，還說嘴不？」

方環莽聲莽氣地答道：「那他是乘我沒有防備。明日走時，好歹和他比了才算。你總忘不了你那表姐的仇。你還是哥哥呢，盡幫外人。」

方端又道：「不說你太橫些，你沒安心撞人家，難道人家來此作客，會安心撞你？適才媽和我示意，說裘兄弟將來要出人頭地，著我和他二人訂交，甚是看重。人家是客，這須不比表姐，由你氣他，你只要敢和人家動手，我告媽去。」方環方不再言語。

等了頃刻，元兒才放重腳步，走到後房。方端正翻著鐵架上的爊斑鳩，見元兒進來，連忙起身招呼。方環裝作煎魚，頭也不回。元兒知他有氣，因適才已問明年歲，比他大著兩個月，便走上前去，深深一揖道：「適才怪我莽撞，三弟莫怪，我陪個禮兒。」

方環只好起身還了個揖，說：「二哥說你力氣比我大得多呢。」

元兒忙道：「哪裡，我自幼被父親關在書房，從未學武，哪有什麼力氣？」
方環道：「二哥，你只要不告媽生氣，我便和他試試。」
方端道：「你如比不過，又該發狠，不理人家了。」
方環道：「輸給我不說，贏得我心服，更是我的哥哥了。」說罷，伸過手來，元兒到底讀書多年，知道客氣，想避已是不及，哪有人家手快，早已摸了個結實。
元兒直說：「三弟何必如此計較？自己人爭什麼輸贏？我認輸就是了。」說時因自幼不曾和人動武，方環抓得又緊，小孩總怕吃了虧，掃了面皮，好不急。無心中用力一掙，隨手一甩，竟將方環一雙比鐵還硬的手甩開。
方端起初因方環力大無窮，竟被元兒撞退，又聽甄濟談話中露出習武之意，以為元兒也受過高明傳授，正想看他是什麼家數，所以事前不加攔阻。及見一交手，元兒便被方環用擒拿手扣住脈門；元兒不但不會招架，腳底雖未看出發浮，卻是滿臉慌張，手忙腳亂，方端才知他是質美未學。恐受傷不好意思，方要喝住方環，忽見元兒隨手一掙一甩，竟將方環的手甩開。低頭一看方環的手，因為雙方力猛，虎口震破，鮮血直流。這種天生神力，休說方環，連方端也驚異起來。元兒自然更加過意不去，連說怎好？一面又湊近前去慰問。
方環這時已是心服，卻不願見這般婆子氣。元兒正去扳他肩膀，被方環將肩一扭，又回肘一推，無心中還記著暗運全力，把一個讓勢，變成了霸王扛鼎，暗藏烘雲托月的解數，口中才說了一聲：「哥哥，不要緊的，我服你了。」

元兒被他閃跌出去好遠，幾乎跌倒。方氏弟兄俱都呵呵大笑。元兒也自站定回身，方端連道：「可惜。」元兒便問何故。

方端道：「我家世代習武，只家母文武雙全，愚兄弟也略識得幾個字兒。小弟兄姊妹中，因三弟從小喜愛泅水，九歲時節，在溪裡被一條兩丈長的烏金鱔王纏住，脫身不得。猛生急智，用嘴咬住鱔王的頸子，在水中掙命，那鱔王通體烏金鱗甲，好不堅強，偏被三弟無心中咬破牠的軟處。當時只顧弄死惡鱔逃命，拚命一吸血，又在無心中將那鱔王多年結成的丹黃吸入肚內。

「後來經人發覺，鱔王已死。他一個小身體，除兩手和頭露在外面，周身俱被惡鱔纏得緊緊。家中人連忙將他打撈上來，已是力盡精疲，奄奄一息。依了家父，當時要將鱔身斬斷，救他出來。偏在這時遇見一位高人走過，說那鱔如此長法，恐怕已有丹黃，常人服了，皮膚必然發脹。此時解開，弄巧就許脹破，流血而死。只可藉鱔身的束縛力量，過了三日三夜，再行解救，用藥調治。

「幸而時當九月，天氣不熱，便由那高人將三弟嘴扳開，塞了幾粒丹藥入口。直到晚間，三弟才醒轉回生。渾身疼脹，直哭喊難受了三天三夜，才斬斷鱔身，救出舍弟，又脹痛了好幾天，敷藥調治，才行痊癒。由此力大無窮，誰也比不過他。

「就在那年冬天，先父便被一個妖道所害。因那妖道會飛劍傷人，他還想斬草除根，連我全

第二章

家害死。幸得家母機警，母子三人含了大仇奇冤，逃避此山。原想命愚弟兄尋訪名師，學劍報仇。偏巧家母急氣傷心，又在路上連遇大雨山洪，受了寒濕，病臥在床，時發時癒，不能遠離。只好奉母養病，報仇之事俟諸異日。你沒學過武，卻能破去他的解數，豈非天生神力？如遇名師，那還誰是對手？」說罷，弟兄二人，都流下淚來。

元兒聞言，甚是悲憤。正想跟他們說這座山中現有仙人，告知以前經過，恰值菜熟飯好。元兒在家，平常早晚連點心要吃五頓。這一頓算宵夜雖還是早，要作晚餐卻是已過時。本就腹飢，不好出口。甄濟也因元兒出外小解，一去不歸，找到後面。兩人搶著端菜端飯，連家中人等惦記均行忘卻。

小弟兄四人，將飯菜捧到房中。方環安排坐凳，方端拿了個山木造成的几兒放在床前，取碗溫了酒，遞與他母親。才向甄、裘二人斟了酒。兩人謝了，捧杯一嘗，那酒是涼的，又甜又香。甄濟忍不住問：「伯母說全家不履城市已四五年，這動用的傢俱連酒食，是怎樣運來的？」

方端面帶悲容，答道：「家母因報仇之事要緊，宗嗣也不能斬，早年原有終老此鄉之念。所以先父死後，來時便安排了遠計，一切穀糧、稻種、菜籽、雞雛、杯盤、碗碟和廚下動用的傢俱，凡是必需的，無不在事先通盤籌劃。又加還有一家離此不遠的至戚相助，有無可通。除了林外二十多畝山田是愚兄弟二人開墾的，這房子和木器是愚兄弟胡亂砍了樹木，同山茅做的而外，餘下全是由山外搬運來的。這酒原是家表姐因家母愛飲，從山外帶來相贈。又經愚兄弟設法，偷來猴兒一些百花酒，摻在裡面，所以覺得香些。如今也存不多了。」

二人聞言一看，果然他弟兄二人面前不放酒杯，知是留以奉母，再斟時便辭謝了。

方氏弟兄也不勉強。元兒還想問猴兒酒怎樣偷法，因他弟兄二人都忙著給他母親布菜添酒，孝心甚篤，不便打岔，便住口吃飯。

方氏弟兄直將乃母服侍好了，又盛了一碗雞湯，勸乃母喝下，才行坐下，狼吞虎嚥吃起飯來。

吃完收拾出去，又給二人安排臥處，原有一間空屋，床被均有。元兒執意定要與他弟兄同榻，只得依了。他弟兄各有一榻。只須將被子搬來。一切整理好了，又去院中添了些火，才同到方老婆子房陪話。

方老婆子說：「你弟兄四人結交甚好。好在都是先朝遺民，沒甚門第之見。只是你二人從小嬌養，一夜不歸，父母必然盼望。我起得晚，無須見我。此去只不要向外人提最關緊要。天一亮，我著你二哥送回去吧。」

二人這半晚樂以忘憂，早忘了思家之念，聞言才得想起。便答：「小侄理會得。過到家不久，就要來給伯母請安的。可惜相隔這麼遠，當日不能回去，真是不便。」

方環便問元兒家住何處。元兒答是青城山麓環山堰，如今正在長生宮做佛事。方環拍手笑道：「這就妙了。那環山堰我沒去過，長生宮我卻是輕車熟路，包你個把時辰就到。此後可以常往，真快活死人。」二人聞言大喜。

方老婆子說：「三毛，你不知仇人厲害，竟敢往人多處跑嗎？」

方環見母親生氣，只得說道：「孩兒本無心出山，那日在前面山腳一條澗中泅水摸魚，無心發現一個水洞，水面離洞頂才只二尺，外有藤蘿隱蔽，人看不見，水又深，一時好奇，泅了進去。先還不敢深入，後來越泅越遠，泅進有半里多地。忽見一道石坡，水也到那裡為止。洞壁上的石頭還有閃光，依稀可以看出石形路徑。上了石坡，曲曲折折又走有一里多路，便漆黑了，只好回來。

「第二天，乘哥哥在田裡下種子，媽睡晌午，我帶了火石和七八根火把，舉在頭上，踏水進去。到了黑處點起火，越走越深。那路並不難走，時明時暗。明處都是些透明的石鐘乳，如今有些礙頭障腳的都被我剷平了。連去五六次，都害怕遇見怪物回來。末一次帶了刀劍暗器，下了決心走到底。

「路本不甚難走，又恐媽喚人心急，一出水，便往石坡下跑了下去。約計沒有半個時辰，便到盡頭，又遇見有水阻路。說也奇怪，不但那邊石坡和這邊一樣，及到我由水裡泅將出去，照樣也是在絕澗下面有那麼一個洞。爬上崖去一看，不遠山腳底下，便是長生宮的廟宇。只在悶了前去玩玩，走熟了，有時連火把也懶得帶。

「先時不願見生人。後來見澗中魚肥，常去摸魚。有一次穿魚的索子被水沖走，上岸尋草穿魚，無心中遇見一個小道士。我騙他是近苗人家小孩。他說他師父愛吃活魚，時常打發他偷偷摸到遠處去買，要我賣他。

「我正因媽的酒快要吃完，二哥直怪我不該將表姐得罪走了，害得媽快沒酒喝，埋怨得難受。便和他說我媽要吃酒，願隔幾天打了魚和他換酒。一面我卻對二哥說，酒我已藏起好幾瓶，媽吃完了，自會拿出來，暗中卻拿活魚和他換酒。回來時，總怕被人看見，想法兒躲開。那廝也蠢，拿魚至多說話兩句便走。媽不放心，好在如今有這兩位哥哥，沒酒時好和他要的。媽莫生氣，三毛兒不再去了。」

老婆子哼了一聲：「你殺父之仇未報，為我口腹，使你輕身。倘遇仇人，如何是好？從今只好將酒戒了。」說時眼圈便紅了起來。

方氏弟兄聞言，也是傷心落淚。自到方環跪下哭求認罪，甄、裘二人也幫著說情，方老婆子才息怒，吩咐起來，說道：「你休看我今日初遇你兩個哥哥，便露行藏，須知此中實有深意。難怪他兩人說，按著日影走的，怎會路差這麼遠？照此看來，果然尚有捷徑。想是天意，使你弟兄們來往親近。只是他二人不識水性，去時尚可，如來，豈非不便？」

方環道：「三毛已然想過，日前不是哥哥給媽做了一艘小船，準備病好之後，坐船在溪裡玩嗎？那船又小又輕，恰好容得兩三人。只要二位哥哥躺在船裡，我在水裡推到旱地，將船拖起，背了同走。休說二天再來，有我去接，就連此番回去，也不會打濕衣服了。」說罷，又覺才說不出去，又去有些不對，忙改口道：「二位哥哥來時，我只在那水洞口等候，不出去便了。」元兒便問道：「那你怎知道我來？」

方老婆子說：「你們預先約準了一個時期，叫三毛到時去接就是了。」甄、裘二人越發心喜。一屋五人興高彩烈地又談了一陣，才行分別就臥。

元兒和方環同臥一榻，哪裡肯睡，一直談到天光見曙，二人索性也不睡了，回望方端與甄濟，先還隨著問答，此時業已睡熟。二人不去驚醒他們，只管說個不休，也不說走。天亮以後，方端在夢中彷彿聽見方母在隔屋咳嗽，才從床上躍起。方環也聽見隔屋有了聲響。弟兄兩人慌不迭地跑出，將院中藥端了過去。

元兒才把甄濟喚醒。甄濟恐姑父母懸念，催著元兒快走。因知方家不曾用有下人，剛要到廚房去取水淨臉，方環已端了一盆涼水和一些鍋魁、臘肉進來。二人洗罷，便要過去向方母辭別，方環道：「家母剛用完藥，不到中午不能起身。已命小弟速送兩位哥哥回去，留下家兄服侍了。」二人只得罷了。匆匆吃了些鍋魁，飲了些山泉，便託方環致意，與方母請安辭謝。弟兄三人帶了松燎、火石，一同出門。

出了樹林，不走原路，由百丈坪下坡，走不到半里，便見前面是一個高崖，崖前一片棗樹，約有三四百株，棗林一角，隱隱似有一所茅舍。方環指著那茅舍說：「那棗林深處溪岸上，便是我表姐的家。我還有個表弟，生著一把子蠻力，與我很說得來。也是和他姊姊不大對，又怕又恨。可惜他昨日出山去了，家中只我姑父一人，下次來再見吧。他家比我家還來得早好多年。此處山深路險，人跡不到。除我兩家，這多年只昨日遇見你兩個，也真是奇逢了。」

說著說著，不覺走到崖下，路勢也甚險峻。還好兩人都是身輕力健，略一攀躍，便從岩隙穿過。耳聞水聲潺潺，一條碧流橫亙路側，綠波粼粼，清澈見底，其深約在丈許。

方環便叫二人止步，剛道得一聲：「我給哥哥取小船去。」七八丈高的岩壁，一路攀援縱躍，早和猿猱一般，晃眼工夫爬了上去。二人在下面，見他鑽入一個巖穴裡去。不多一會，現身出來，喊了聲：「二位哥哥接住。」便將一艘小舟從穴中拉出，用一根草繩縋了下來。

二人看那舟乃整根山木鑿空所製，大有兩抱，長有丈許，外方內圓，兩頭溜尖。雖然不假漆飾，形式甚是古樸耐用。用手一抬，也有百十來斤輕重，剛要往溪中拉去，眼前人影一晃，手中微微一震，方環已從崖上躍入舟中，真個比燕還輕，一些聲響皆無。

二人好生欽佩，誇讚不置。

方環道：「二位哥哥且莫誇獎，我這算什麼？家母昨晚說，甄大哥還差些，若論天資，三哥生就仙骨，將來怕不是劍仙一流人物？比我表姐還強得多呢。只不過目前未遇名師，無人傳授罷了。」說罷，三人已將小舟反抬入水內。

方環請二人坐定，說聲：「獻醜。」先將上下衣服脫去，放入舟內。推舟離岸，然後將身往水中一順，兩手推著舟的後沿，兩足踹水，亂流而行，其疾若駛。二人見舟中除了坐臥之處，還有兩柄木槳，便要方環上來同划，無須在水裡費力。

方環笑道：「這半里多水路還可，若到水洞，怎麼划呢？還是這樣走要快得多。」說罷，索性頭往水中鑽去，兩手抓著舟底預置的木樁，推行起來，比前更快。

那水底盡是白沙，又是一清到底。二人見方環赤著全身，在水中游行，真像一條大人魚一般。

方環探頭出水，換氣不過兩三次，已然離水洞不遠。那裡水面更闊，流急波怒，溪聲如雷。兩邊危岩低覆，情勢愈險。方環忽然將舟推向一處岩凹，用舟中的草繩繫在石上。將那些藤蔓拉開，現出水洞。解了草繩，請二人點好火把臥下，推舟進入水洞。

初入內時，那洞頂離水面只有二尺，越入內越高，一會又低壓下來，最低之處離舟不過數寸。二人執著火把，將身朝外，以防火煙嗆人。火光中見洞頂、洞壁滿生綠苔，碧蘚又肥又厚。行有半個時辰，洞頂忽高，人可站立，便到了石坡根際。三人將舟拉了上去，抬著行走，約有兩三里路，果然到處都是光閃閃的鐘乳，依稀可辨景物。逐漸由明轉暗，又入水道，二次將舟入水推行。

天地生物，真是奇怪。這條水道，不但經行之路與頭一個水洞相似，竟連沿途景物，路之遠近，也一般無二。二人連聲稱奇，指點談說，不覺行離洞口不遠，方環首先一個猛子穿出洞去，探頭一看，四外無人，才將小舟引出。尋了適當地方繫住，與二人話別，彼此都是依依不捨。

二人本想請方環到長生宮去遊玩一番，方環道：「論理，原該與伯父伯母請安，無奈仇家厲害，怕露形跡，宮中小道士又有幾個認得我的，恐家母知道要怪罪。等三哥做完佛事回家，我們也多來往過幾次，那時再登門拜望好了。家母病好尚須時日，此船暫時無用，我便將它留在水洞以內，以便迎接兩位哥哥前往。至於時間，我每隔一日的上午辰巳之間，必來一次。兩位哥哥能去更好，不過不能空跑一次，譬如和小道士換酒，也不妨事，後日過來。昨晚託買的東西和好酒，請即代我買好，以便明日我來取。自己弟兄，不客套了。」

元兒最是難捨，後來實在出於利害，才戀戀而別。方環送二人離舟上岸，守著母訓，自己並不上去，就此分手。二人目送了方環推舟入了水洞，才往長生宮走去。

兩人一夜遊山未歸，友仁早想起當年羅鷺預言，知道急也無用，只派人跟蹤尋找。卻急壞了甄氏一人，因是娘家侄兒帶去，老家人不曾跟隨。喊來埋怨一頓，將家中佣人全數打發去往山中尋找。又怪友仁當晚為何不往家中送信？

夫妻二人正在著急分說，宮外小道士早看見二人手拉手地走了回來，連忙飛跑入內送信。這一來，簡直如大上掉下個明珠一般。甄氏一面命人將去人追回，一面自己首先趕了出來，一見二人，喜喜歡歡無恙回轉，先把甄濟數說了幾句。又罵元兒不該貪玩，使父母擔憂。這一夜迷路山中，想必吃了許多苦處，只管盤問不休。

元兒當著外人不便分說，略為告罪，隨口答了幾句，一同入內見了友仁。

等人靜後，元兒悄悄說了一個大概，只隱起水洞行舟一節，說是山中迷路，多虧一家隱居的逸民留宿殷勤，今日又送了回來。友仁夫妻自是感激。再一聽是先朝逸民之子，與甄濟、元兒訂了金蘭之誼，越發高興。

元兒見父母心喜，便說答應人家明日前去答拜受人之惠，還應送些禮物。友仁也想認識這家，只為佛事尚未做完，聽元兒說送禮，忙命人去備辦。元兒說是無須，自己已然問過口氣，知他需用之物，只須交錢，仍由自己與甄濟去備辦。甄氏便給二人拿了十兩銀子，吩咐不夠再拿。

二人出來，帶人到了城內，除美酒外，餘下多是方環所說山中缺用之物，用了不過四兩多銀子。甄氏以為荒山窮途，蒙人接引，無殊救命之恩，恨不得禮還要送得重些，又去家中，尋了些布帛糖果，交與二人明日帶去。

因為第一天迷路，特派兩個精幹長年跟隨。元兒再三不肯，說：「那家隱居多年，最怕生人走漏風聲。相隔既近，明日他還親自來接，決無一失。」執意不要人跟。甄氏還不放心，又去問過甄濟，竟與元兒所說一般。知他素來老成謹慎，只好作罷。

友仁料那家必有隱情，便不再問。甄氏因家中有事，必須回去，再三囑咐，二人如去，當晚必須回轉，以免懸念。元兒口中唯唯，卻想和方氏弟兄多盤桓些時。等晚間甄氏走後，便和友仁說明，去了如果時晚，便住一宵。

友仁這才料出不在近處，仔細盤問。元兒仗著父親素日放任，總可商量，只得把細情說了。友仁溺愛元兒，便答應代他二人隱瞞。只吩咐明早前去，至晚後日午前必須回轉，當天能回更好。

正商量得好好的，甄濟忽得家中急報，說乃母有病甚重，催他連夜回家。甄濟大吃一驚，只好別了友仁父子，連夜進城。甄氏也得了信，隔天一早趕去探望。

甄濟一走，元兒自是略覺掃興。友仁因他拿許多布帛東西，不帶從人，恐有不便，元兒還是力辭，友仁也強不過他，只好命將所有禮物，裝入一個竹籃之內帶好。

到了辰刻，乘宮中和尚道士唪經之際，偷偷捧了竹籃，走向宮外昨日來路的山崖上面。且喜家中長年俱都忙於照料經堂，無人知曉。元兒四顧無人，兩手舉起竹籃，連跑帶縱，下崖到了澗邊，見水流湯湯，人舟未見。正以為來早了些，忽見水洞口壁上藤蔓分處，一舟穿出。舟尾起伏之間，嘩啦一聲，方環從水裡赤條條躍入舟內，持起雙槳，撥水如飛，頃刻到了面前。

元兒心中大喜，一面招呼，一面忙把竹籃遞將下去。

方環將元兒接入舟中，說一聲：「三哥，我們到了裡面再談吧。」說罷，站在船頭，將身往水裡一順，早又分波而入。兩手推定舟尾，踏浪穿波，直入水洞。復翻身將洞口藤蔓掩好。元兒將松燎點起，兩手扶舟，探頭水面，與方環兩人一問一答，且行且談，感情越發深厚。不多時到中段旱洞，二人出水，抬舟而行。走完旱洞，再由水路推行，言笑晏晏，哪覺路長。已到水洞出口。方環將舟藏好，搶了竹籃扛在肩上，直奔百丈坪家中走去。

到了方家一看，天才交午，方母服藥安眠，尚未起身。方端正在院中掃地澆花，見方環接得元兒同來，心中甚喜。又見帶了不少東西，打開竹籃一看，除甄氏送的布帛、糖果、燻臘而外，無一不是山中需用之物。便笑對方環道：「你前晚方和二弟三弟訂交，便向人家要這許多東西，真太不客氣了。」

方環咕嘟著嘴答道：「我們既是自家弟兄，情同骨肉，分甚彼此？我這裡要用，又無處去買。三哥是便家，要些何妨？你以前怎麼時常向表姐要來著，莫不成她是女的，還比我弟兄們親些？從今後有了三哥，不愁缺東少西，也省得你說我將表姐氣走，鬧得沒法。」

方端聞言，臉上一紅，也不再理方環，只問甄濟為何不來。元兒說了緣故，俱都代他愁煩。因知元兒、甄濟也許要來，弟兄倆從昨晚便煮了些臘野味，又殺了隻肥雞燻悶著，準備來了款待。方母未醒，三人也不進屋，就在院中石上坐定，談了一會。

午時過去，方氏弟兄聞得方母咳聲，忙走進去，服侍好了，方環出來招呼元兒進去。元兒拜見之後，方母喚近前去，拉著手說道：「你生長富家，難為你點點年紀，令尊令堂竟放心你一人自來，又送我母子這些禮物。山中無可奉贈，等回時捎些野味回去略表微意，代我母子向令尊令堂道謝吧。」元兒將來時懇求父親不要帶人的話說了，以便晚了自己還可住一宵，明日再走。方母含笑命方端記著，少時飯後，可由方環陪了元兒玩耍，命他往後山打些山雞野味與元兒帶去。元兒知父母都愛吃嫩山雞，如果推辭，下次反不好送他母子東西，連忙稱謝，說自己也願同去打獵。

方母道：「那裡山勢險峻，人跡不到，慣出毒蛇猛獸。便是三毛，我也不准他去，你只和兄弟玩吧。這裡你是初來，也還新鮮。想打獵也有，不過沒有肥的山雞罷了。」元兒只好應了。

方端走進後房，端了午餐進來。方母照例飯前須飲二杯。兄弟三人陪著吃飽，方端收拾了出去。略談片刻，方母要倚壁打坐，元兒便隨方環走出，方端早已帶了兵刃暗器出來，招呼方環到時早回，不要走遠，逕往後山獵雉去了。方環也進屋去拿了一柄長劍、一把護手刀、一袋弩箭和一根釣魚的竿子出來，問元兒想怎樣玩。元兒意在打獵。方環便將兵刃分了，領元兒出了樹林，逕往東方懸崖上走去。

走有兩里多路，元兒忍不住問道：「我們都走出來，休說伯母無人服侍，山中想必不少野獸，伯母又在病中，不能下床，你那點子籬笆門，要驚嚇了她老人家怎好？」

方環笑道：「你莫小看我母親。這是她老人家中了陰寒，不能下地。就這樣，多厲害的野獸，也不值她老人家一動手呢。還記得初搬來時，有一天哥哥找表姐去了。我看天下雪，去撿乾柴。天也是這般時候，她老人家正在打坐，不知從哪裡來了兩隻老虎。大的一隻，吊睛白額，怕不比老黃牛還大。業已撞破窗戶，到了屋內床前。吃她老人家迎面一掌，活生生將大虎的頭擊碎，死在地上。後面一隻吼了一聲，才得進了窗戶，又吃她老人家端起床前袖箭，將虎眼雙雙打瞎。正巧我聽見虎嘯趕回，將牠弄死。虎肉直吃了很多天才完，差點沒將我吃病好幾天。她老人家只是下半身不能轉動，若論本領，我哥哥也只不過學會了一半呢。這一打坐，要到黃昏以前，才能做完功課。我弟兄有時在家，也無事可做，如有察覺，自會醒的。」元兒聞言，好不驚羨欽佩。

行行說說，不覺又翻了兩個山坡，轉過幾個叢林密菁。休說豺狼虎豹，連個貓兔之類都未遇上。方環託異道：「這黃桷樹一帶，虎豹雖不常見，林菁中狼鹿灌兔之類甚多，怎的今日安心打牲，倒不出來？」說罷，找了一陣，實是沒有。算計方母雖還不到醒的時候，畢竟家中無人，有些掛念，只得掃興地抄近路回走。

行近百丈坪只有半箭多地，方環忽覺內急，打算擇地大解，請元兒先行一步，自己自會追上。元兒原想在路側等他，方環執意不願，元兒便一人往回路上走了下去。經行之處，恰巧是東西橫亙的嶺脊，山高林密，岔路甚多，生人本易迷路。別時方環忘了說明途徑，元兒獨自走上嶺脊。回望方環，已兩手按住肚子，往傍崖林中跑去。再往嶺脊這面一看，百丈坪就在眼前。日光已成斜照，到處雲煙蒼莽，野花怒放，泉響松濤，清脆娛耳。

元兒心裡一開，便學甄濟前日縱躍之法，信步往下面縱去，接連幾次，便到嶺下。

穿過一片桃林，又有清溪阻路，水面甚寬。元兒估量縱不過去，便沿著溪邊行走，打算擇地越過。誰知越繞越遠，溪面更寬，對溪形勢也變成峭壁，過去也難以攀緣。方環又不見追來，恐入岐路，只得再往回走。那溪原有好幾處支流，去時不曾留心，無心中又將回路走錯。見一處溪流甚窄，雖是急流洶湧，相隔不過數尺，好生後悔，適才怎未看見？白走好些路。便退身蓄勢，跑至溪邊，一躍而過。縱往高處一看，腳底一片棗林，正是那日方環所說姑父家中，才知繞行已遠。還算好，認準方向，不愁走迷。猜方環已然到家，恐他懸念，急匆匆縱了下來，放步往棗林之中便跑。

方環姑父的家，原在棗林深處。林中除了棗樹外，還雜生著幾株桃杏榛栗之類的果樹，開花結實，襯著一片棗花，含蕊飄香，間以紅紫，景物甚是清麗。元兒一心只想穿出棗林，過了百丈坪，好回方家，一切俱無心觀賞。正在急行之間，耳旁似聽棗林一角，有一種怪聲低嘯，接著便是密林騷動之音。因棗林快要走完，轉過前方高崖，便是百丈坪，心急趕路，也未在意那是什麼怪聲。

就在元兒將出林的當兒，忽然一個東西從頭上打下，元兒忙中沒有留神，正打在肩頭上，吧的一下，骨碌滾落地面。元兒吃驚止步，往上一看，自己是在一株大桃樹下，打自己的是一個碗大桃子，跌在山石上面，業已皮開漿流。以為桃熟自落，無心中打了自己一下。見那樹上的桃子青紅相間，又肥又大，又直跑了一路，口渴思飲，想就便爬上樹去，採十個八個，帶回去與方家母子同吃。

剛一停頓，忽聽樹枝微微響了兩下，又從樹杪墜下兩個大肥桃來。元兒手疾眼快，一伸兩手，雙雙接著。一看，那桃紅肥欲綻，清香撲鼻，越發口饞。微擦了擦，順手拿在嘴邊咬了一口，真是漿多汁甜，順著口邊直流甜水，越發不捨。
元兒見那一隻桃上還帶著一點斷枝，附著兩片小青葉，似像人用刀削斷一般，並非果熟自落，心中微詫。待要往樹上爬時，耳旁又聽咻咻連聲，桃枝、桃葉及碗大桃實紛紛無故自落。匆促中也未細想墜落原因，只怕跌碎了可惜，揮動兩隻小手，也跟著亂接，接了來，便放在地上。那桃一共落了四、五十個，元兒雙手哪裡接得許多。臨完一數，被自己完整接著沒有落地的，先後共只接了二十來個。餘下二三十個，全都跌得稀爛，個個肥大鮮紅。元兒心雖驚異，只是四顧無人，樹上又無甚東西，始終不知那桃是怎麼落下的。心想：「這好比天贈我一般，省我費力，且不管它。見桃大手小，拿不了許多，便將長衣脫下，將桃兜起。
前走沒有幾步，便聽側面不遠樹頂上有人莽聲莽氣他說：「你這人好沒道理，吃了我家的桃，連謝都不道一聲麼？」
說話聲中，早有一條黑影從相隔丈許遠近的一株棗樹陰中飛向身旁，把元兒嚇了一跳。定睛一看，原來是一個十歲上下的小孩。生得虎頭虎腦，濃眉獅鼻，闊口大耳，短髮披肩，兩隻眼睛又大又黑。赤著上身，露著一身肉，兩臂虬筋顯露。右手拿著一個又似弓又似弩的東西，笑嘻嘻站在當地。
元兒畢竟聰明過人。起初因這小孩突如其來，變出非常，忙放桃包，一面後退，手中苗刀早已躍躍欲試。及至看清來人，猛想起方環所說那家姑表親戚，這裡又並無別的人家，料是方環的表弟。因那小孩奇特，先不明問，笑答道：「這桃是從樹上墜落來，我見可惜才撿的。縱是你家樹，我又沒動手去採，難道有甚過錯？」

那小孩好像被元兒這幾句話問住，略停了停，答道：「樹上落的，有那麼便宜的事？你叫它再落一個我看。」一面說，一面手往腰間掛的一個小布囊內摸了摸，並未摸出什麼。話剛說完，也不俟元兒答言，倏地將身往樹上縱去，行動真比猴子還快，似在樹上尋找什麼。眨眼工夫，又跳下來，對元兒道：「你看那桃不落不是？我叫它再落給你看。」說罷，手舉弩弓，將手一抬，耳聽嗖的一聲，樹枝微一閃動，又有一個碗大的桃墜將下來。

元兒才知起初桃子是這孩子用弩弓所射，越發驚奇，便對他道：「你不用弩弓打給我看，我還只當桃熟自落呢。既是你打的，我也不要找你便宜，還了你吧。」

那小孩聞言，黑臉一紅，微怒道：「我不是那小氣人。別的不說，你既拿著弓刀，必然會些武術，我們兩個人比上一回，贏了我，不但送你桃子，還拜你為師；輸了，也請你吃桃。你看好嗎？」說完，放下弓弩，將身一縱，到了林外，腳分丁字，左手護脇，右臂劍指沖天，擺了一個招式，點首直喊：「快來！」

元兒哪會武藝，不禁著忙，可又不願認輸，雖猜出他是方家表親，因方氏弟兄再三囑咐，不願人前顯露形跡，不先將人問明，不便說出。想了想，答道：「我比你大兩歲，又拿著刀，你是一雙空手，這事不大公道。你回去拿了兵器來，我們再比。」

元兒此言原有兩種用意：那孩子如便是棗林深處那一家，只須把話說明，便可免去相打；如見他所行路徑不對，好在就隔著一個廣坪，離方家不遠，仗著腿快，跑回去約了方環再來，也省吃虧。

誰知那小孩卻是粗中有細，說道：「你是不願和我動手，想溜麼？比武難道定要兵器？大家用手不是一樣？」說完，見元兒遲疑，一不耐煩，又縱回來。一伸手，剛要奪去元兒的刀，立逼著動手，忽然失聲叫道：「你這把刀不是方三哥的麼，怎會到你手內？來時又不是那條路。你要是楊老賊家的，今日須不放你過去。」說罷，兩手一分，大有一言不合，便要上前之意。

元兒聞言，如釋重負，忙答道：「你是方二哥的表弟麼？我叫裘元，與你方二哥、三哥是八拜之交，異姓兄弟。今天你三哥接我來玩，去那邊打獵，回來我和他分手，走迷了路，繞道棗林，與你相遇。自己人比甚武？我們快同到方家去玩吧。」

那小孩將信將疑地答道：「那我怎未聽過你？去就去，如真是我三哥好友，也就是我的哥哥；如說誑話，莫說他，就我一個，也將你劈了。我替你拿著桃子，這就走。」

元兒正要答言，忽然一陣大風吹來，道旁樹林似潮湧一般，上下左右亂動亂搖，呼呼作響，鼻孔中還聞見一股子羶氣。剛說得一聲：「好大風！」猛聽那小孩說：「裘哥哥留神，這風不似尋常的風，定有老虎跟來。」元兒正在惶顧之間，又聽小孩大喝道：「怪物來了，還不快躲！」言還沒了，將身一縱，早往路側高崖縱了上去。

元兒聞言大驚，四外一看，並沒什麼。但心中究是情虛，一手拾起桃包弓弩，正要跟縱上崖。身剛立起，猛覺眼前兩股紅光一亮，接著便聽一聲初入林時所聞的怪嘯，只是要響亮得多。那桃樹便喀嚓一聲斷了下來。

元兒抬頭一看，離身不過兩丈，桃樹棗樹間躥出一隻怪獸，高約五尺，身長足有一丈開外，通身金黃。眼射紅光，有飯碗大小。一張血盆般大嘴，凶牙外露，口角噴煙吐沫。正從林中向自己頭頂撲來，身挨處，合抱一株桃樹，被牠憑空折斷。真是奇形怪相，凶惡無與倫比。只嚇得元兒毛髮皆豎，冷汗直流。驚慌忙亂中，哪敢細看怪物形相，一時情急，連忙閃身躲過，同時用手中桃包弓弩迎頭打去。

那個怪物撲了個空，怒發如雷，二次又向元兒撲來，元兒雖有異稟，天生身輕力大，並未學過武藝，全仗靈機應變。身一立定，剛想往百丈坪那邊逃去，怪物已疾如旋風，二次縱來，離地約有兩三丈高。元兒如往前縱，說不定便許落在怪物的兩隻小木桶粗細的鋼爪之下。危急之頃，忽生急智，反迎著怪物縱出去，居然逃了性命。

那怪物二次落空，正要縱起，忽然崖上飛來幾塊大石頭，全打中怪物頭上，蹦起多高。怪物通似沒有察覺，依舊追撲元兒。那崖上發下來的大石頭也打個不休。末後一塊石頭正打在怪物的一隻紅眼之上，雖未將牠打瞎，想是負痛情急，怪嘯一聲，匍匐當地，伸起一隻又大又粗的前爪，去揉那隻受傷的眼睛。血盆大嘴腥涎四流，直冒黃煙。把一條七、八尺長怪蟒一般的大尾，吧吧吧地打得山響。

元兒昏頭轉向，竟自忘了逃走。這時勢子一緩，才得隱身一塊大石後面，偷偷往前一看，方看清怪物側面身形，除長大和初見時一般外，身上的毛竟和金針一般，耀日生光。頭上卻是根毛俱無，長著不少半尺大小的癲包，鼓凸凸一頭皆滿。還有一雙紅睛火眼，也是凸出，直射凶光。最奇怪的是，除前後四條像小樹幹一般的粗腿外，還生著兩排尺許長的密密短爪，不住自由伸縮，看去甚是銳利。這種怪物，漫說《山海經》所不載，平時也未聽人說起。

元兒正在喘息害怕，崖上又飛下一塊石頭，發處正當元兒身後，這一下又將怪物另一隻眼打中。想是這次更重了些，惹得怪物性起，山鳴谷應地怪嘯了一聲。立起身來，昂頭四外一看，不知怎的，竟會發覺元兒存身所在，便又撲來。嚇得元兒心膽皆裂。

幸而藏處側面是一個石凹，寬有數尺，長有丈許。這會工夫，元兒已知怪物來勢，哪敢起身縱逃，順著石凹往側縱去，恰好已到百丈坪上，耳聽嚓嚓之聲，藏身處一塊六七尺高厚的山石，已被怪物鋼爪抓裂粉碎，那怪物誤認打牠雙目之石是元兒所發，如何肯捨，又是一聲怪嘯，追上坪來。這坪更是一坦平陽，並無藏身之處。

元兒隨著那怪物縱沒兩個照面，猛想起自己與方氏弟兄是生死之交，這裡鄰近方家，要是方氏兄弟未歸，病母在床，自己逃入林中，豈非引虎入室？又一想事有命定。這東西也只力大凶猛，縱跳得高，並不似常聞人說的妖怪厲害，想必是山中猛獸。適才自己幾次從牠肚腹下穿過，看見小腹上生著一條比身還長的東西，和驢馬的鞭一樣。落地時節，腹旁兩列小腳便齊往當中，將那東西包攏，跳起時才得張開。自己雖手持一把快刀，無奈不會武藝，不敢近身，看適才那麼大石塊打在牠眼上，休說打死，瞎都未瞎。萬一刀再砍不進去，豈非白送性命？只牠腹下之物軟綿綿的，護持又緊，想必是個致命所在。如此凶猛怪獸，早晚自己力乏，被牠咬吃，何如與牠拚個死中求活？等牠撲來，遇上機會，給牠一刀試試。

元兒主意一定，不由膽力頓壯，雄心陡起。右手緊持刀把，定睛留神，靜等機會，又縱跳有幾個照面。明明好幾次俱可下手，不是下手時矜持誤事，失之交臂，便是遲速不合錯過。眼看日薄崦嵫，暝色將至，那怪物一雙火眼反倒越發明亮；自己卻累了個汗流浹背，焦急萬分。

元兒正在著急，那怪物又在面前不遠縱起。元兒把心一橫，大聲喝一聲：「死活便是你吧！」將身往怪物近腹衝去。就乘怪物身懸空中，剛要打自己頭上躥過之際，強鎮心神，將身往起一縱，覷準怪物腹下那條累垂長鞭，舉著苗刀揮去。猛聽怪物震天價一聲怒吼，手中苗刀已被怪獸鋼爪抓住。心裡一驚，手一鬆，身體往下一墜。知道性命難保，喊一聲：「我命休矣！」墜地時節，耳旁似聽方氏弟兄大喊之聲，人已暈死過去。

第三章　初結仙猿

話說元兒在百丈坪乘怪物一個前撲之勢，手舉苗刀，從牠腹下縱過，去斬那條長鞭。刀剛揮過，好像不甚吃阻，也不知斬中了沒有。耳旁只聽那怪獸驚天動地般怪吼一聲，同時手中刀已被那怪物腹旁密排的短爪抓住。心中一驚，眼裡一花，昏瞀中恐被怪物落下壓住，拚命仍往怪物尾後躥去。身一著地，便已精疲膽落，暈死過去。

過有一會，耳畔似聞人哭喊之聲，才回醒過來。用目四顧，身子卻躺在方家小榻之上。房中火已掌起，面前站定方端、方環和那拾桃時所見的小孩，還有一個身著葛巾野服的長鬚老者，俱在拍手稱慶。就中方環一雙眼睛變得紅腫腫的，好似哭過神氣。回憶前事，如同做了一場惡夢。待要起身，兀自覺得周身疼痛。

那方環見他一醒，早又湊近榻前，見他想起，忙攔阻道：「你和那怪獸廝拚，都怪我們來遲了一步，害得你周身力氣用盡，差點把命送掉。如今剛給你灌了姑父給的靈藥，須要養息半日。且莫要動，待我給你引見完了，再說適才險狀吧。」說罷，指著旁坐的長鬚老者說道：「這是我姑父銅冠叟，他對人是不說真名姓的。姓我倒曉得，和我表弟一樣。名字卻只我哥哥知道，他也不說。」

元兒見老者朝他含笑點頭，連忙也點頭還禮。

方環又指那小孩道：「他叫司明。我弟兄送他一個外號，叫做火眼仙猿。年紀雖小，力氣卻大。又受姑父傳授，打得一手好飛刀弩。他說適才不該用話冒撞了你，又佩服你天生神力大膽，要和你陪個禮兒。請你不要怪他，和他也交個朋友。」說到這裡，正待回身向司明招手，司明也不俟說完，挨了過來，莽聲莽氣他說：「裘哥哥，適才是我不好。」說罷，便跪了下去。

元兒連說：「豈有此理！」想伸手下床去扶，又被方環按住，說道：「表弟從來是這脾氣，他也從來未服過人，你由他吧。」元兒無法，口裡不住道歉。司明拜罷起身，便往元兒身前走來，兩人都伸出手來握住。元兒也請他坐在床邊，正要問答。

那長鬚老者見元兒這時又是這般溫文爾雅，越發心喜。便對司明道：「你哥哥才醒，莫要多煩擾他。他定想知適才斬獸之事，我同三毛都說不清楚，還是端兒從頭說吧。三毛可給你母親報個信，省她不放心。這末劑藥，再停半個時辰吃。你裘哥哥內外無傷，只用力過度，神散身軟，明早就可痊癒。你如不願回去，在此同睡亦可，只莫貪玩不眠。我明早再來，先回去了。」元兒聞言，忙著在榻點頭稱謝。

銅冠叟還沒出門，方環被他提醒，想起母親還在惦念，早忙著跑了出去。方端又吩咐將煮就的粥代端進來。方環應了，先往母親房中，因相隔甚近，其母已然略知事情的大概。便吩咐方環，仍去服侍病人吃了東西，等睡時再來。方環領命，到後房將稀飯、鍋魁連菜一齊端進來。除方母一人早經方環服侍，用過飲食外，餘人都擔心元兒，哪有心腸顧吃。元兒一醒，又見熱騰騰的飲食，不由都想起餓來。方氏兄弟和司明見狀，連話也顧不得多講，把一張大竹几移向床前，扶起元兒，一面搶著餵他，一面各人自吃，吃得十分熱鬧，吃完，收拾出去。方氏弟兄又去服事方母安睡好了，將元兒末劑藥取開水化了，與他服下，房中松燎添旺，這才由方端暢談經過。

原來那獸並非怪物，牠名喚蟦獅，專食毒蛇大蟒，口噴毒煙，能生嚼金鐵，渾身上下刀砍不入。只有兩個致命所在：一處是那腹下長鞭；一處是咽喉裡面的小舌。非遇極怒發威，闊口大張之際，不能看見小舌；即使看見，如非慣打暗器，百發百中，而膽子又極大，敢於拚死的人，也難打中。否則平常發威，雖然張口，但是兩排利齒長大周密，任你手段高明，休想打得進牠口去。乍看腹下長鞭，傷牠似易，偏又有腹側兩排短足利爪保護。非俟牠跳起空中，冒著奇險，用刀縱起去削，不能僥倖萬一。這種異獸長大凶猛，而且心性極靈，渾身上下無處不善運用，任何野獸遇上必死，誰有膽量近牠？

元兒當時情勢，也經歷好幾次危機一發，差點被那怪蟒一般的尾巴掃上，打成肉泥，全仗身小心靈，才得免難。元兒末次決定用刀去削怪物腹下長鞭，因為那東西是軟綿綿的，脆弱已極，苗刀又快，故一揮兩段。怪物一護痛，兩排密爪短足自然伸開，恰巧將元兒手中刀抓住。又是那麼一聲怪吼。元兒驚慌迷亂中，以為遭了怪物毒手，用盡平生之力，躥出去暈倒在地。怪物當時也知道中了暗算，只是收不住勢。正待落下，回身尋仇，正值方氏兄弟趕到。

原來方環解手回來，久候元兒不至，忙和方母說了，受了幾句責怪。「元兒路徑不熟，豈能令他獨行？還不快點去找他回來。」

方環聞言，忙從家中跑出尋找。自己平常抄慣近路，百忙中忘了元兒尚是初來，一入歧途，越繞越遠。先由原路迎找前去，直尋到分手的地點，哪有絲毫蹤影。算計元兒不會再走向去路，又跑回來，上了嶺脊。往四外一看，仍是不見。暗忖：「元兒雖力大，卻未練過武術。這山前又出過虎，莫要被虎吃了？」想到這裡，方環心中一著急，便亂了主意，只管在分手附近的幾條岔路口來回亂縱亂跑。有時也沿著溪尋找，只沒料到元兒會越溪走向棗林那面，繞了那麼大一個彎轉。

所幸一路之上，並未發現什麼血跡。又以為是迷路走入深壑密林之中，只是路徑太多了，不知從哪路尋找才好，耽誤了好一會。正在著急，二次又走向嶺脊上面，遇見方端提著幾個野雞，口裡唱著山歌走來。連忙迎上前去，告知元兒失蹤之事。

方端先也埋怨他一頓，說：「你出來已有好一會兒，別是從旁的路回了家吧？」

方環答道：「不會，他如回家，母親必然告訴我出來尋他之事，他在家中決待不住，縱不來此尋找，也必在林外那一塊高崖上觀望。我幾次留神，由高處回望，百丈坪雖有一半被岩石林木遮住，無論他出進，沒有不見之理。」

方端又問：「既是如此，別的岔路你可曾尋過？」

方環答道：「都尋過了。」

方端冷笑道：「你素來粗心浮氣，只怕還有遺漏。如非有奇特事情發生，他絕不會走失。你想前日他和甄大哥初次迷路，尚知辨別日影，尋路出山。這嶺脊離我家雖然還隔著幾里路，但是那百丈坪和那片樹林都遠遠可以望見，怎會迷路？不過天下事也正難說，到底他年輕路生，莫要出了別的差錯？這條原路，如知道走時，早到了家，在這裡找，有什麼用？趁天還未黑，且隨我再另行找一找試試。」

方端說罷，略一端詳形勢，拖了方環，順著溪流走了下去。凡遇一條歧路小徑，便問方環可曾找過，方環俱都點首。末後找到元兒越溪而過的這條路上，一問方環，說是因為路太不對，又有溪隔住，所以沒找。

方端說：「我說你粗心不是？有溪阻住，他不會跳過去麼？」說時，走向溪邊，忽然驚叫說。「這不是兩個小鞋印？分明打此縱過，這裡土軟，他跳時不會提氣，用力太重，留下痕跡。天已黃昏，恐母親喚人，你快從這裡跳過去，由棗林繞到百丈坪，我猜他多半遇著姑父，留住問話，耽誤些時。我仍從原路趕回，就便分頭尋找。」說罷，弟兄倆忙即分手。

方端路近，自然先到，將近百丈坪，便聞怪獸嘯聲從百丈坪那面傳來。心裡一驚，腳下加勁，接連幾縱，便到坪上。果見元兒和一隻從未見過的凶猛怪獸拚死相持。一急，忙著放下手中提的野雞，分持兵刃暗器，便要上前。忽聽耳旁一聲：「甥兒且慢。」

回頭一看，正是司氏父子，忙問何故。銅冠叟道：「我正睡著覺，忽被怪獸嘯聲驚醒。隔一會兒，明兒跑回，說有你一個朋友，正和一個怪物爭鬥。他連用暗器石頭，都打那怪物要害，卻全無用處，所以催我快來救援，趕到一看，這怪物固是猛惡非凡，那孩子更是天生異稟，根基極厚，據我觀察，絕不會命喪怪獸爪下。只是這東西渾身勝過堅鋼，兵刃不入。我一口離朱劍，又被你表姐帶出山去，我們都奈何牠不得。

「那孩子原可仗著身體靈巧，縱跳逃走，他卻只管一味戀戰，手中苗刀始終未釋，定有用意。我見他膽子絕大，而且沉著機智，勝如成人，想必看出那怪物的致命所在，遇機下手。此時我等如若上去，勢必破了他的計策，大家無益有損。不如權且停手，暗作準備。果真危迫，拚我老命不要，這麼好一個孩子，我也要救他出險。適才明兒幾次要上前，俱被我攔住。你只端準你的毒藥連珠弩，聽我吩咐好了。」方端雖知銅冠叟久經大敵，博古通今，本領高強，料事如神，但是眼看元兒連番涉險，也是焦急萬分。又見天色向暮，元兒神態不支，怪獸二目紅光閃閃，凶威愈盛，便力勸銅冠叟早出馬。

方環也從棗林繞上坪來，一眼看見元兒危急之狀，連話都未顧得說，大喊一聲，往前便縱。銅冠叟一把未拉住，剛道得一聲：「要糟！」正值怪獸末次朝著元兒頭上，向方端、方環、司氏父子這一面撲來。尚未落地，忽然張開大口，一聲怪吼。銅冠叟眼快，早看見元兒從怪獸身下縱過時，將手往上微揚，手裡苗刀撩處，六、七尺長的一段東西落向地面。銅冠叟心中大喜，忙喊：「快將暗器朝那怪物口中打去。」

言還未了，自己手中連珠鏢先發出。接著方端的藥箭和司明的飛弩，也各像飛蝗驟雨一般，齊向怪物口內打去。只有方環不曾聽見，跑到離怪獸還有兩丈來遠的地方，才見那怪獸已然落地。原來牠連中多少致命重傷，早已疼暈，一眼看見對面跑來一個小孩，二次怪嘯一聲，作勢便撲。方環身臨近，哪知厲害，一橫手中劍，來個白虹射日式，還待朝那怪物迎面刺去。忽然眼前黑影一晃，說道：「三兒不要命麼？」身子立時被人夾住，懸空躍出去有七八丈遠近落下，一看，正是表姑父。

原來銅冠叟見怪獸二次作勢欲起，知道這是拚死奮鬥，厲害非常。見方環正當牠的前面，絲毫不知危機就在頃刻，喊聲：「不好！」將足一墊，一個黃鵠摩雲的招式，將身飛落場中。就地下剛夾起方環，那怪獸已然狂吼一聲，離地縱起。

銅冠叟見勢不妙，忽生急智，因左手止夾著方環，便將右手長劍趁怪物張口之際，脫手往牠咽喉擲去。同時暗運真力，一提勁，右腳橫踹住左腿彎，借勁使勁，往斜刺裡一個風卷殘花招式，橫縱出去。落地一看，那怪獸已然內外傷毒一齊發作，痛暈跌地，不能再起。只在山地上伸開四腳，貼地奮力爬行，只聽山石上一片沙沙之音隨著響動。知牠死在頃刻，餘威仍不可侮。恐牠萬一緩醒傷人，禁住大家不許上前，且自救人要緊。

方環一落地，首先看到元兒暈死在地。也顧不得再殺怪獸，忙跑上前去，用手一摸，雖然胸際猶溫，鼻息已斷。心中一酸，目中便流下淚來。一路連哭帶喊，人也不叫，抱起他往家中飛跑。

方母聞得哭聲，心裡一驚，正待喊問，方環已將元兒抱進屋來，哭著略說經過。方母驚急非凡，忙命掌起松燎，放在床上，仔細撫看。剛說得一聲：「人還有救，還不快去請你姑父！」銅冠叟已同方端、司明走進屋來，笑道：「我還不知兩位賢表侄新交下這麼一個根基絕厚的好友。」

說時見方環哭泣，便道：「三毛莫哭，你的朋友如死，我拿老命賠他。此子不但秉賦絕佳，而且極有肝膽，他明可逃到這裡，他卻不走。固然為了除害，一半還是為了怕傷好友病母，真是難得。這床窄小，不便醫治，還是抬到表侄房中去吧。」

銅冠叟說著，早從身上取出兩丸丹藥，撬開元兒牙關，塞了進去，又命方端對了一碗陰陽水灌下。說是此乃驚悸過甚，神力兩衰，有此靈藥，至多兩個時辰，必然回醒。

然後將元兒抱往方氏弟兄房中。又命司明跑回家去，取了些草藥，濃濃煎了一碗，準備少時灌服。然後詳說那怪獸的由來。

銅冠叟走後一會，元兒服藥後，體力漸復。大家聚坐床上，暢談一切。直到子夜過去，方端因明早有事，元兒大難之後須要養息，再三催促，才行各自就臥。方端自睡一個小榻。方環與司明推說照料，定要與元兒同榻。三人睡在枕頭上，仍是喁喁不休，過了些時，也相次睡著。

次早，元兒醒來一看，旭日當窗，銅冠叟正在榻前喚醒司明，方氏弟兄業已起身出去，連忙下地叩謝。司明也已醒轉起來。銅冠叟扶起元兒看了看，又按了按脈，笑道：

「你已和好人一樣了。若非秉賦過人，哪有好得這般快法？昨晚我因怪獸蟆獅是個公的，那母的雖然力量身體較為弱小，但沒有腹下那條長鞭，不易傷牠要害，恐牠尋來報仇害人。又知公蟆雙眼，連那頭上癩包，俱都藏有明珠，昨晚因忙著救護賢侄，以為此地沒有外人，那東西身如堅鋼，刀砍不入，足跡所至，百獸聞風遠避，當時沒顧得取出。清早一看，不但那東西兩隻怪眼被人摘去，連頭皮也被人揭開，將癩包內明珠取走。此事大已蹊蹺，不得不根究蹤跡。

「後來無心中在棗林內發現那公蟆的足印，便一直尋到近便崖下一個深洞旁。那洞外原有一塊大石封閉，好像新近才被人推倒。最奇怪的是還有一隻母蟆，業已被人用劍腰斬，也是將雙眼和明珠一齊取走。我算計那人，即非劍仙一流，所持寶劍也是干將、莫邪一類之寶。其人本領必然勝過我們，除非他自尋上門來，要想尋他，定然難遇，只得走將回來。一問兩個表侄，知道昨晚你們同榻談至深夜，並無動靜。看來這位高人定是無心來此，特意除害，並無敵視之念，才略放心。

「昨日我見賢侄一點武藝不會，竟有那般天生神力膽智。即以你的相貌骨格而論，也是我輩中人。既是遺民之裔，不圖獵取功名，何不學習一點防身本領？往小裡說，也可免受人欺侮。」

元兒昨夜已從方氏弟兄口中，得知銅冠叟早年威鎮江湖，文武兼全，多才多藝，本就嚮往非凡。一聞此言，看出銅冠叟有垂青之意，正是求之不得。忙下跪叩請道：

「小侄自幼慕道愛武，因為生在書香之家，年紀又小，未得物色名師。即以此與方二哥們相遇而論，也因與表兄約好，同往金鞭崖尋求仙師，歸途誤走百丈坪，才得訂交的。」底下正要說拜師的話，銅冠叟已將他拉起，驚詫道：「你小小年紀，竟能一日之內往金鞭崖走個來回麼？」

元兒便講出自己小時怎樣遇著姑父羅鷺從天上飛回，說起姑母裘芷仙如何失蹤，如何得遇仙緣，自己一心慕道，想往金鞭崖叩求朱真人收為弟子。用盡心力打聽，好容易知了路徑，才約了甄濟同去，誰知卻是一個枯燥險惡的荒崖。又在附近一帶尋探了許多洞穴，俱都黑暗卑濕，不像仙人洞府。末後在那崖下將一塊大石推倒，發現那裡雖有一個很大的洞，但是又黑又汙穢，腥臭異常，聞了幾乎暈倒。因甄濟攔阻，未敢深入，掃興而歸。看來不是姑父羅鷺未說實話，便是自己心意不誠，打算日內還要獨身前往。

銅冠叟聞言，將元兒當日來去路徑和那崖的形勢細問了問，哈哈笑道：「如此說來，那塊大石是你推倒的了。有此神力，真是可喜。惜乎你去的所在，並非金鞭崖，白受了許多辛苦。還算你們運氣好，沒有深入崖洞，驚醒那一對怪獸，送了兩條小命，真是便宜。」元兒忙問就裡。

銅冠叟道：「你說的那崖，名叫近便崖。因為崖那邊當初有一座藥王廟，朝山還願的人很多。如從正路走，要遠三里多路。從崖後走小路近些，才取了這麼個名字。日子一久，有那不知道的人，便訛成金鞭崖了。真的金鞭崖原有，但還遠在深山從無人跡之所，常人無從知道。就到崖前，也無法上去。連我隱居此山近二十年，方在近來到過一次。自知年老力衰，無此仙緣，僅在崖下與一好友相見，並未上去。

「你所殺的那怪獸螟獅，乃是洪荒遺種。雖然深山大澤中偶然還有發現，但是其種將滅，輕易無人見過，知道的人也少。這東西凶惡非凡，其壽極長，專以毒蛇大蟒為糧。這青城山盡頭一面，便是雪山。那裡有一深洞，據說可通印峽寒荒未闢的窮山惡水之中。

「這一對螟獅，定從那一邊竄來，遇見高人，當時想因青城常產毒蛇，一時收撲不盡，欲借牠們天賦本能，將蛇吞吃。又恐牠們出來害人，才將牠們禁閉在石洞之中，外面用一塊大石堵住，只留了一個蟒蛇可以出入的小口。卻被你無心中將牠推倒，幾乎鬧了亂子。

「這東西乃是蟒蛇一類東西極大的剋星，牠身上本帶著一種誘蛇的氣味。每當飢餓之時，公螟便將肚腹朝天，躺臥在地，豎起腹下長鞭，射出許多腥涎，口裡亂叫。那附近蛇蟒聞聲嗅味，全部拚命奔來，紛紛向牠那條長鞭纏去。只一挨牠肚皮，便被牠腹旁兩排短腳上的鋼爪抓住，裂成兩半死去。那母螟早在旁邊守候，便將死的蟒蛇抓去享用。第二條上來，公螟又如法炮製。無論多大多厲害的毒蛇大蟒，只一來到，自會乖乖送死，休想逃跑。這東西因為慣吃毒物，天生奇稟，渾身除了兩個致命所在，刀槍不入。那條長鞭放出來的毒涎，更是人一沾上，不送命，也爛透了骨。你一個不知武事的小孩，居然將牠弄死，豈非天助？

「你姑父說的那位仙長，乃是當年有名劍仙，嵩山二老之一，名叫矮叟朱梅。已有三四十年，不曾聽江湖上人說他蹤跡。只我一人新近知他在青城山金鞭崖隱居，如今功行已屆圓滿。他門下弟子，名喚紀登，與我有些淵源。年前無心在此山中相遇，談起他師父正助師弟創立青城宗派。既然垂青於你，日後定有仙緣遇合。

「不過你年尚幼小，父母在堂，即使朱真人現時肯收你為徒，你父母也決不肯捨。你雖有天資，不會武功，那金鞭崖也上不去。我雖年邁，對於內家入門功夫，頗知一二。只因年輕時誤入歧途，自誤良機。目前雖未鐘殘漏盡，至多略享修齡，斷無奢望。

「這種內家功夫，連我親生之子均未傳授。你如願學，從今日回家時起，先教你一些初步功夫。以後每隔三、五日，背人來此一次，住一天半天，依序傳授。雖不能助你成為劍仙一流人物，也可有益身心，防身禦敵，為未來紮下一些根基。」

說罷，元兒早已喜不自勝，重又跪倒，行了拜師之禮。方氏兄弟和司明俱代元兒高興。

當下銅冠叟恐時久了，元兒父母懸念，便在飯前傳授了元兒一些入門功夫。元兒聰明過人，一學便會。銅冠叟也覺眼力不差，喜形於色。又攜了元兒同往方母房中。方母已得方環報信，知悉收徒之事。便對銅冠叟嘆了口氣道：「皇天不負苦心人。你兩個表姪子和明兒雖非下駟，到底還令人放心不下。青兒稍高他們一籌，將來終無把握。不想無心中得遇此子，前日一見，便知不凡，卻沒料到真個是金精良玉，韞璞流輝。異日之事，說不定便假手於他呢！」銅冠叟點了點頭，神色也自凄然。

元兒雖不知二人言中深意，已料定於他母子報仇之事有關，貿然插口道：「伯母善保病體，不要憂思。我弟兄數人雖然相見沒有多日，情勝骨肉。異日只要小侄能力所及，百死不辭。」

方母強開笑顏道：「多謝賢侄高義，此時還談不到。飯後早點回去，以免父母懸念，下次再來不便。你二哥給令尊令堂打了些野味，山居無物奉贈，聊表寸心。

「回去休提昨日遇險之事。可惜你殺的那隻怪獸，不但兩眼是個異寶，頭上還藏有許多明珠，好端端被人撿了便宜，不然你帶去孝敬令尊令堂多好。」

方環突然接口道：「適才我拾到五粒珠子，也不知好不好。因為三哥拜師，又到娘房裡來，大家談話，沒顧得說呢。」說罷，取出一個桑皮紙包，包中果有五粒大如龍眼的珠子，看去是銀白色，光頭並不甚亮。銅冠叟連忙接過，走向屋角暗處，看了看，問方環從何處得來。

方環道：「我給娘端藥去，耳聽籬笆上似乎響了一下，過去一看，便見地下有這個紙包。拾起來出門四外一找，一個人影子都無，打開一看，裡面是這五粒珠子。以前常見表姊從外面帶回家來的比這個小得多，卻比它晶瑩好看。原以為是表弟玩的，偷偷一問，他卻說沒有這東西，也未見表姐有過，正想跟大家說，便到這屋來了。」

銅冠叟聞言，吃驚：「你們休小看此珠，白日看去，無甚光彩，如到夜裡，功效就大了。適才我往暗處照了一照，雖不敢斷定是昨日怪獸身上之物，也是五粒價值巨萬的奇珍異寶。你們拿到暗處一看，便知分曉。」

屋裡這四個小弟兄，俱是年幼喜事，各人拿了一粒，走向屋角黑暗處去看，只見那珠上光華照在黑的地方，竟如電也似亮；越往明處，越無光彩。果然是夜明寶珠，俱都驚喜非凡。

銅冠叟又問了問方環得珠的情形，說道：「此珠定是那挖去公蟆雙眼，又在近便崖斬去母蟆的這位高人所為。想是見我們出生入死，白累了會子，特地送來，贈與裘元的。他暫時既不便說涉險之事，回家時，說不得只好掠人之美，說這裡贈與他父母的了。

元兒忙攔說：「老師，這五粒珠子，如都贈與家父家母，卻不敢收。一則是環弟拾來的，那位高人又未露面，怎能說是贈我一人？二則我弟兄要有都有，豈能一人獨得？這事萬萬不能從命。」

銅冠叟聞言，沉吟了一下，笑道：「這東西雖然很值錢，於我們避地隱名之人卻無用處。不過此珠果如我所料，異日奔走江湖，行至深山窮谷之中，不但辟邪，還可照路，大有便利。你既如此義氣，恰巧你們小弟兄也是五人，各可分得一粒。你的大盟兄甄濟，我未見過，不知他的天資如何，料比不上你，也和他們差不多。我這裡留下三粒，分與兩表姪子和明兒。一粒與你，回家呈與父母看過，如轉給你，無須固執，做一錦囊，貼肉藏好。甄濟一粒，交你帶去便了。」元兒方才謝了接過。

方母在榻上，正從方端手中取過一粒細玩，聞言，忽然失口說了一個「青」字。銅冠叟搖了搖頭，便即止住。喚過元兒道：「你那甄大哥，那日我曾親見。目前年紀尚幼，異日成就和心地，俱不如你。這種奇珍異寶，須有福德方能長享。你年紀不大，已然讀書明理。你們兩人既常在一處，須隨時規過勸善，免他將來走錯了路，也不枉你們弟兄一場。」元兒連聲遵命。

各人得了一粒，俱都喜不釋手，惟獨元兒卻恐忘了傳授，將兩粒珠子藏入懷內，便向銅冠叟一再請問。方母見了，越發讚歎不止。

銅冠叟道：「虎父無犬子。你既如此至誠向上，索性多成全你。此番回去，可相機暗稟令尊，請他背人來此一見，我當對他切實勸導。如能常和我在一處，按期歸省，以你天資，成就更速，並且還免去你父母許多顧忌和懸念。只來時行蹤，務要嚴密罷了。」

元兒聞言大喜。方環、司明，因知照此辦法，日後便可和元兒常聚，喜得連嘴都閉不攏來。方環又對元兒道：「你真造化，我活這麼大，也未聽見姑父收過徒弟，這真是開天闢地第一遭呢。你只要把他老人家一身本領學會，就不當劍仙，也差不多了。那些好處，等你下次來了，我再跟你慢慢地說。」

大家談笑正歡，方母說：「你們還不去端飯，回家晚了，招呼下次老伯母不准來呢。」方氏弟兄連忙應聲出去準備酒飯。元兒仍向銅冠叟殷殷請教。

不多一會，方端進來，與司明幫忙將桌椅搬到方母榻前。接著方環也捧了杯筷進來，銅冠叟朝榻對坐，小兄弟四人分坐兩旁。雖是山菜野蔬，倒也置辦得甚為豐腆適口。一陣吃喝說笑，不覺酒足飯飽。

元兒知方母要歇午，便起身拜辭，方母含笑點了點頭，吩咐回家代為問候父母，道謝送的禮物。元兒略答謝了幾句。候到方氏弟兄端藥與方母服下，服侍睡下，才隨了銅冠叟一同出門，還要到銅冠叟家中拜望之後再走。

銅冠叟道：「你師母已亡故十多年，只有你師姐，現在遠遊未歸，家中無人，無須拘此常禮。下次來再去吧。」

元兒執意不肯。方環、司明更是巴不得元兒多留一會，齊聲道：「讓三哥認認門頭也好。」

銅冠叟說：「既是一定要去，昨晚所斬怪獸，如今還在百丈坪上，順路看了再去吧。」元兒也想再看看那怪獸的形象，便隨著走去。

到了坪上一看，那怪獸螟獅躺在地上，連頭帶尾，少說也有兩丈開外。兩隻怪眼連前額，俱已被人挖去。四隻樹幹粗細的大腿，連那腹側兩排短爪，都比堅鋼還硬。通身金黃。一張血盆大口，獠牙森列。一條長尾上滿生細鱗，其形若蟒。落地處有兩三丈地面的山石，被怪獸銅爪抓裂了兩道尺許深溝。那血跡東一灘，西一灘，甚是狼藉腥穢。

再看斬下來那條蟒鞭，還橫在相距十來丈的地上，形若驢腎，但比驢腎長大有幾倍。通體滿生三稜軟刺，平時誘擒蛇蟒，全仗此物。只一挨上，那些軟刺立時豎脹，刺孔中噴出毒涎，蟒蛇便軟癱在蟆獅肚腹上面，任牠兩排短爪抓裂吞食，真是厲害。看完之後，銅冠叟又將怪獸情形說了一遍。

雖然事已過去，元兒想起來，也覺心驚不已，便問銅冠叟：「現在天氣漸熱，這般龐大腥穢之物，不曾想個法兒處置？」

銅冠叟：「怪獸身上寶珠雖被高人取去，還有許多有用之物。今晨因為追尋母蟆蹤跡，後來急於看你，無暇及此。等你走後，我自有安排。天已不早，快到我家坐一會兒就走吧。」

當下一行五人，穿入棗林，往銅冠叟家中走去。快要到達，司明忽然「呀」的一聲，拔步往來路便跑。元兒忙問何事。司明只說：「你到家等我，去去就來。」步履如飛，轉瞬跑沒了影。

元兒到了銅冠叟門外一看，坐落在棗林深處一塊小方坪上。門前有一道人工掘成的小溪，引來旁崖的山泉，水聲淙淙，繞屋而流。時當初夏，棗樹業已開花，一片金黃，清香透鼻。高幹參天，濃蔭蔽日，枝葉叢中時聞山禽鳴聲，入耳清脆。有時騰撲飛向別枝，樹上棗花受了顫動，便似金粟飄空，紛紛下墜。靜中之動，越顯天趣。

那房子雖只幾間茅舍，卻是紙窗竹榻，淨無纖塵。案上琴書，壁懸寶劍，比方氏弟兄家中還要幽靜閒雅得多，令人到此直有出塵離世之想。元兒一進門，便推銅冠叟居中坐定，重行謁師之禮。銅冠叟含笑受了。元兒又要去拜謁師母靈位。銅冠叟見他心誠禮敬，只得領他同到後面當中堂屋行禮。元兒朝上叩罷起來，往案上一看，神龕內供著幾座大小神主牌位，頭上有紅綾包住，字看不全。只左首有一小牌位，下面寫著「孝女青璜，孝男明奉祀」等字。便問：「這青璜，想是師姊的大名了？」

銅冠叟說：「我家的事，談起來話也太長，早晚須對你說。青璜正是你的師姐。我因你去世師母對她異常鍾愛，不免嬌慣了些。如今和野馬一般，時常在外間跑。雖說她已有防身本領，品性也還堅定，終是我一樁心事。這次出門最久，還不知何時再回來。左邊便是她的臥室，你不妨進去看看。」

方端聞言，首先上前，揭起竹簾，大家一同進去。一看，靠壁是一張竹床，又短又窄。樑上懸著許多大小鐵彈，離地數尺，高低不一。窗前口上也橫著一張古琴同幾十卷道書。壁上滿懸兵刃暗器之類。另外還有兩個蒲團，一個香爐，別的一無所有。銅冠叟道：「你師姊性情好高騖遠，資質卻不如你。這便是她日常用功所在。樑上懸的大小鐵彈，乃是煉氣之用。等你從我學過幾月以後，便可傳授與你。今先使你看個大概。」

說時，方端正站在那面琴前發呆，忽然看到琴下露出一些紙角，抽出一看，失驚道：「姑父請看，這不是表姐的書信？」

銅冠叟接過一看，便揣入袖內，嘆道：「這孩子也忒任性了。既思念我，怎麼自己不回家一次，卻叫別人帶什麼信？」

方端忍不住問：「表姐信上可說幾時回來麼？」

銅冠叟說：「她因三毛一句戲言，立誓不學成劍仙不再回家。這信是她託一位姓石的結義同門姊妹經過此地帶了來的。說她離家以後，受了許多艱險。如今因那姓石的同門姊妹接引，拜在武當派教祖半邊老尼門下學習劍術，要等學成之後才回來呢。我因她從小就隨我學武，不該中途見異思遷，路略走偏了些。這次出走，別無所慮，只愁她好勝心切，誤入歧途。不料她居然能受盡艱苦，投身武當門下。

「半邊老尼這人，聞名已久，無緣無故。即以她這位姓石的同門而論，已經有飛行絕跡的本領。她如從此隨師潛修，必有成就。有志竟成，也難為她。此後我只打明兒一人的主意，無須顧慮到她了。」

方端聞言，似驚似喜，兩手只管在琴側摸撫，幾番欲言又止。

銅冠叟也沉吟了俄頃，忽然說道：「她那姓石同門既然來這裡，怎不見我？雖是個劍仙一流，她固不應如此自傲，我也不致連點影子都不對勁。你看看琴下面有無別的東西？」

方端伸手一摸，果然摸出一張三寸大小的紅柬帖來，上印著「縹緲兒」三字，旁邊又寫著兩行簪花小楷，剛健之中雜以嫵媚。大意說：愚姪女石明珠，受令嬡青璜師妹之託，路過投書。適值老伯他出，室無一人，又以師命在身，不便延候，致疏拜謁。半月之後，歸途經此，必當再來拜見。有無手諭衣物，請即備置，以便來取。

正看之間，室外一陣腳步聲，司明赤著上身，用衣兜著幾十個肥桃，跑進房來。未及說話，方環已先搶著說道：「表姐來信了，她不久就成劍仙了。」司明不信，方要開口，銅冠叟已喚他近前，問他這半日可曾收拾這間屋子。司明答：「姊姊走後，每日都照常收拾。只昨晚、今早俱未回家，空了一日。」又問：「可是姊姊真有信來？」銅冠叟便將前言說了。這才斷定寄書人是昨晚斬獸以後到此，並非登門不見。

略坐了坐，便命方環送元兒回家。

元兒當下叩別了銅冠叟，司明將桃另用竹筐裝好，小兄弟四人同往乘舟之所，除方端有心事在懷，無精打彩外，餘人都是十幾歲的小孩，一路說笑歡躍，早到了地頭。方端等元兒下舟，便將昨晚打來的十幾隻肥山雞、二十斤黃精，連同昨晚斬獸弄汙了的衣衫俱已洗淨疊好，一併交給元兒。司明執意要送，首先提了那籃桃，縱入舟內。方端因家中無人，只好獨自作別回去。

元兒上了小舟，仍是方環在水裡推行，由水洞那條路，直達長生宮後峭壁之下。彼此殷殷訂了後會之約，才行分手。

元兒眼望方、司二人推舟入洞後，才將長衫穿好，攜了帶來之物，往長生宮內跑去。見了友仁，問起母親，才知甄氏今早進城探病未回，尚不知自己昨晚留宿山中之事，甚為心喜。便將前事一一說了，只隱起遇險一節。由此每隔一二日，必往百丈坪從銅冠叟學習武藝。甄氏因家務事忙，娘家又有病人，須常去探望；元兒多是早去晚歸，很少在百丈坪過夜：因此始終不知就裡，倒也相安無事。

光陰易過，轉眼法事做完。元兒一回家，不似以前住在宮裡，甄氏以為有友仁照看，不疑有他。但元兒要想整日在外，哪裡能夠。雖有友仁護庇，至多藉往長生宮為名，由友仁自在宮中下棋閒聊，元兒卻偷偷往百丈坪去，終久不是長法。偏甄氏生長富貴人家，所見珍奇甚多，心又極細。見那粒珠子每值陰雨晦冥，越覺光華四射，太已稀奇，不像山居之人所有。屢次盤問來歷，元兒終未實說，但畢竟紙裡包不住火。

元兒回家這些日，曾隨父母，帶了兩個兄弟，進城去探望甄濟母親的病。俱值甄濟母親病勢沉重，甄濟衣不解帶，晝夜服侍，始終沒顧得細談，連那粒珠子也無暇交與。

這日甄氏又命元兒隨同進城探病，恰巧甄濟母親的病忽有轉機，雖未復原，已能起坐，隨意飲食。大家自是高興。元兒抽空使個眼色，將甄濟喚出，交了那粒珠子，悄悄說知經過。話剛說完，便有丫頭來喚二人到屋去吃點心。匆匆之間，忘了囑咐甄濟，珠的來歷未告父母，當下告辭回去。

隔了十數日，甄濟母親將息痊癒，母子二人攜帶了禮物，到環山堰回望道謝。恰巧元兒又隨友仁去長生宮，沒有在家。甄氏便帶了元兒的兄弟裘信、裘隱，接了出去。這時天氣已過端陽，蜀地炎熱。甄氏見甄濟穿長衣，叫他脫去涼快。甄濟回說不熱。甄氏偶因取物，無心中挨近甄濟身旁，猛覺涼陰陰的，與元兒在家時挨近相似，先還未想到甄濟也有了那麼一粒寶珠，故意站定試了試；只要離甄濟三五步內，便覺清涼透體；稍一隔遠，依舊煩熱。心疑元兒和甄濟交好，將珠贈與。甄氏雖是賢能，到底女人家心窄，未免暗怪元兒，不該把這般價值連城的東西輕易送人。因拿不定是與否，便用言語探問道：「怎麼侄兒身上也這般陰涼，連挨近的人都不覺熱？」

甄濟母親搶著答道：「我們才進門，還忘了向妹子、外甥道謝。那日我在病中，外甥竟送給你侄兒那般貴重的珠子。聽說外甥也有那麼一顆。說是在山裡頭打野獸得來的，差點沒把小命送掉。以前從沒聽外甥學過武，不比你侄兒，從小就愛拿刀動槍的。不想倒有這麼大本事，真叫人心疼死呢。今兒他不在家，想必又到山裡頭去，從那異人學武去了吧？」

甄氏聞言，不禁吃了一驚。表面上仍故作鎮靜道：「一粒珠子，自家人也值得道甚謝來？不過元兒近來被他父親慣得簡直不成樣子。那天他到山裡去，和人家道謝指路留宿之情，一夜沒回來。第二日便帶這兩粒珠子，指手畫腳，和我說那珠的來歷，我當時正和父親拌嘴，見那珠日裡通沒一絲光彩，又因他一夜未歸，罵了兩句，懶得聽他神說鬼說。晚來才知那珠有些異樣。法事做完，又忙莊稼，嫂子又在病中，幾個岔打過去，沒顧得細問。今見侄兒身上生涼，才得想起。他和侄兒說那珠子怎生得的麼？」

甄濟初歸不久，哪裡知道元兒因乃母鍾愛，素常膽又極小，不敢告訴細情。甄氏的話又說得極像，一時不假思索，從元兒誤走百丈坪，結交方氏弟兄說起，以及二次送禮，答謝方家，自己因母病不能前往，元兒一人獨去，與方環同出打獵，二次迷路，棗林巧遇火眼仙猿司明，獨力鬥怪獸，幾乎送了性命，急中生智，巧斬蟆獅腹下長鞭，暈死在地，多蒙銅冠叟用藥相救，五小弟兄再結盟，失珠得珠，每人分得一粒等情節，一一說出。

甄氏最愛元兒，以前許他攜禮入山，只說理應報答方家留宿之德，以為有兩個下人跟去，所以放心，萬沒料到友仁會如此縱容，由他一人任性，獨入深山，遇見惡獸，差點送了性命。勉強沉著氣把話聽完，早已心疼得亂跳。又聽元兒至今仍不斷往山中學藝，既未明言，分明與友仁串一氣，藉著往長生宮為由，瞞哄自己。常聽長年說起，山中近來常鬧豺虎。元兒一人獨去，固然是萬不放心；友仁手無縛雞之力，同去也是白饒。再遇前事，哪還了得！不由急出一身冷汗。

於是匆匆站起，走出屋外，悄悄喚一名長年去往長生宮，說家中有客，還有要事，速將友仁父子請回。長年去後，恐甄濟所言還有未盡之處，儘管捏緊了心，仍在不住盤問。好笑甄濟的母親因丈夫兒子都是好武，甄濟又常往山中打些野獸回家，聽慣看慣，不以元兒為異，只管還拿元兒天生神力，膽大心細等語來做讚語。甄氏哪裡聽得進去，一心只盼友仁父子回來，彷彿當日便會和上次一樣遇險似的。

移時，長年歸報說：友仁父子正由宮中道士陪往紫藤坳觀賞新出現的瀑布，行時留話，說今晚便留宿觀內，命宮中小道士到了黃昏與家中送信，要明日午餐後才行回家。

甄氏聞言，又急又氣。因友仁父子留宿宮中，是做法事以來未有的創舉。更恐友仁縱容元兒，不定又出什麼花樣，哪裡放心得下，一迭連聲，仍命長年再去長生宮，問明道士路徑，去追他父子回來。萬一找尋不見，便沿路迎候，務必今晚回家，不准留宿宮內。

甄濟先見甄氏頭一次聽完了話，出房去了一會回來，雖然照舊談話，臉上神色有異，還未疑到元兒身上。及見長年回報與甄氏問答，才知自己說漏了嘴，好生後悔，已是無及。偏偏這日元兒又沒想到甄濟母子會來，因幾次請友仁去見銅冠叟，未得其便，特意想好了這麼一個主意：對家中假說父子同住長生宮下棋；又給宮中道士留好了話，說想往山中夜遊，恐歸晚家人不放心，到黃昏時分著人與家中送信，就說當晚留宿宮中，要次日午後回去。交代好後，父子二人繞路到了崖下溪邊。方環、司明早在水洞口外延頸相候，見友仁父子同來，益發心喜。因恐人知，接上船去，推入水洞深處，方行拜見。

不多時，便到了銅冠叟家內，友仁與銅冠叟竟是一見如故。

這裡賓主談笑正歡，那裡甄氏早急得如熱鍋上的螞蟻，坐立不安，不知如何是好。好容易盼到裘信從外笑嘻嘻跑進房來，說長年回家了。忙問：「你爹爹、哥哥呢？」裘信回道：「沒見回來。」連忙趕出屋外一問，說是山中既尋不著下落，再三盤問宮中道士，方將友仁父子入山夜遊之事說出。這一驚非同小可。

這半日工夫，甄濟已問出甄氏心事，再三譬解說：「元兒雖然年幼，天生異稟，神力絕倫。以前不曾學武，尚能將那麼厲害的怪獸除去；此時拜了高人為師，更不用說，尋常虎豹豈能傷他一些皮髮？」

甄氏猛又想起當年羅鷺從天上飛回，曾誇元兒生有仙骨厚根。日前無心中與友仁重提舊話，露出羅鷺行時囑咐之言，說元兒要在近年內走失，越發見機思危，心憂腸斷。

無奈那日百丈坪，雖然甄濟走過一次，但兩頭是水，中隔重嶺峻崖，洞穴重重，非方氏弟兄棹舟接引，不能飛渡。天已昏黑，有什法子可想？

這其間還苦了甄濟母子。只說至親骨肉，平素長幼情感都好，來此多盤桓兩日，以遣抱病侍疾時愁煩。不想一句話說漏了嘴，害的人家這等著急擔心。少時回來，母子夫妻還要失和，豈非無趣？又不便說走，乾陪著甄氏著了一天的急，連飯和宵夜俱未吃好。

還算甄濟因方氏弟兄奉母避禍深山，恐因張揚惹出亂子，再四勸慰說：「山中夜遊，定是虛言。此時不歸，必在百丈坪留宿，決保無憂無慮。等天一亮，侄兒便往水洞溪頭探看。」

甄氏空急無法，只好應了。先將袁信、袁隱安置，命人與甄濟設好臥具，姑嫂二人同榻，一夜不曾合眼。

天明起床，一問甄濟，說是袁少爺天才剛亮，便起身往長生宮尋主人去了。甄氏因甄濟再三囑咐，不可大驚小怪，何況他去比長年穩妥，事已至此，也只得由他。

挨到午後，友仁父子才與甄濟同回。甄氏當著人也不發作，只朝他父子冷笑了笑，友仁早得甄濟報信，尚不覺怎樣。只苦了元兒，惟恐因此斷了去路，除一路埋怨甄濟多口外，心裡只急得打鼓。

到了晚間，甄氏先背人把友仁埋怨了一個夠。然後把元兒遇險得珠來由告知。友仁對甄氏本來就有三分敬畏，再一聽說元兒涉險細情，也未免吃了一驚，便不再替元兒庇護。甄氏也不深責元兒，只不許再行私自出外，連與友仁同行，都在禁止之列。元兒天生極厚，從小就怕父母生氣，自是不敢執拗。

過了兩日，甄濟母子告辭回去。元兒每日除用功解悶外，無法可想。友仁天性迂緩，也未想到自己前往，只恐元兒悶出病來，幾番代他說情。甄氏記準羅鷺行時之言，任憑他父子怎樣求說，只拿定了主意不肯。

過有月餘，天氣越發炎熱起來。有一天晚間，元兒兄弟三人。隨著父母在後園月亮地下納涼。到了半夜，甄氏帶了裘信、裘隱先去安睡，只剩下友仁父子。因嫌天氣炎熱，命人擺了兩架竹床在涼亭裡面，點好艾條，又將井裡浸的瓜果取了些來。隨意坐臥，且吃且談，準備在園中過夜。

談來談去，又談到百丈坪與方氏弟兄訂交之事。元兒因銅冠叟所傳內功尚未學全，那日回來，原定第三日再去，事隔月餘，不但未去，連個訊息都無法通。方環、司明必定每日都在水洞懸望，好生過意不去。又守著銅冠叟之戒，如因事不能前往，不可改令外人代去，談起來甚是焦急。

友仁見他急得可憐，猛然想起道：「我真呆了。你母親不許你往山裡去，須禁不了我。你那師父，是個遁世高人，和我甚是投機，我也想再見見他。你莫著急，明日我代你去一趟。一則探望他們；二則就便說你為難，請他枉駕來我家傳你武藝。既省你母擔憂，又可稱你心願，豈不是好？」

元兒聞言，深悔以前枉自焦急，不曾想起，見父親如此體貼鍾愛，又是高興，又是感激，便趴在友仁肩上，不住說長道短，要友仁明早就去見方司等人。

友仁道：「我自你姑母被風颳去，姑父出家，後來你姑父回家說起經過，便覺浮生若夢。只因自己是個鈍根，只能在家中享些庸福。你姑父原說你秉賦甚好，又說你近年內便要離家出去。依你母親，有你姑母失蹤前事，父母愛子，恨不能時時刻刻看定了你，以免有甚閃失。我的心思，卻與她不同。因為當年你姑母失蹤，事前何嘗能想得到？縱然想得到，又有什麼法子防備？我也是一樣不願你小小年紀，便和我離開，無如天下事均有前定，豈是人力所能勉強？現在自然盼你無事可做，好好在家。萬一出了事故，父子分離，也只好聽天由命。所以我平時想起，並不似你母親著急。果真能和你姑父一般修成劍仙，空中來去，也是好事。我因性子與武藝不近，一向不曾問你。那日你師父說你天生神力，進境極快。這會天也涼快，可去亭外空地上打一回我看看，到底如何？」

元兒笑道：「爹爹沒學過武，所以這般說法。據師父說，真正內家功夫，不是為打出來給人看的。兒子倒有一些蠻力，小時讀書，又沒和人動過武，自己也不知道。自從拜師以後，偶然試試，亭外那一塊假山石，倒也舉得起來。要看兒子練內功，只有提氣上升與運氣擊物兩種功夫稍為可看。至於引火歸元，吐故納新，調和二氣，返虛入渾，有的尚未學成。有學成的，也看不出來。現在我先做那提運功夫，然後再舉那山石，與爹爹看。」

友仁對於武家內功，固是茫然無知。但亭外那塊山石，高有八尺，粗有三尺，雖然孔竅甚多，少說也有千斤以上。元兒練武，總共只有三個多月，不信他就能舉起。連說：「那石太重，只做那兩樣氣功吧。」

元兒笑道：「無妨。」說罷，跳出亭外，從花畦裡取了一柄花鋤，請友仁走出亭外，兩手握緊，橫伸出去。自己在相隔一丈五六遠近，盤膝坐下，垂簾內視，將氣調純。約有半盞茶時，元兒倏地微睜二目，小肚腹一凹，從丹田之內運起一口罡氣，直朝友仁所持那柄花鋤噴去。友仁便覺手中似有一股大力撞來，將那花鋤直盪開去，差點脫手，心中奇怪。二次將鋤拿定，吩咐再吹試試。

月光底下，只見元兒鼓著小嘴，微一張動。這次不似方才如持旛當風，把握不住，只覺手上微微一震，吧的一聲，一柄七八寸長的木鋤頭無故折成兩段，墜落地上。

友仁方在驚異，元兒已笑嘻嘻跑了過來，接過鋤把，扔開一邊，口裡說道：「爹爹，你看這個。」說罷，兩腳併攏，筆直站在當地，兩手垂直。然後運用氣功，手心向上，緩緩往上，平端齊腰。倏地一提真氣，將手一翻，往下一按，平空離地拔起有丈許高下，快要下落，忽將右腳踹在左膝彎上，借勁使力一蹦，又加高了數尺。這次動作甚快。兩腳各踹膝彎，接連交換，晃眼縱有三丈高下，友仁惟恐縱得太高了，下來跌傷，在下面直喊。

元兒剛答得一聲：「不要緊。」便如風飄落葉般輕輕落地。

友仁又驚又愛，便問：「這都是你師父教的麼？」

元兒說：「先時運氣擊物和平地上提氣拔起，都是師父所教，說那是學習飛劍入門功夫，學時甚難。倒是末一下踹膝升空，乃是方三弟所教，名為海鶴鑽雲。看是還要高些，其實只要懂得提氣，用自身的墊力借勁使勁，並不甚難。這種功夫練到極高時，也能飛越城關，高躍十丈。可是要比師父傳的內功，深淺就差多了。」一邊說，兩手伸向那塊山石下面。友仁方要阻攔，元兒已是「咦」的一聲，將那千斤大石平舉起來。

友仁終恐元兒恃強震傷，忙喝放下時，忽聽園外有人喝采。元兒一聽耳音甚熟。連忙將石放下，回身注視。只見一條黑影，比箭還疾，從院牆籬笆上直奔亭前飛來。月光下認出來人正是火眼仙猿司明，穿著一身黑的短裝，赤足草鞋，手中還提著一包山果。先向友仁翻身拜倒，然後才與元兒相見。

友仁見是熟人，轉驚為喜。正待寒暄，司明急匆匆說：「這裡可有外人？我有要緊話說，說完就走。」

元兒答道：「這裡沒有外人，家中人已睡盡。有一個侍候丫頭，也在那邊房裡打盹。我們到亭子裡去坐下說吧。」

說罷，父子二人邀了司明入亭。一坐下，司明便道：「三哥你這多日沒去，我們蹤跡忽被仇人發現，二哥、四哥全家都搬走了。爹爹和我，因為要等姊姊的朋友縹緲兒石明珠給姊姊帶信捎東西，遲了一日，明早天一亮便動身。是我捨不得你，和爹爹說明，連夜趕來，通知你一聲。這包水果，是日裡採來送你的。裡面還有爹爹給你一封信，看了便可明白。」說罷，解開包裹，將信取出，交與元兒。友仁因司明口急，話又說得沒頭沒腦，便挨坐在元兒身後，就著亭欄月光，一同觀看。

原來銅冠叟自那日送別友仁父子後，多日不見元兒再去。本想到環山堰來探看，偏巧接了成都一個至好的信，說有要事約去商量，耽擱了些日，將事辦完才回。一問元兒仍然未來，方氏弟兄與司明俱甚情急。無奈方母不許方氏弟兄出見外人，又不知元兒家住何所。方環、司明每日空自棹舟在水洞迎候，始終未曾接著一回。銅冠叟一聽，因那日初見友仁，臉上晦色甚重，恐是出了事故。

第二日下午，銅冠叟到環山堰一打聽，裘家未出事，略覺放心。本想挨至深夜無人之際，來與友仁父子相見，並問不去原因。此時天氣尚早，意欲便到村鎮上去小酌幾杯。在酒肆中無心遇見一個背大紅葫蘆的道人，飲完了酒沒錢，要拿那葫蘆作抵，正與肆主商量。

銅冠叟久走江湖，看出那道人異樣，立刻代他會了酒帳。道人謝也未謝，拿起葫蘆就走，銅冠叟越看出他形跡可疑，無心小酌，忙著跟在道人身後，追入青城山。

走到會仙橋過去，見那道人走入一個岩洞裡面，口裡自言自語他說道：「要知對頭人蹤跡，藏在這洞裡面，便可聽得清楚。」追將進去一看，竟是一個死岩洞。再找道人，已然不知去向。心中納悶，正要走出，忽聽外面有人說話。

銅冠叟人本機警，猛想起道人之言，連忙縮住了腳。側耳一聽，來人正是方家的兩個死對頭：一個叫做飛蝗童子蔣炎，昔日曾經見過一兩回，雖未交手，卻知他本領高強，心辣手狠，還有一個姓馮。二人俱是奉了他師父雲南邊疆白花山、紅心洞妖道獅面天王秦黎之命，尋找方氏一家。因為那年秦黎的情婦巧燕兒郜素桃在貴州採花，被方氏弟兄的父親貴州黔靈山水雲村主，慈金剛方直，乘她與人赤身行淫之際，連用几個鐵蓮打中她上中下三眼五穴，登時身死。秦黎得信，便命人與方直下書約會，以報此仇。

方直當時激於義憤，並不知淫婦來歷。後來聽人說秦黎妖法飛劍均甚厲害，悔已無及，自知難以倖免。如要棄了家業逃走，不但一世英名喪盡，且秦黎門下餘黨甚多，滇黔川湘俱有他的道觀巢穴，早晚被他探出蹤跡，全家都難活命；反不如與他定約相拚。

便先將妻子安頓深山隱僻之處，然後約請會劍術的能人相助。僥倖獲勝固好，即或身死，亦可保全家小，等兒子長大，設法報仇。

他與銅冠叟既是至親，也是同門好友。知道他以前原學過劍術，而且還是天臺正宗。只可惜師父草衣上人，中道兵解，劍術俱未學成，僅通一些門徑。又知他近多年捨了江湖生涯，攜了子女，隱居青城山百丈坪，地勢極為幽僻，除自己帶了次子方端去過兩次外，這些年來從未見過外人足跡，大可托妻寄子。他還恐他事前知道了信，同仇敵愾，趕來相助，不但於事無補，說不定連他一齊饒上。便與妻子鐵掌麻姑張氏一再熟商，最後實迫於不得已，仍是採用前策。

夫妻抱頭泣別，正要帶了二子逃避，誰知敵人方面本想殺死方直全家，因為夏間下了拜村的書信，方直訂約卻在冬天。雖然照江湖上規矩，不好不允，卻看出方直拖延時日，不是約人，便想棄家逃走，早暗地派了黨羽，探聽消息，全村出口，細羅密佈。

方直知道請人相助，敵人雖不肯示弱，出來攔阻，妻子逃走的蹤跡一露，必被他跟尋傷害。二子雖然年幼，已學會不少武藝，性情剛烈，不能在事前說出實話。一見危機四伏，憂急如焚。還算張氏機警，教方直只管約人。同時故作鎮定，用巧言哄騙二子，假說要到百丈坪探望銅冠叟，方直不允，夫妻連日吵了好幾次嘴，自己一負氣，決計背了丈夫，帶了二子前往，問他二人願去不願。

方氏弟兄事親至孝，不過方直教子過於嚴厲。張氏因長子方潔就因學武受打不過，才行出走，對二、三兩子未免要慈愛些。弟兄二人見母親要離家遠出，不免覺著鬱悶。

然而方端與銅冠叟的女兒司青璜原是青梅竹馬之交，一別幾年，後隨方直到百丈坪相見，見青璜越發出落得美似天仙，文武全才，對於方端，更是含情脈脈，相印以心。銅冠叟又器重方端，頗有相攸之意。今一聽母親命去，自是高興。

方環童心正盛，久聞百丈坪山谷幽靜，水木清華，久欲問津，也喜出望外。再加母親素常獨斷獨行慣了的，幾乎言出法隨，誰也違抗不得，想在家伴父也辦不到。可憐弟兄二人哪知此去，父子便成生離死別。每日只顧盤算行期，一些也未想到慘禍就在眼前。見母親老不說走，不時與父親含淚說話，還以為被父親執意攔阻，變計不走，所以生氣，眼看秋去冬來，仍無走信。

方端畢竟此時已有十四五歲，見連口父親來客甚多。也有到了不走，住在家內的；也有來了匆匆去而復轉的，多半是面生之人。縱有極熟父執到來，不但父親不准出見，母親也同樣禁止，連前廳均不讓去。常常總命隨侍在側，關防至嚴，彷佛有什麼機密，不願他弟兄知道似的。而母親又常背人彈淚；父親面帶憂容，強為歡笑。應客之餘，便加緊嚴督自己學習武功。連那素來不肯輕易傳授的，都在百忙中抽空詳細指點。諸般俱覺可疑，還未及向父母請問。

有一天晚上，方直夫妻突然閉門談了大半夜，裝作爭吵，方直負氣，走向前邊。張氏兩眼含淚，喚他弟兄二人進去，手上已攜帶兩個包裹。舊事重提之外，又大罵方直：「不念夫妻情義，聽信一群狐朋狗友，又過中年還要納妾。人已討在外面兩年，家人還瞞在鼓裡。虧他有臉，還托許多人來和我說，要將小婆娘接回家來。適才和我吵了一架出去，打算用眾朋友的情面逼我應允。與其日後生氣，不如現在讓他，今晚便從房後翻山往百丈坪去。

「你弟兄須是我養的，莫不成叫別人做娘？哪個不隨我走，便不是我的兒子。事要機密，被你沒出息的老子知道追回，有眾朋友在場，不便不允，那我便要活活氣死。

「房後這條山路，中隔高崖大溪，只有我的飛索能渡，他必追趕不上，你們索性連兵刃暗器，一切手邊應用之物，一齊帶去。在外住上幾年，等你們那沒出息的老子悔悟，再行回來。」

這一番假做作，果然將方端哄信，以為父母真個反目。還想婉勸，但說未兩句，張氏便大發雷霆，連哭帶罵。弟兄二人見母親動了真氣，不敢再說，只得暫時順從，隨了同走。別時父子連面都未見。

這條山路，原是張氏見出口都被敵人派了暗探，恐知道了蹤跡，連日想盡方法探尋出來的。所經之處，都是鳥道蠶叢，懸崖絕澗。仗著母子三人俱是身有絕技，飛越尚不甚難。一直繞出貴州地界，除在小村鎮上添辦乾糧外，仍還不肯行走正路。荒山密菁中，冒著風雪嚴寒，夜宿曉徵，不知受了多少顛連辛苦。

這時弟兄倆已看出母親形跡不對，幾番盤問，方母俱不肯說。快到青城這一晚，住在一個岩洞裡面，當夜大雨驟降，山洪暴發。方母上了些年紀，一路受盡飢寒困頓，痛夫惜子，滿腹悲苦，哪禁得再受水劫。仗著母子俱是會家，只在水裡泅行了半夜，未曾喪命。方母卻中了山水寒毒，得了癱痪。所幸已離百丈坪只百餘里遠近，弟兄二人，一個挑了行李兵刃，一個背了老母，好容易挨到百丈坪。正遇司青璜在外獵，一見母子三人狼狽情形，大吃一驚，連忙接到家裡。

方母見了銅冠叟，才當眾哭訴經過。弟兄二人方知實情，凶多吉少。不久便聞得了凶信，痛不欲生。既有病母在床，又當顛沛流離之日，敵強我弱，相差懸遠，除立志報仇外，有何法可想？由此，便隨銅冠叟在青城隱居練武不提。

方氏母子三人走後，方直約的人也到齊，屆期秦黎帶了黨羽同來，一番江湖上應有交代之後，相繼出場動手。方直雖也約有幾個精通劍術之人，仍敵不住秦黎妖法。先時互有傷亡逃遁，結局方直死在秦黎飛劍之下。

方直死後，秦黎尋方直家眷，不知去向。秦黎因聽一個同黨說起，方環飲過鱔王生血，力舉千斤，資稟出奇；還有張氏、方端均非弱者，越發想尋來除害。當時放火搶掠了一場，傳語門人黨羽，到處打聽方氏母子蹤跡，已有數年之久。

那飛蝗童子蔣炎，原是奉了秦黎之命，往青城金鞭崖盜取仙草，因矮叟朱梅厲害，不敢輕易下手。來了已有月餘，每日只在近崖一帶潛伏，靜盼朱梅離山他去，以便冒險偷盜。

這日蔣炎無心遇見那姓馮的同黨，說是新近遇見崑崙派鍾真人的得意弟子，老少年霍人玉，談起近來積了一些外功。最得意的是從雪山趕來一對食蛇怪獸螟獅。先以毒攻毒，藉牠將本山許多毒蛇大蟒誘來，吞吃殆盡。然後再用飛劍將牠殺死。

中間那隻公螟不知被誰推倒封洞大石，放逃出來。幸而發覺還早，便將母螟先行殺死，取了牠頭上寶珠和雙眼。再一尋找公螟，卻在一個極幽僻的山谷之中廣坪上面，發現牠業已被人殺死，細一追根，才看出那林裡還有一所人家隱居，由一個老婦人帶著幾個孩子，而公螟便被內中一個孩子所殺。

霍人玉因自己當時急於回山，已將公蟆雙目和寶珠一齊取出，後來一想，這對蟆獅雖是自己在雪山發現趕來，那家幾個孩子，個個資質俱好，斬蟆也是以命相拚，頗非容易，因見他老少共是五人，便取了五粒寶珠相贈，才行走去。那姓馮的一問那老少相貌身量，頗似漏網的方氏母子。因蔣炎在此山採藥，特意趕來告知。

蔣炎一聽，小孩怎會多出兩個？便命那姓馮的同黨照老少年霍人玉所說路徑，先去探看準了，回來商議。事前說好，如真是方家母子，這裡鄰近強敵，須防他另有能手相助，只可不動聲色前往行刺，切莫事先打草驚蛇。二人商量妥當，約在銅冠叟潛伏岩下相見。

不久，姓馮的歸報說：「那家雖看不出準是方家母子，也定是個江湖上能人的家眷。我在房上伏聽了好一會，沒有聽出一些情形與方家關聯。倒彷彿聽見那老婦對一個小孩說：『你三哥不來，也許到金鞭崖去見朱真人去了。』我一聽，恐那老婦是峨嵋、青城門下黨羽，防她覺察，便回來了。」

蔣炎沉吟了一會，仍命那姓馮的明日再去探看，裝作走迷了路，向他家小孩口中打聽，如有不合，也不可因他年幼便即動手。說完，兩人分手，各自破空飛去。

銅冠叟聞言，早嚇到一身冷汗。且喜自己蹤跡未被發現。雖然仇敵因青城山是矮叟朱梅的仙府，對於形跡可疑之人，如查不清來歷，還不致驟然間便下毒手，但是事情既已啟了敵人的疑心，早晚必被看破。又恐司明與方環二人粗心大意，不知仇人的來意，無心中把話說漏；或因看出來人形跡可疑，動起手來，立刻方家便有滅門慘禍。心中憂急，也不顧等到晚間去尋友仁父子，施展輕身功夫，飛也似地趕回百丈坪去，先向方家報警。

到了一看，司明也在那裡，方母得信，甚是憂急。依了司明的意思，恨不得和敵人拚個死活。銅冠叟本恐兩個小孩明日見那姓馮的言語失檢，露了馬腳。這一知道敵人真意，越恐現於辭色，容易被人看破。正待呵斥，忽聽方環道：「姑父休怪明弟。和敵人鬥，我們不會飛劍，固然是打他不過，難道不會等他來時，拿話哄他？他定把我們當作小孩子，不會防備。我們幾個人給他一個冷不防，用你老人家當年毒藥暗器將他打死，豈不是好？」

方母道：「瘋孩子，你只知當時暗算人家，休說事太危險，一不得手，便有滅門之禍；即便僥倖成功，還有好些比他厲害的在後頭呢。」

銅冠叟聽她母子說話，只不做聲，沉吟了半晌，忽然拍手道：「我們除用環兒這條暗算敵人的主意，還真沒有第二個好方法呢！」

方母吃驚問故。銅冠叟道：「事要深思，對敵既不可能，畏禍重遷，走得越快，越顯情虛，難免隨後追尋。真是走也不好，不走也不好。環兒的主意雖冒一點險，倒用得著，昨日我見敵人功力火候駁而不純，並無真實本領。馭空飛行，全憑妖術遁法。他那飛劍，未必便能出神入化。那來聽消息的一個，更為低次。自問雖非敵手，也可周旋片刻。而仇敵又那般畏懼金鞭崖的朱真人，這就有文章可做了。

「環兒常去的水洞甚是隱秘，中間還有一截旱洞。為今之計，可命端兒隨侍你往水洞暫避個一天半天。明日那廝來時，我和環兒、明兒如此如彼，不愁那廝不入我的圈套。得了手，固可稍為洩忿；縱然當時被他看破，有我老少三人，一面和他對敵，一面將各人的暗器同時發出，也不怕他不受重傷。如被他見機逃走，連我老少三人也往水洞裡暫避些日，再覓安身保命之所，也來得及。

「只要一成功，不但報一個小仇，還可使那蔣炎知難而退，不敢再來侵犯。我們卻乘此時，從從容容將家移往金鞭崖鄰近隱居，託我那位當年好友，代求朱真人庇護。萬一邀得朱真人見憐，將他們小弟兄數人收一個去做徒孫，豈不更妙？否則匆匆逃避，此地離金鞭崖數百里，山路險峻，你又是個病體，豈能一日之內趕到？萬一被敵人發覺追上，母子全家性命休矣！除了金鞭崖，又無樂土，事已到此地步，只好試它一試了。」

方母聞言，含淚點頭。便命方環到時務須謹慎，照計行事，不可絲毫大意。當下計議停妥，連夜將手邊應用衣物食品打了包裹，先行乘天未明前運往水洞，方母也由方氏弟兄抬了運往水洞，安頓好後，方環才出洞回家，與銅冠叟父子準備應敵。三人先在家內打坐養神。候至東方有了曙色，小弟兄兩人先將隔夜飯吃了一個飽。照著預定計策，跑往百丈坪盤石上面，裝作納涼閒話，靜候敵人到來。

這時天光甫有明意，一輪旱日被遠山擋住，四外山容黯淡，曉霧沉沉，清露未晞，苔肥石潤。月兒還遠掛林梢，被霧一蒙，彷彿籠了一層輕絹，時濃時淡，越顯得景物幽靜，雲煙蒼莽。漸漸日高風起，雲霧盡開，山容又變成濃紫。石縫野花怒放，映著朝陽，舒芳吐艷。二人雖年幼，俱有絕佳天資，又經過高人指教，本非俗物。先因急等敵人不來，未免煩悶。這時坐臥泉石之間，耳聽嬌鳥調情，鼻端時聞妙香，遙天一碧，晨風送爽，頓覺機趣活潑，心懷曠朗，高興得喊好不置，言笑晏晏，不知不覺到了辰巳之交。

正談得起勁，忽見百丈坪對面山溝樹林之中，似有人影晃動。二人同時將手一指，彼此會意。各自先端詳了一下地勢，仍然故作不知，談笑自如。過有頓飯時分，那人已漸漸走離石坪不遠，忽然穿入棗林之中不見，方環、司明坐臥之處，如從下面往上望，本難發現。這時敵人欲前又卻，分明早在遠處望見二人坐談，想從別處繞上坪來偷聽。方環便照銅冠叟預擬對答，一面與司明對談，一面又暗中卻用目留神敵人所繞行的路徑。沒有多時，果見叢樹隙後黃光一閃，似往坪後飛來。知快來到，拿眼一看司明。

司明便故意問道：「金鞭崖離這裡有好幾百里路，你又不似姑父會駕著劍光飛行，是怎生當日回來的？可曾教你什麼本領？」

方環道：「我生下地方兩歲，爹爹便往金鞭崖，拜在朱仙師門下學習飛劍，這多年只回過兩次家。我因我媽思念成疾，哥哥去接幾次，爹爹都不肯回來，昨天正在這裡當天跪求媽病早好，遇見一位矮道爺，他說他姓朱，能帶我到金鞭崖去見爹爹。

「我問他怎麼帶法，他用手將我一抱，身子便起在空中，沒有多一會，便到了爹爹那裡。才知他便是天下聞名的劍仙、嵩山二老之一的矮叟朱師祖。因憐我孝心，不但使我得見爹爹，還要收我作他的徒孫。我因為怕媽擔心，要回家。師祖說，我爸爹因近來有一個人思盜崖上仙草，不能離山回家，便命大師伯紀登送我回來。還給了我媽一粒仙丹，說是等過幾日我媽病好了，那時已將盜草的人捉住，定命爹爹回來接我。」

二人照這樣編說的謊，只管一問一答。那石坪後面暗伏的敵人，早已聽了個真而又真。他哪知人家早有防備，以為此間居人並非仇敵眷屬。無奈同黨班輩較尊，性情又暴，還想再聽一會，或許能得一些線索。誰知方、司二人說完這幾句與朱梅有關之後，忽又亂扯到連日怎生玩耍淘氣之事，越聽越覺無味。總還想打聽個水落石出，決計繞回坪下，再作迷路遊山，向這兩個小孩口中打聽。

他這裡才一走，方、司二人耳目最靈，聽坪後面微微響了一下，知他業已離開，必要繞道坪下，去而復轉，偷偷用目在林隙中一看，果然又是一道黃光，往來路方面閃了過去，方環便和司明比了個手勢，仍任他橫臥磐石上面，將暗器藏在身後。自己跳下石來，站在旁邊，將帶來的一大把大山棗從兜中取出，左手拿著，且說且吃。右手伸入懷中，將適才裝好毒藥的三稜藏風弩緊握手內。

那弩筒形如蓮蓬而細，長才二寸一分，中有十八孔，暗藏機簧弩箭，可以連珠發放，專打敵人雙眼和周身要穴，見血即死，乃是方家獨門傳授。方環因為年輕手小，所以暗藏懷內。要是大人，可以握在手中，與人動手，隨意使用，不使敵人看破，最是狠毒難防。乃父死於非命，也許所用暗器過毒之報。平時方母諄諄告誡，從不許方氏弟兄使用。今日因為大仇當前，特意還將毒藥餵飽，人若被打中，哪裡還有倖理，也是活該來人惡貫滿盈，致被兩個小孩暗算，這且留為後敘。

那來人名喚飛天野狸馮舞，原是當年滇東大盜楊人貴的死黨。自從楊人貴在二十年前被人亂劍分屍後，便投在秦黎門下，這次奉了他師兄飛蝗童子蔣炎之命，前來探尋方氏母子蹤跡。適才在坪後聽了方、司二人詐話，因不知昨日岩洞盜草之言被偷聽了去，竟然信以為真。那孩子又有父親在矮叟朱梅門下，如何還敢招惹，若就此歸報，也不致喪命；連蔣炎也會聞言知難而退，同保首領。偏偏馮舞因蔣炎性如烈火，凶暴非常，一時多慮，已知不是仇敵眷屬，還想打聽一些金鞭崖仙草虛實，回去討蔣炎的好，豈非惡貫滿盈，自投羅網？

那馮舞藉著遁光，繞向來路僻靜之處落下。然後裝作遊山迷路之人，往百丈坪走去。自己還以為用心周密，卻不料一切行動，俱已看在方環、司明眼裡。見他走來，仍是各自吃棗說笑，如同未見。馮舞走近二人面前，忍不住向方環道：「小兄弟，可知這裡是個什麼所在麼？」

方環道：「這裡是百老坪，你問它做甚？」

馮舞道：「我是貴州採買山藥客人，昨日進的山。晚間遇見一群野狼，我的應用衣物全都失去。當時只顧亂跑，走迷了路，繞了多少山環也走不出去。如今又飢又渴，小兄弟既住家在這裡，想必知道路徑。我一則問問路，二則在這兒歇歇腿，求點飲食。」說著便想在挨近方環身旁一塊磐石上坐了下去。

司明性子最急，來人還未到時，心裡已經怦怦亂跳，這時見他鬼話連篇，方環還不住與他對答，萬分忍耐不住，不由咳了一聲。馮舞也是久經大敵之人，聞聲注視。見對面石上躺著的那個小孩雖然年幼，臂上虬筋盤繞，生相奇特，正瞪著一雙紅眼，注定自己，似要發出火來，不禁心裡動得一動。

方環原想用話穩住敵人，再行下手。一聽到身後司明在打招呼，敵人臉上又現出驚疑之容，深恐司明沉不住氣，冒昧出手。心中一急，忙將左手的棗遞將過去，說道：「客人迷路飢渴，且請先吃幾個山棗再說吧。」遞時，故意將手一鬆，落了兩個在地上。右手早捏緊三角藏風弩，準備作用。

馮舞身量本高，正用目注視司明，心裡尋思之際，忽見頭一個小孩含笑遞過一把鮮紅肥大的山棗來，情不由己，伸手便接了。又見落了兩個在地上，剛一分神，猛見小孩右手上彷彿還握著一個圓竹筒兒，未得看清何物，便覺兩眼一黑，立時痛徹心肺。心知中了小孩暗算，大喝一聲，待將飛劍放出，猛地又覺口鼻耳眼酸麻奇痛，連被暗器打中，頭頸上似被一個鐵箍緊緊套著，登時一陣神智昏迷，疼暈過去。

原來石上司明早已躍躍欲試，一見方環手在懷中一動，便慌不迭地將身後藏的竹葉手箭往敵人臉上要穴發出。正趕敵人雙眼被方環打瞎，見血攻心，破了真氣，所以一箭也未虛發，全都打中。馮舞又一張嘴，嘴裡更是連中三箭。今日二人弩箭俱用毒藥餵飽，中的又是要害，任是本領多大也禁受不住。同時，敵人身後埋伏的銅冠叟，一見二人將暗器發出，俱都打中要害，料他雖有飛劍，也難施為。便將手中長劍一丟，飛縱過來，一伸鐵腕，將敵人頭顱緊緊箍住。運足神力一拗，喀嚓一聲，馮舞頭頸立被拗斷，死在地下。忙搜身上法寶囊內，除了一柄長才數寸的晶瑩小劍和一些丹藥外，還另帶有百十兩金銀。才知敵人只能用法術催動飛劍出去傷人，不能身劍合一，所以死得這般容易。

大功告成，老小三人甚是心喜。銅冠叟忙著拿長劍將馮舞的頭砍下，收了他的劍、藥、金銀。從懷中取出當年用的化骨散，彈了些在敵人腔子裡。吩咐方環、司明，抬往遠方僻靜之處，任他過了三個時辰，自化黃水。

銅冠叟提了人頭，正要暗往昨日相遇敵人的岩洞走去，忽聽頭上破空之聲。日光之下，只見隱現一道青光，星馳電掣般正往百丈坪這一面飛來。猜是敵人來了幫手，不禁大吃一驚。變起倉猝，形跡定然被發現，無法逃避。忙命小弟兄兩人速速覓地逃躲，自己豁出老命不要，挺身上前，以免同歸於盡。偏偏司明與方環俱是初出犢兒不怕虎，天性又厚，哪肯讓銅冠叟孤身冒險。各人拿著暗器，注定天空青光，準備下來使打，執意不走。氣得銅冠叟連連頓足喝叱。

老少三人正在爭持，來人已經從空飛墜。方環、司明不問青紅皂白，各舉弩箭，連珠般發將出去。銅冠叟已看出所料不對，連忙喝止時，兩人適才所剩弩箭業已發完。同時對面青光斂處，現出一個白衣女子，直往銅冠叟面前走來，說道：「老先生可是此地隱居的銅冠叟麼？」

銅冠叟先見青光臨近，已看出光華純而不雜，與昨日所見不類。及至現身，又是一個道裝少女。再一聽她說話神情，更知是友非敵。連忙答道：「老朽正是銅冠叟。道友貴號是何稱呼？相訪有何見教？」

那女子聞言，連忙襝衽下拜道：「姪女石明珠，與令嫒青璜，同在家師半邊師太門下。前兩個月曾受青璜師妹之託，與老伯送信，正值老伯外出，便留下寸柬。原說半月再來，帶取青璜師妹的衣物，並老伯的書信。不料在雪山玄冰凹發生事故，遲至今日始來，致勞老伯久待，還望原宥。」

銅冠叟聞言，早忙著謙還禮，答道：「老朽隱居此間，久已不與世人相通往還。得知舍親大仇，獅面天王秦黎派了兩個門人前來殺害全家，先著一人來此探聽詳情。

「老朽自知不是來人敵手，安排小計，僥倖將仇人除去了一個。還有一個，現在會仙橋後西面岩洞之下，約在今晚聽死的仇人前去送信。

「此人名喚飛蝗童子蔣炎，劍術更比死的一個厲害，不能再用前計。意欲假借矮叟朱真人威名，將此人頭帶往岩洞懸掛，以寒賊膽，使其知難而退。同時藉此時機，以便使舍親同了老朽全家移居金鞭崖附近，托庇朱真人宇下。正要起程，小兒與舍表侄年幼無知，只說來人是仇敵黨羽，情急冒犯，還望賢侄女不要見怪。」說罷，便命方環、司明二人上前謝罪見禮，又邀石明珠往家中款敘。

石明珠早從司青璜口中得知方、秦兩家結仇底細，秦黎惡名又是久著於外。便答道：「自己人無須再拘形跡。姪女離山已久，急於回去覆命。此來本擬見了老伯，取了衣物書信，然後順路往金鞭崖與岷山朝天嶺萬松觀兩處，代家師問候兩位前輩真人，順便求取些藥草。既然這裡發生此事，老伯持了敵人首級，前往會仙橋岩洞懸掛，萬一半途相遇敵人，豈不被他看破？莫如姪女暫時緩取青璜師妹衣物，人頭亦交侄女帶去。如遇蔣炎，就便將他除去；不遇，便照計行事，也省老伯一番跋涉。再者敵人既知這裡蹤跡，恐怕還有餘黨，不止蔣炎一人。姪女索性待事辦完之後，先往金鞭崖朝天嶺兩處，歸途再繞回來。一則還可代老伯向朱真人先容；二則防那敵人黨羽來犯，有個後援。衣物書信歸時再取。老伯尊意如何？」

銅冠叟聞言，真是喜出望外。便將人頭交與石明珠，請她掛時用人血在壁上寫字，警告敵人速離此山。又商量了幾句，決計今日起，命方氏弟兄先奉病母移居，留下自己斷後，並待石明珠回家一晤，攜取青璜衣物書信。一切商妥，石明珠便拜別了老少三人，一道青光，破空飛去。

方環、司明等石明珠去後，再一找尋各人所發的弩箭。除適才打馮舞的那幾根業已由銅冠叟從人頭上拔出外，打石明珠的俱都成為粉碎，暗自驚心，越發堅了二人學劍之念。不提。

因縹緲兒石明珠這一來耽誤，未及移動敵人屍首，黃水業已流淌了一地。雖有石明珠去尋敵人，到底是移去了好。銅冠叟便命方環速往水洞給方母、方端送信，準備連夜用門板抬了方母遷移。自己同了司明，各提敵人手足，健步如飛，送到僻靜山谷內，任其自化。

到了晚間，不見敵人動靜，俱猜石明珠已將蔣炎除去。直到交了三更，銅冠叟才命方氏弟兄將方母接出水洞，收拾應用之物。用布和竹竿做了軟的山兜，抬著方母，連夜抄山僻小道，往金鞭崖附近移居。

上路時節，小弟兄三人俱因元兒一去不來，十分想念。恐他不知移居之事，再來無從尋找。銅冠叟因要等縹緲兒石明珠回信，再加金鞭崖附近岩洞雖多，方母全家新去，事屬草創，到達以後，還須命方氏弟兄陸續搬運百丈坪的東西。自己也因安土重遷，一切均須妥為籌劃，佈置遷移，要多耽擱幾日。又愛元兒天資，以前既是矮叟朱梅垂青於他，如今移居金鞭崖，近水樓台，正好命他稟明乃父，擇日前往一試，倘若仙緣遇合，豈非絕妙？

當下銅冠叟送別方氏母子去後，略將兩個應行帶去的粗細物件均行歸攏一起，以便日後攜帶。然後回轉棗林茅舍，與友仁父子寫了一封長信。第二日晚間，命司明趕到環山堰友仁家中，背人面對面。司明早已等得心急，問明了環山堰的路徑，拔步便走。仍由水洞棹舟穿行，至長生宮後崖下上岸，直往友仁家中走去，到時已是深夜。

司明究竟是初來，又是背人行事，好容易找到友仁花園外面，探頭一看，裡面靜悄悄的，猜他父子已睡。不知臥室所在，不禁著急。剛打算縱進園去，再打主意，猛聽到假山石後一個亭子外面有兩人說話之聲。定睛一看，正是元兒舉著一塊太湖山石，在和友仁對答。心中一喜，不由脫口喝了一聲采。同時腳底下一用勁，早已身不由己地一個飛燕投懷，直往亭前縱去。與友仁父子相見，匆匆說了幾句話，將銅冠叟書信取出。

友仁父子看完書信，大略知道了一些底細。信上更有元兒天資至好，仙緣難得，不可誤卻良機；如友仁准他前往一試，請先約定時日，等方、司兩家俱都遷移完後，當派方環、司明來接之言。友仁自會銅冠叟，越發醒悟，對元兒學劍投師之事，本極贊同，無如甄氏護犢心盛，把元兒愛如珍寶。前月多往百丈坪走了幾次，發覺以後，背人鬧了好些天，並且從此不准元兒出外。要他獨往深山，從師學劍，自己素常懼內，作不了主。又見元兒滿臉情急神氣，司明又急於討了回信要走，為難了一陣，只得姑且答應。

對銅冠叟的盛意十分感謝。不過金鞭崖不比百丈坪，相隔太遠。元兒此去，如果仙緣遇合，蒙朱真人收留，回家想必甚難，還須與他母親一商，始能決定。請銅冠叟到了金鞭崖安家之後，可派司明和方環來此一行。元兒如能同去，自己說不定也要隨往，藉此再與銅冠叟談談。

元兒知道父親為難，聞言並不作聲，只顧低頭沉思。司明卻以為元兒絕無不去之理，甚是高興，當下起身告辭。友仁父子挽留不住，只好開了後園門，送將出去。分手時節，元兒再三叮囑，不論如何，務須約了方環再來一晤。司明連連點頭，將手一舉，便往園後山坡上跑去，只見月光之下，一條黑影，不住縱跳翻飛，漸漸影子由大而小，頃刻不見。友仁父子才行回房安睡。元兒心中有事，盤算了一通夜，並未合眼。

第二日，友仁見了甄氏，哪敢談說昨夜之事，特意繞著彎子道：「元兒愛武如命，好容易遇見高人傳授，正在興頭上，忽然被你禁住，連門也不准出，每日長吁短嘆，一臉愁容。小孩子家恐怕悶出病來，反而不美。」

底下還未說到正題上去，甄氏已是啐了一口，說道：「你偌大年紀，竟如此護短，縱容兒子胡來。我家又不愁穿，又不愁吃，既不想功名，又不要去和人打架，學那武藝何用？他姑父還說他就在這年內走失，我們擔心還擔不完，你還長他的志。要走失山內，或讓虎豹傷了，怎好？他要學武，不會給他請個武師，到家中來教？單往深山裡跑，你不把他當人，我撫養他這麼大，還不捨得呢！」

友仁知道甄氏心志堅決，話決說不進去，只得背了甄氏安慰元兒：「既是你母不願，等過兩年大點，再想法。不要愁出病來，使為父擔心。」

元兒天性素孝，既不敢違背父母私自離家，又不敢形於顏色，使父母見了煩惱。只有暗自愁苦，乾著急，毫無法想。每日只在園內守候司明、方環二人到來一見。

過有十來天左右，司明來說，方家母子，連他父子二人，俱已移居金鞭崖附近碧浪磯的岩洞以內。那裡洞壑幽奇，水秀山青，比了百丈坪還要強勝十倍。只是銅冠叟還未見矮叟朱梅，小弟兄每日盼元兒前去。方環本要親來，方母怕他生事，路上被仇人看破行藏。因司明來過一次，仍由他夜中趕來，問元兒主意打定了沒有。

二人見面時節，元兒一人在園內，聞言甚是心焦，萬般無奈，只好把母親作梗之事說了。司明一聽，把來時一腔熱念，化為冰消，若論元兒此時要隨司明同走，真是人不知，鬼不覺，一絲也不費力。無如總怕父母生氣著急，心中顧忌太多，一任司明再三慫恿，終是不敢。

司明見勸他不動，只好告辭。行時重又叮嚀道：「我爹一到金鞭崖，要去尋朱真人門下的那位紀老師，出洞走還沒有多遠，便在路上相遇。爹爹說紀老師也曾談到了你，可見朱真人對你實在垂青已極。這學劍的事，入門時年紀越輕，根基越易堅固。一到年長，便易為私慾錮蔽。性靈一昧，不是師長不肯收容，便是自己難求深造。這是千載一時的良機，莫要丟掉，後悔無及。須知一人得道，九祖升天。伯父既已心許，只伯母一人不准，暫時為你生一點氣，也無大礙。你仔細盤算盤算，我再過個十天半月，定再來接你一次。如再不去，我也未必能再來了。」

元兒口中唯唯。送走司明以後，回房納頭臥倒。暗想：「去則背母，不去又坐失良機。」仍是拿不定主意。

也是活該友仁家運時衰，元兒仙緣已到。司明去後第三日，元兒正在愁煩，忽聽長年人報，說衙門口的裘五叔來有要事求見。友仁出去一問細情，不由嚇得渾身冷汗，魄散魂消。

原來此時文字之獄最盛，一經構陷成罪，往往牽連幾族，禍至滅門之慘。甄氏的哥哥，甄濟之父名叫甄子祥，雖做的是武官，卻是愛才如命，最敬文人。在任時節，曾收容了一位逃亡落魄的文士。那人姓周，也是先朝遺民之後。曾經組織會黨，圖謀滅清復明。秀才造反，久未成功。事發以後，因各處地方官都奉有密旨來拿，存身不得，拿著子祥一個姓齊的至好書信，間關千里，望門投止。

子祥愛才慕名，又有好友關托，便給他改了名姓，任為記室，以圖掩入耳目。誰知這姓周的素常豪縱慣了的，又抱著與清廷誓不兩立之志。初至時風聲太緊，還肯聽勸，連門也不出，鎮日以詩酒閒談遣愁。過兩年，情況較緩，靜極思動，還想完成夙願，不免時常出門走動。

子祥本極愛重他，又仗自己可以護庇，並未禁止，卻因此惹出禍來。不知怎地露了形跡，偏巧還傳到了子祥一個同官仇人耳內，立刻給上司來一個密稟，說子祥窩藏欽令要犯，圖謀不軌，幸而子祥的上司對他情感尚好，一面派人去查，暗中著人命子祥檢點。

子祥得信，連忙給了豐富川資，放那姓周的急速逃走，省得彼此不便，玉石俱焚；又命兒子甄濟急速回家，佈置準備萬一，自己又設法托人彌縫。事無佐證，上司又偏袒著他，原可無事。不料仇人誠恐打虎不成，日後結怨更深，早已佈下羅網。竟打聽出那姓周的因遍地荊棘，案情重大，哪裡也不敢收容，離開子祥便往深山聚居之所逃去，現用金銀買動了一個酋長，在山寨之中存身。當下便又上了一個密稟告發。

子祥見事不佳，只好稱病辭官回里。以為仇人見眼中之釘已去，關係著上司情面，不致再深事追究。等到辦完交代，業已事隔數月，俱未出事。子祥萬幸可以平安回家，享那田園之樂。那仇人原抱定斬草除根之志，偏巧子祥甫去，袒護他的那個上司又調任廣東。新任是個滿人，正可藉此討新上司的好，越發稱了心願。便乘履新之時，屏人告了機密。新任一聽，哪裡容得，便給仇人全權，帶領數百精銳和金銀彩緞，直往山寨。

連勢迫帶利誘，居然容容易易將那姓周的生擒獻上。當時辦得十分機密，子祥還在途中，他那裡已一面馳驛密奏，一面行文灌縣，嚴拿子祥闔家大小。子祥剛一到家，便被縣官派人請去扣留，拿出公文與他看了，上鐐收禁，所幸甄家是個大族，耳目靈通，縣官派人去捉家眷時，甄濟正因事出門，得了訊息，連夜逃走。

當時大獄常興，像這樣窩藏叛逆的大案，牽連更眾。那裘五是友仁遠房叔叔，家道甚寒，在縣衙當了一名書辦。因為常受友仁週濟，知道事情不小，急忙托故告了一天假，跑出城來送信，請友仁早作準備。友仁一聽，嚇了個魂不附體。立即送了裘五一些銀子，請他隨時留神打聽，並照顧子祥夫妻的飲食。送去之後，急忙入內與甄氏商議時，那甄氏業已得了凶信，哭得死去活來。友仁親族雖多，怎奈志趣不同；友仁又天性疏懶，不大來往。急難相投，無人可靠。況且攜帶妻子，累贅多，委實無法可想。

後來風聲一天緊似一天，友仁便向甄氏議道：「一切事有前定。記得那天妹夫回家，曾說我家這幾年要走敗運，元兒也該在此時走失，我想是福不是禍，是禍躲不過。如今內兄全家遭難，我等也難坐視。再說拖著一大家人出去避禍，不但事情不易，弄巧禍未避成，反倒遭了意外的非災，豈不冤枉？至親骨肉原是休戚相關，何不死裡求生，心放鎮靜？你仍安居家中，料理家業。由我帶了金錢，到省中煩人打點。只要能保全令兄一家，哪我們還怕什麼，不過吉凶正難逆料，我裘家總得留條根子，二兒、三兒一則年幼，二則也無人可托，說不得只好聽天由命。元兒雖也不大，卻天生一把蠻力。那日在後園乘涼，亭子前頭那麼大一塊山石，竟被他舉了起來。妹夫當日也曾說，他日後定有仙緣遇合，應在今天，偏巧就出這事。那方、司兩家，已派人來接好幾次，你都不肯放走。

「現在事情逼成這樣子，莫如依了他的志向，派人送他到金鞭崖附近銅冠叟家中安身。一則學習武藝，二則避禍，省得玉石俱焚。」甄氏聞言，想了想，實無善計。只得聽了友仁之勸，替元兒收拾好了兩個包裹，又給了許多金銀，打發上路。

元兒雖然遂了心願，但是此別，父母弟兄吉凶難測，先時甚為傷心。後來一想：

「朱真人是劍仙，銅冠叟也是個異人，正好求他們設法援救，還不快去怎的？」因為急於上路，那金鞭崖深山僻遠，自己還從司明口中打聽出一些方向路徑，甄氏所派兩名長年，更是茫然，而且行走不如自己之快遠甚，帶了去既添累贅，又容易被人知道底細，遺留隱患，再三向甄氏陳說利害。甄氏畢竟有些婦人見識，准他前去，已是實逼處此，擔心到了極處，哪裡還能容他獨身前行。

元兒不便再為違拗，當時從權應允，辭別父母，背人上路。一則想丟開兩名護送長年；二則水洞那條路無人接引，也無法通行。一時自作聰明，想起昔日和甄濟誤走百丈坪那條路徑。打算走到半途，用銀子買動那兩名長年回去，就說自己已然到了地頭，既可使乃母放心，自己還可急行快走，方、司兩家隱居之所也不致從這兩名長年身上洩漏。

主意打定，入山約數十里，元兒便推說前面不遠，便是投奔之所。那家乃山中隱士，不興山外之人來往。叫兩名長年放下包裹，取出二十兩散碎銀子，交代了一套話，吩咐如言向甄氏回報。那兩名長年因元兒成心快走，追趕不上，累得氣喘吁吁，叫苦不置。一聞此言，既省勞力，又還兩面得錢，哪有不願之理。

當下元兒接下包裹，眼望二人走遠，才行健步如飛，默憶司明所說路徑，直往金鞭崖趕去。元兒原以為自己來時飽帶乾糧，還有一柄家藏的古劍。劍雖不甚鋒利，憑自己能力，怪獸螟獅倘且可以除去，何況豺虎，所以放心膽大。水洞之道既然不能行走，又沒其他捷徑，只好仍照昔日與甄濟所行之路。到了百丈坪，何愁不能按那司明所說方向路徑，趕往金鞭崖去。又自信力大身輕，平時試走山路，縱躍上下，健步如飛，有什作難。

不曾想天下事想時容易，實踐則難。姑無論以前走百丈坪是錯看日影，誤打誤撞才得到達。中間山路彎環曲折，如同螺旋，求進反退。即使再碰巧走通，司明又是粗心，所說路徑僅止大概，未必准對。數百里的荒山榛莽，深山絕壑，險阻非常，何能到達？

這都不說，單止那兩個包袱，便教元兒為了大難。

原來甄氏愛子心切，一個包包之內包著鋪陳、金銀、衣服和幾十本書，在元兒背著，分量雖然不重，卻是又蠢又大。另一個除了一些禮物糖果之外，便是日常動用之物，甄氏彷彿給兒子置辦科場中的考具一般，火石燈蠟、刀剪針線，無不畢具。另外還備一套小銅鍋灶，怕路上遇不著人煙，元兒吃冷的，準備歇路時煮熱東西吃。

這些東西俱用桑皮紙一一包好，急需的東西塞放在包袱角上，以便取用。這包袱之外還有一個提籃，裝滿乾糧、臘肉、鹹菜之類，絆上又插著一柄長劍，本是護送長年手內提著。二長年去後，元兒一雙手拿不了三樣東西，便拿來繫在包袱外面，人小包袱大，走起路甚是累贅。

起初元兒滿腔勇氣，惟恐兩名長年不走。一拿著上路，雖嫌麻煩，還不覺得。走出去才有十來里地，便感覺到累贅非常。走幾步一換手，時而一手一個平舉著走，走沒多遠，便覺手酸。又拿來背在背後，偏那兩個包袱俱有三尺長短，背不到一處，只好半提半捧著走。如此走平路還好，等一上山下坡，卻又太不方便。走了二十里山路下去，已急得元兒渾身是汗。又不捨將它丟掉，辜負乃母一片慈心。神志一亂，路更不容易走。只得一面細辨日色，一面默憶昔時行程。

走有半日光景，估計著應該早到地頭。不知怎的一來，走向那方氏弟兄所說去百丈坪的螺旋山谷之中，處處都覺所走路徑甚對，走了一陣，卻又走了回來。還算元兒絕頂聰明，看出情形不妙，將路走迷；又加實走乏了力，飢渴交加，便擇一個有山泉的所在，放下包袱，從提籃中取出乾糧、臘肉和小刀、茶杯，先喝了點泉水，然後切臘肉，就乾糧飽餐一頓。

前後一看，只見山嶺重疊，峰轉路迴，形勢險惡荒涼，連來路都已辨認不清，同時陽烏西去，倦鳥歸林，滿天霞綺蕩漾碧空，啣山斜日色若血紅，在遠近丹楓上面，林木山石都變成一片暗赤，再加林莽蔽天，荒榛塞路，空山寂，四無人聲，越顯景物陰森，淒涼可彼。知道天色不早，前路莫辨，心再微一慌亂，越發不容易走出，索性把心氣放得沉穩一些，鎮鎮靜靜的，一面辨別殘照方向，覓路前進；一面留神，萬一走不出去，物色棲身之所。

元兒明知百丈坪在正西方上，只須照直走去，便可走到，誰知此次竟不似上次。好容易攏著兩個累贅包袱，手足並用，縱躍攀援到了盡頭，不是前橫絕澗廣壑，難以飛渡；便是峭壁排天，當前陡起，阻住去路。直到天黑，眼看實無法想，才尋了一個岩洞，點起蠟來，走了進去，且喜洞內倒還乾燥。元兒本想坐待天明，誰知走了一天極難走的冤枉路，身子睏倦到了極處，身一落地，便神思迷糊起來，上眼皮合下眼皮，不住交戰，怎麼也睜不開。只得把死生禍福委諸天命，哪裡還計及山中的蛇蟲狼虎，竟然沉沉睡去。

醒來時聞得滿山都是禽聲與草際的秋蟲互相交奏，入耳清脆。睜眼一看，陽光已射進洞來。便草草取些乾糧肉菜吃了，出洞細認方向，尋找路徑。元兒這覺睡過了頭，醒時已是辰巳之交的時候，秋陽已上，晨露未晞。滿山滿谷除了丹楓青松之外，岩隙石根滿生野菊，嬌黃嫩紫，含苞初綻，臨風搖曳不休，別有一番幽趣，雖然地方未換，迴不似昨晚殘照荒山，窮途險遇那一種淒涼境界。晨風一吹，胸襟頓爽。

元兒正要上路，猛想起昨日受兩個包袱累贅的苦況。見路旁有一叢粗有茶杯大小的竹竿，忙用寶劍砍斷一根，削去枝葉，做成一個挑槓，將包袱一頭一個繫好。又尋了些山泉喝了，才往前途奔去。先以為昨日被自己大意走迷，今日還走不出山？誰知依舊一樣，元兒走到天近黃昏，雖未走回原路，卻又岔入別處山環之中。昨日路雖難走，還未遇見過猛獸蛇蟲的侵犯。今日卻是天還未入黃昏，便聽見虎嘯猿啼起來。路上又不時發現大獸足爪之印與蛇蟒蜿蜒之痕。任是元兒素來膽子多大，似這樣空山吊影，獨行踽踽，未免著起慌。先說昨日不好，今日並欲求能尋一個像昨日安身的岩洞不可得。

所遇幾處洞穴，不是沮洳卑濕，陰穢之氣逼人，便是情景險惡，不敢存身。眼看暝色將收，天已向暮，還未找落腳之處。

元兒正在夕陽斜照中顧影倉皇，不知如何才好，忽聽側面岩洞後有二三猛虎咆哮之聲。元兒自知勢孤，正不知這山中虎豹潛伏多少，哪裡敢去惹。方要輕輕悄悄繞避過去，猛聽群虎吼聲中雜著一個人的啞聲呼叱。心想那人必正為虎所困，不救不忍；救，又是泥菩薩過江，自身難保，其事太無把握。

後來一半激於義俠，一半想向那人詢問走百丈坪的山路，而且自己苦於勢孤，救了那人，正好搭伴。勇氣一壯，便將包袱懸在樹上，拔了長劍，縱走有半里多路，才得到達。果然有四、五條大虎，正圍著一個身倚危崖，手持長劍的少年，在那裡咆哮不已，也不上前，也不退卻。

那少年一柄劍時舞時停，依著猛虎的來勢起落。地上有一條較小的虎，已然臥在血泊之中，想是被那少年刺死，這時落日殘照，止從林隙透射向那少年的臉上，看得逼真。所倚的危崖原極險峭，而且離頭丈許高處，有一塊危石突出。不知何時縱了一隻最大的虎上去，朝著下面不住張牙舞爪，似要得而甘心。那少年好像力盡精疲，驚魂昏悸，只顧防了前面，不知道頭上面還伏著這麼一個惡獸。

那虎幾次探爪下來，離少年頭頂均只數尺，眼看危險萬分，恰遇元兒趕到。元兒定睛一看，不由又驚又喜。一時銳身急難，哪顧什麼叫危險，大喝一聲，一舉手中長劍，直往崖前縱去。同時那危石的一隻大虎，也許是等得不甚耐煩，狂嘯一聲往下便撲。元兒因在情急之際，使力太猛，縱有三四丈高，恰與那虎同時擦肩下落，人虎均在空中，使不得力。下面崖前，群虎又在蓄勢待撲。就在這虎聲怒嘯，山鳴谷應，腥風四起，落木蕭蕭之際，眼看一落地，便膏群虎爪牙，元兒忽然情急智生。不但不作落地逃生之想，反而空中兩腿一繃，兩臂一屈，無心中使上巧勁，奮起神威。一擺手中長劍，竟直往大虎頸項間，用盡平生之力刺去。

元兒聽咔嚓一聲，猛覺手中一動，一閃，虎口微一酸麻，身已著地。同時那虎倏地價震天一聲大吼，狂縱出去，正遇崖前群虎相次撲來，與那人虎迎個正著。二虎相撞，卻是絕大猛力，一撞一散，又與後面兩虎碰上。那一片群虎咆哮、騰撲、擠撞之聲，只震得落木驚飛，塵沙滾滾，半晌方息。那隻最大的虎，業已縱跌出十丈以外，瞪著一雙虎目，死在地上。

原來元兒天生神力，那一劍用力太猛，劍又是柄舊劍，只一下便橫刺入大虎頭頸之內。那虎負痛一拗，立時折為兩段，也是元兒與那少年命不該絕，大虎縱出去，偏又與那群虎相撞。牠們互相撞撲擠跌，勢子一緩，二人便行相見。

那少年正是元兒的表兄甄濟，流離失所，困在山中已有多日。飢餓悲痛之餘，突遇群虎包圍。若是別人，早已喪了性命。幸有全身本領，才得支持了半日光景。眼看危機一發，忽聽頭上虎嘯聲中，面前林隙中縱起一條黑影，這才看出岩上還有一隻大虎撲下，面前群虎又要一擁擠上，剛喊得一聲：「我命休矣！」那虎已落在面前。正待拚著命一劍刺去，那虎倏又狂嘯一聲，往外縱去。跟著落下一人，定睛一看，正是元兒，不由驚喜交集。

二人雖然相見，因為崖前群虎雖是自相撞撲了一陣，虎威稍懈，勢子略緩，並未退去。仍各蹲踞崖前，時而揚爪張牙，發威長嘯；時而站起身來，豎起條條長尾，將背一拱一抖，身上五色斑斕的短毛根根直豎，越顯肥壯，威猛無匹，做出那欲前又卻的神氣。

這時元兒看清除已死去那隻最大的和一隻最小的外，剩下還有三隻，每一隻都和黃牛一般大小。後面倚著峻岩，並無退路。眼看天是漸漸黑了下來，太陽業已落了山，一片暮霜沉沉籠罩，只剩碧天雲光的反映來辨別眼前景物。天光一黑，那虎的嘯聲也越來越緊。知道天再黑下去，情勢愈險。

在這極危難恐怖之中，兩人都是一般的心思，想尋逃生之路，什麼話都顧不得說。甄濟手中還有一柄寒光耀眼的長劍。元兒的劍已在縱身刺虎時，被虎負痛一拗，折成兩段。上半段被虎頸帶走，只剩下了尺許長的半截斷劍在手中。

萬一外面三虎乘黑來襲，如何抵禦？

兩人正在無計可施，元兒猛想道昔日誤入怪獸蟆獅巢穴時，曾將一塊很重大的封洞石頭推倒。自己和甄濟負隅抗險，不敢出去；外面三虎只管作勢發威，也躥不上來，似這般相持下去，黑夜之間，人哪裡抵得過虎，這岩凹內有的是大小石塊，何不取石擊虎？僥倖如能打死兩個，只剩一個，就不足畏了；即或不然，能將虎擊走得更遠一些，也好趁勢衝出，逃到平曠之處，再與牠對敵。總比在這岩凹之內負隅死守，有力難施，要來得強些。

想到這裡，一邊留神外面，一面對甄濟把話說了，甄濟飢渴勞頓之餘，又被虎困了大半天，已是精力皆敝，自分必死。忽遇元兒這個救星，不啻天外飛來，才得略為喘息，驚魂乍定，心志已昏。一聽元兒之言，頗以為然。略一商量，竟去尋摸石塊。

元兒嫌那斷劍無用，索性把它丟掉。準備挑那人石，雙手捧石擊虎。甄濟一手持劍，注視外面三虎動作，一手亂摸，也打算積下數十塊碗缽大的石頭，再行動手；元兒又恐石頭不能奏功，專挑選那些大的。

這時天已深黑，月兒被左近山頭擋住，僅僅山角上透出一些清光，下面仍是黑沉沉的。只有那三對虎的眼睛，在暗影中閃動。元兒也看得出那三虎的形象，甄濟簡直連虎的形象都看不出。偏生岩凹中碎石塊雖多，能用的卻少，揀了一陣，二人合在一起，才積了不到十塊。元兒怕不合用，見岩壁上山石突出的甚多，一時發了癡想，打算硬搬了下來使用。

然而任是元兒天生神力，這生根的山石，怎能搬得動。費了無窮氣力，才弄到手了兩塊有二尺大小的山石。這兩塊石頭，離地高有數尺，原一同附在岩壁隙縫裡一株挺出斜生的短松的根際下面，並非原生之石。再加上元兒力大，無心遇上，一攀便落，樹根卻現出了有三尺多方圓的洞穴。元兒也未在意，反因取石時縱身攀岩，想起初來時那吊睛白額大虎所盤踞的那塊危石，不由心中一動。匆匆又告訴了甄濟，準備萬一衝逃不出，情勢危急，便攀松枝而上，再由松上縱到那塊危石之上，以作退身地步。

兩人估量山石不易搬動，徒費氣力，便各自捧起一塊石頭待發。那前面三虎也都紛紛立起，在岩凹外面緊緊繞轉不休，咆哮之聲震動山谷。二人知道是虎餓思食，只要一個在前撲來，餘下兩隻也必一擁而上，來勢猛惡，萬難抵禦。不如先下手為強，只要打死一個，情勢便緩和許多。

這時月光已由山角轉來，正照岩凹，眉髮畢現，內外一片清澈。那三隻大蟲早已腹中飢餓，一經看真，越發磨牙發威，涎沫飛濺，順虎口直噴白氣。

二人看見當前一個較大的，正向著岩凹蹲身蓄勢，一條長尾把地打得山響，就要撲到。連忙一聲招呼，端起手中大石，直朝虎頭打去。發石時節，兩人似聞身後頭上有索索之聲，因為危機在前，全神注定前面三虎，也未防到後面。滿以為此石出手，必定打中。

誰知那虎也是靈警非凡，二人存了先發制人之心，發石時未免心慌了些。如趁那虎縱身起來，再行迎頭打去，虎的頭項甚短，轉側不便，撲人是個直勁，雙方都是太猛，豈不借牠來勢，又給發出去的石頭添了一兩倍的力量？這一打上，怕不腦漿迸裂，死在地上！二人究竟都是年輕，算計不周，這一心慌，幾乎送了性命。那一二尺方圓的石頭不比尋常暗器，發出時帶有一片風聲，何等沉重。第一石發出去，那虎正蹲踞地上發威，見石一到，不慌不忙將頭往上一抬，伸出兩隻虎爪，輕輕一撥，便都撥落出去有一兩丈遠近。

甄濟、元兒原準備一石不中，再發二石。沒料到這麼沉重蠢大的石頭，不能跟暗器一樣，可以連珠發出。再加第一石沒有奏功，已是有些心慌。剛將第二塊石頭端在手內，站起身來，對面那虎將第一石由虎爪撥落，未容二人取石起身，早狂吼一聲，就勢兩條後爪一撐，直往岩凹之內撲到。同時其餘二虎也為那第一次兩塊石頭激怒，紛紛狂嘯，隨在第一隻大虎的後面，飛撲過來。

一步走錯，滿盤皆輸，哪裡容人再打別的主意。眼看危機一發，性命難保。甄濟已是手忙腳亂，驚慌失措。還算元兒天賦異稟，膽智過人，手中剛端起從岩隙松根上扒下來的那塊大石，一見岩凹外面那隻大虎迎頭撲到，大喝一聲，伸出一對賽鋼勝鐵的小臂膀，奮起神威，用盡平生之力，百忙中也沒看清什麼地方，直朝那虎身上打去，恰好正打在那虎的前胸。這迎一撞之勢，雙方都有過千斤的力量，那虎縱是百獸之王，如何禁受得住。震天價狂吼一聲，落下地來，接著又是一片撲騰咆哮之聲。

元兒知勢危急，也顧不得看清，也顧不得說話，一手拉了甄濟，喊聲：「快跑！」腳一點，縱身鉤住那株松的橫枝，首先攀援上去。後面甄濟被元兒一句話提醒，也隨著元兒攀援而上。一同回身往下一看，岩下一隻大虎倒趴在地上，也不知是死是活？落地時節，又和元兒第一次斷劍殺虎的一般，正趕後面兩虎撲來，互相猛撞了一下，所以二人才得在這至危奇險之中攀松上岩。

二人正打算落到松根著足之處，縱到那塊危石上去，下面兩虎已往二人攀援之松枝上面縱撲上來，還算二人下落稍快了一步，沒有被虎爪抓落。剛好在松根上落腳，元兒猛覺腳底踹在一根圓柔軟滑的東西上面，彈力甚大。

當時兩人都急於逃命，腳一點地，早一墊勁，一同飛身縱往危石之上。身才立穩，耳聽咔嚓一聲，接著又沙沙連聲，知那松樹已被下面二虎折斷。猛一眼看到頭頂上還有一塊突出的岩石，形勢甚好，離地又高，比原立這塊還要穩妥，心中大喜，接連幾縱，到了上面，這才回身下視。只見那松樹生根處，倏地如飛般拋下一條烏光油油，兩丈多長，粗如盆碗的黑影，直向岩下兩虎穿去。

再往岩下一看，同樣的還有一條，身上閃閃，映月生光，在和兩虎盤絞奔逐，已然到了岩凹外面。定睛一看，原來是兩條烏鱗大蟒，二人居高臨下，看得甚是清切。

原來那松樹根下，正通著一雌一雄兩條烏鱗大蟒的巢穴。元兒無心扒去那兩塊大石，被牠從穴中緩緩鑽了出來。二人找虎時節，聽得身後作響，便是此物。當時急於禦虎，沒有留意。後來兩人縱上松枝，第一條大蟒剛剛鑽出半截身子忽被元兒落地時踏在牠的肉冠子上面，本已負痛發怒，欲待尋找仇敵，偏巧二人縱逃甚快。同時那虎正縱上來，將松齊根折斷，未免又將大蟒壓痛了些。

蟒、虎本是仇敵，互相剋制。那蟒一見有虎，早將頭一擺，隨著那株斷松躥了下來，與兩虎鬥在了一起。第二條大蟒也從穴中竄出，加入拚鬥。鬥來鬥去，追逐到了岩凹外。二人存身之處雖比下面來得穩妥，無奈頭上崖壁峭洞，再難攀援。下面兩虎之外，又添了兩條比虎還難惹的烏鱗大蟒，真是進退兩難。只好在上面靜候時機，但盼虎蟒相持，虎能將蟒咬死，虎也成了奄奄一息，方好逃命。

這一場蟒、虎惡鬥，倒也又駭人，又有趣。只見月光之下，煙塵滾滾，砂石驚飛，腥風四起。一方是蹲踞騰撲，張爪磨牙，咆哮如雷，凶威猛惡；一方是蜿蜒騰挪，動作如風，伸舌吐焰，紅信粼粼。那蟒見擒不住那虎，只急得口中發出吱吱的怪嘯，有時僥倖將虎纏住，那數丈長的蟒身如轉風車一般，立時將虎身裹住。正待回頭來咬，卻不料那虎非常狡猾，原是乘機歇息，等到身上被蟒纏了數匝，也沒看清是怎地一來，虎頭動處，早鑽了出來。然後狂嘯一聲，撲地縱起好幾丈高遠，連身折回，重又與蟒鬥在一起。

元兒畢竟童心未退，雖身臨危境，看見這種蟒虎惡鬥，不但不怕，反直喊好玩。剛在可惜沒看得仔細，另外一蟒一虎又抄了一套文章；先是那虎蹲踞地上，一條長尾巴把地打得吧吧山響，不住狂吼發威。對面那條烏鱗大蟒卻把身子盤成一圈，只將上半截身子從中間筆也似直挺起，昂著那一顆有碗大小的蟒頭，朝著對面敵人不住張口吞吐紅信，吱吱直叫，神態甚是舒徐。雙方相持沒有半盞茶時，忽然那虎狂嘯一聲，朝前便撲。

那蟒更不怠慢，長頸一屈一伸之際，彷彿周身都在顫動。說明遲，那時快，早唰的一聲，迎著對面虎撲之勢，往上穿起，尾尖著地，身子懸空，和一根筆直烏木相似，蟒頭與虎頭迎個正著。

那虎在空中使不得力，無法躲閃，見蟒迎來，張著血盆大口便咬。那蟒尾身還在地上，可以行動自如，蟒頭一偏，早自讓開。尾尖在地上一聳，連身躥起，正與那虎擦身而過。就勢身子疾如轉輪，一路蜿蜒，早將虎腰連虎的兩條後腿，一齊圍繞了數匝。吧的一聲大響，連蟒帶虎，一同落地。

眼看又和先前那一對一般，蟒將虎纏上好多匝，只剩虎頭和兩條前腿露在外面，虎身全被蟒身纏沒，就待回轉蟒頭來咬。那虎倏地又是狂嘯一聲，兩條前腿抓著地面，一拱一躥，又縱脫出去老高老遠。

當這蟒、虎糾纏之際，元兒因存身之處，虎縱不上來，再加自己連斃兩虎，覺著不足為慮。那蟒卻是行動如飛，什麼地方都能躥到，比虎厲害得多，心中有些膽怯。因而對蟒懷了憎惡，對虎便有了好感。頭一次見虎被蟒纏住，心裡頭已起了驚慌，惟恐虎為蟒傷。第二次一見蟒將虎纏得更緊，既代虎危，復為自身打算，早掇起兩塊碗大石頭，擎在手內，直朝蟒頭打去。

甄濟見元兒事太作得魯莽，想攔沒攔住，手一拉，反將元兒的準頭，鬧歪了些，一下打在蟒的頭頸骨上，正趕那虎又躥出重圍，元兒情不自禁地脫口喊了一聲：「好！」下面先那一對蟒、虎已經糾纏到了一堆。

這第二個被元兒用石打中的那條大蟒，費了半天氣力，沒有將虎擒住，已經凶威怒發，又被元兒石頭打中，一負痛，再聽得人聲，便昂起頭來往上一看，吱吱叫了兩聲，便捨了那虎，往岩前躥來。二人存身之處雖是險要，並無隱蔽，月光之下看得逼真。甄濟見蟒朝上看，口中吱吱亂叫，紅信吞吐，身子往岩前移動，便知不好，元兒也著了忙，手上又無兵刃，只有剩的一塊石頭，併還找不出第二塊。上既無路，下則去死更速。

二人正在焦急，那蟒早如一條黑匹練一般飛起。月光照處，細鱗閃閃，烏光油油，直往岩上穿來，轉眼便到二人眼前。甄濟手持長劍，準備來時與牠拚死。元兒一見情勢危急萬分，慌不迭地將手中石塊直朝蟒頭打去。心一亂，便少了準頭，打在蟒脊上面，沒有打中要害。那蟒越加負痛發威，來勢更急。眼看危機頃刻，誰知那蟒上有兩三丈高下，忽然吱的一聲，連頭帶身，似烏綾飛舞，旋轉而下，來得快，退得更速，二人因為急於應付當前切身危難，全神貫注那蟒，別的一切俱未看清，見蟒忽然掉身退去，心中不解，連忙定睛往下一看，不由轉憂為喜。

原來那蟒上崖時，與牠對敵的大虎，也喘息過來，見有可乘之機，如何容得，早將四足一縱，便到岩前，未容那蟒再往上穿，張開虎口，一口將蟒尾緊緊咬住。蟒因負痛，回頭一見是虎，蟒尾巴被緊緊咬住，不顧得再吃生人，連忙回身應敵。偏那蟒又堅，蟒皮又韌，虎的來勢與力俱都猛烈非常，一口咬下去，雖然穿鱗透皮，急切間，卻拔不出來，又咬不斷。蟒的尾尖只管在虎口內攪得生疼，虎一負痛，便亂扯；蟒更是負痛，也亂扯亂捲，兩下裡都亂做一堆。不一會，蟒身又將虎纏住，虎口被蟒尾陷住，張不開來，這番卻脫身不得。幸蟒痛極心慌，尾又被虎咬住，纏時無法圈住虎的兩條前腿，虎爪一路亂抓，那蟒越加痛極，急切間咬不著虎的要害，也是一口將虎的後股緊緊咬住不放。

且不說這一蟒一虎拚死相持，再說先前那一蟒一虎。那蟒是條公的，比較小，有七八尺。先也是與虎相持，雙方鬥得力倦，一個盤著，一個蹲著，發一陣威再鬥。當適才那條母的被虎咬住蟒尾時，雙方正鬥得熱鬧，不知怎麼一來，虎身又被蟒纏住，這次卻是兩頭相對，錯了往常的地位。那虎見蟒頭在前，躥了過去，昂頭便咬，一伸兩隻前爪，竟將那蟒的頭頸抓了個死緊。那蟒被虎制住，便拚命用力，打算將虎箍死。

虎一負痛，透不過氣，兩爪一鬆，蟒頭便起。那蟒想也是痛暈了頭，如不回頭來咬，就這一陣用力緊束，也是有勝無敗；偏是急於報仇，這一回頭去咬虎頭，恰好橫著，方能繞過。那虎鬆了仇敵，本已憤怒到了極點，一看來咬，猛地虎口一張，雙方都是又急又快，被虎口在蟒的七寸子上咬個正著。雙方都不肯放，誰也張不開口，只聽虎鼻中一片嗚嗚之聲，兩虎兩蟒分作兩對，糾纏做了兩堆，在月光底下，帶著砂石翻滾不休。

這一場惡鬥，只看得元兒、甄濟目定神呆，驚喜交集。直到斗轉參橫，東方現了魚肚色，見下面二蟒二虎糾纏越緊，勢子卻由緩而慢，漸漸不能轉動，才行覓路縱下一看，一蟒一虎已經氣絕。一個口中紅信吐出多長，身子緊束虎身，目光若定；一個瞪著一雙虎目，虎口咬緊蟒的頭頸不放，虎虎若生。雖俱死去，依然猛惡可怖。

又見另外一對，蟒被虎咬緊，脫身不得，下半身鱗皮被虎抓得稀爛。那虎雖被蟒咬，毒發身死，口仍不開，虎毛打落了一地。那蟒雖還是緊咬虎腿未放，身子卻在動彈，並未死去，一見人來，一陣屈伸，似要脫身追來。

甄濟嚇了一跳，連忙退步按劍時，元兒道：「那虎將尾巴咬住，身上纏了許多圈，就是活，你還怕牠怎的？師父說大蟒身上常有珠子，你把寶劍借我，就勢殺了牠，取出來帶走。」說罷，不俟甄濟答言，搶過劍，便往蟒前走去。

甄濟忙喊：「不可造次。」拔腳追去，見那蟒見了元兒還待掙扎，早被元兒舉著那柄吹毛摺鐵的長劍向蟒頭一揮，立刻一股鮮血冒起多高，蟒身落在地上，蟒連口仍咬附在虎腿上面。才知那蟒也是一時情急，蟒牙嵌入虎骨，一樣拔不出來，所以逃走不脫。元兒舉劍一路亂砍，連蟒頭砍了個稀碎，哪有珠子，口中直喊喪氣。恐那蟒再活回來，也給牠找補了幾劍，才和甄濟一同上路。

那虎大小共是五隻；最小的一隻，一起頭便被甄濟用劍刺死；最大的一隻，被元兒斷劍刺死；另一隻被元兒用石頭打死；剩下兩隻，俱與兩條烏鱗大蟒同歸於盡。二人無心之中除了七害，人也累得力盡精疲，飢渴交加。甄濟比元兒還要來得疲敝，幾乎走路都要元兒攙扶。兩人先到元兒放包袱的所在，取出乾糧，飽餐了一頓。元兒又取來山泉，一同痛飲個夠。吃飽喝足，才略覺精神好了一些，這才互說入山之事。

元兒的事已然表過不提。那甄濟為人，本有心計。乃父被陷那日，在街上遇見衙中熟人報警，雖然自己僥倖避開，卻聽說父母全家俱被拿去下監，不久就要押解到省中去。當時痛不欲生，本想憑著自己本領，劫監救出父母。一則孤掌難鳴；一則事一不成，案情愈更重大，反倒全家都沒有了活路。自己新歸不久，親族父執俱都不甚相熟；再說案關叛逆，誰敢出頭？只有姑父裘友仁是個至親骨肉，人也熱誠任俠，無奈他平素從不與官場中人往還，找也無用，弄巧還連累了他。思來想去，徒自悲痛了一夜。正無法想，又聞風聲甚緊，官府正在到處搜查自己下落，越發驚慌。

第四章　古洞奇珍

話說，甄濟不敢在城裡多延，怕貽禍好友。他藏身所在，原是一個小時同窗至好的家內。雖是個尋常耕讀之家，沒什力量，家道還算富有，人也義氣。便和那友人商量，借一筆錢，到了晚間，先冒險前去探監，安置安置，再行逃走，出去設法。那友人覺事太行險，勸他不住，只得幫他備了些金銀。又收拾了一個小行囊，準備探完了監，迅速出城去。

到了二更過去，甄濟施展輕身功大，到了監內，對禁卒一番威嚇利誘，居然容容易易見著他的父母。因是關係叛逆的重犯，又加是新卸任的官吏，除枷鎖較重，防衛周密外，倒還未受什麼大罪。一見兒子冒險探監，俱都大吃一驚！

甄濟因出入這般容易，又想起劫監之事，便和他父母說了。甄濟的父親一聽，越發憂急，再三告誡：此事萬不可行。雖說自己案情重大，並非沒有生路，同寅和京裡頭，俱都有人可托。若是劫監，反倒弄假成真，不但自家有滅門之禍，還要株連九族親友。若行此事，老夫妻便要雙雙碰死。並說：「事發時已買通禁卒，托親信的人四出求救。你只要逃了出去，保全自身，準備萬一事若不濟，替甄氏門中留一線香火，便是孝子。」

甄濟跪著哭求了一陣，見若再固執，父母立時要尋短見，萬般無奈，只得忍淚吞聲，拜別出來，又將帶來金銀，給了十分之八與禁卒，再三叮囑，好好照應，不准走漏風聲；不然寶劍無情，定要取他性命。那禁卒自是樂得應許。甄濟還不放心，又怕本官為難，索性一不做二不休，逕自飛入內衙，持劍威嚇知縣。說事情非他發動，不能怪他。只是一要好好待承，二不許株連甄家親友；並要他善為彌縫，向上司呈覆。

那縣官姓楊，名文善，人本忠厚，本來就不願多所株連。再經這一嚇，哪裡還敢生事招禍。不但沒有牽絲扳藤去興大獄，反倒在搜查黨羽的呈覆中說：甄某在外服官多年，家中戚友根本就少，幾乎不通往來。這次一辭官回家，就奉密令，將他全家拿來收監。細查並無黨羽，只有一子，遊學在外未歸。不知去向。請求通令，一體緝拿歸案等等。

就此遮蓋過去。所以甄家親友，連友仁那等至親，縣中俱未派人去過問，這且不說。

那甄濟離了縣衙，連夜逃出城去。本想去見友仁一面，再作計較，猛想起那日元兒曾說，那方氏弟兄的姑父銅冠叟是個異人。自己與方氏弟兄雖是初交，卻有同盟結拜之雅，何不逕找他去？不但可以避禍，還可求他設法，想條妙計，搭救父母，豈不是好？

想到這裡，甄濟見天已大亮，怕被外人看破，露了形跡，兩下俱有不妥，索性連友仁也不見，逕往百丈坪找方氏弟兄求銅冠叟。主意打定，便避開環山堰友仁的家，直往長生宮後懸崖之下奔去。

元兒自那夜火眼仙猿司明送信之後，還未與甄濟見過，所以甄濟並不知方、司兩家由百丈坪移居金鞭崖之事，以為方氏弟兄每日還在水洞棹舟相候。及至到崖下溪邊，候到日中，仍無方氏弟兄蹤影，心中好生焦急。此時人蹤更多，不便往友仁家去。略吃了幾口乾糧，想了想，竟和元兒入山時打了一樣的主意；也是想照昔日誤走百丈坪那條路走。以為昔日一半是玩山，今日是趕路，算計不消三兩個時辰，便可趕到。

誰知他比元兒所遭遇的還苦，一過近便崖，就迷了路，走入螺旋山谷之內，越繞越遠，越走越糊塗。一連走了三日三夜，始終沒有找著路徑。連想出山走回友仁家去，都不能夠。這還不算，帶的乾糧，因為行時匆忙，只圖省便，僅敷一天多用，萬沒想到要在山中奔馳數日。頭一天因為動身時晚，走至天黑，雖然覺出路徑越走越不對，心中還不甚著慌，乘月又尋了一陣，便找了個山洞宿了。第二日晚間，仍未找到百丈坪，眼看食糧僅夠一頓，才著起急來。因要留著最後充飢，不敢再吃，勉強尋些山果吃了。當夜仍尋岩洞宿下。

如此辛苦飢疲，在山中亂竄，好容易支持到第四日。早起走到一處山環，連山果都無從尋找，只得把最後一頓乾糧也下了肚。走到未申之交，方覺飢疲交加，忽然遇見那隻被他用劍刺死的小虎。剛將虎刺死，便被那四隻大虎聞得小虎嘯聲追來，將他包圍。

先前那隻小虎已難對付，何況又來了四隻大的。四顧無處逃生，只得負岩而立，人虎相持。

到了黃昏，才遇元兒趕來，將他救出，人已精疲力竭，不能轉動。

二人見面，吃喝完了，說完經過。重勞之後，估量今晚不能再走。甄濟只帶著一個小包，內裝兩件換洗衣服和一些散碎銀兩，圍在腰間，打虎時並未失去。便分拿了元兒一個包袱，乘著月夜去尋住所，走出不遠，無心中竟將那虎的巢穴尋到。雖然五虎俱斃，仍恐還有餘虎回來，無奈除此之外，別的岩洞俱汙穢卑濕，不能住人，只有這個洞穴又乾燥又寬大。元兒終究膽大，便將包內火石油蠟取出點好，將洞角虎毛獸骨撥開，鋪好行囊。又去搬來了幾塊大石，將洞堵好，一同就臥。元兒年輕貪睡，甄濟更是死中逃生，極勞累之餘，一旦安安穩穩睡在地上，覺著舒服到了極點，一倒頭便已睡著。

這一覺直睡到第二日辰巳之交才醒轉來，且喜一夜無事。元兒取出乾糧、臘肉飽餐一頓，又汲些山泉喝了。正待準備尋路前進，甄濟忽然失驚道：「昨晚聽你說，方、司兩家已離開百丈坪，移居金鞭崖了，即使今日我們能找到百丈坪，照司明所說路走，這數百里未曾走過的山路，也非一日半日所能走到。你又在途中耽擱了兩天，再添上我，這點乾糧如何夠吃？山中又無處購買，不比前山宮觀廟宇到處都是，隨地均不愁吃。這幾天已然吃足了苦頭，這卻怎好？」

元兒說：「管它呢，我們自有天保佑。猶之乎你昨天被虎包圍，怎會遇見我來？又會平空鑽出兩條烏鱗大蟒，代我們解圍呢？」

一句話將甄濟提醒，猛笑道：「眼面前有頂好的糧食，我卻忘了。」

元兒也想起：「你不是說那死虎麼？只恐被蟒咬過，吃了有毒。不然，那日在方二哥家吃那烤虎肉，倒怪香的。」

甄濟說：「那蟒咬死的只是後兩隻，不是還有三隻麼？這一想起，不但虎肉夠我們用的，連日我都覺著山中寒涼難受，那虎皮豈不也可用麼？天已不早，我們快走，招呼給別的野獸吃了去。」說罷，二人便興高彩烈地往昨日殺虎之處奔去。

好在相隔不遠，一會便已找到。那虎、蟒仍是死纏著躺在地上，並無野獸動過。二人只甄濟有柄長劍，元兒的劍半沒虎口，斷的半截也不知遺落何所，因是頑鐵，也懶得去找。便由甄濟將那先死的三隻虎皮剝下，揀那嫩的脊肉，取下好幾大塊，卻沒法拿走。

甄濟想了一想，見路側生著一片竹林，便去砍了一根茶杯粗細的竹竿，削去枝梢。將兩人包袱併成一個，勻出一根麻繩，將虎皮二張捆成一捲。又割了些山藤，將肉穿起，連包袱一齊分懸在竹竿兩頭，挑起上路。

這時已是中午時分，走沒多遠，忽見前面兩峰對峙，中現一條峽谷。二人登高一望，除了那條峽谷和來路外，俱是峰巒雜音，叢莽密菁。再不便是峋岩壁削，無可攀緣。明知路徑越走越不對，但是對的既已尋不出，看日影只有那峽谷還算是走百丈坪的方向，只好試一試走著再說。

二人替換著挑著擔子，一路走，一路商量。但遇著可以立腳的高處，元兒便放了擔子，縱身上去眺望。滿心以為從高可以望下，只要能望見百丈坪一些附近的景物，立時便可以到達。卻不知前兩日錯走螺旋谷，已然早岔過了去百丈坪的路徑。再一進這峽谷，更是越走越岔遠了。

二人入谷以後，見兩峰岩壁上全是藤蔓古樹，雖是深秋天氣，因蜀中氣候濕暖，依舊是一片肥綠，映得衣衿面目都似染了翠色。地卻是個淡紅砂地，寸草不生，時有丈許高沙堆阻路。二人連越過了好幾處沙堆，忽然不見地下日影，天色好似陰沉沉晦暗起來。

抬頭一看，才知谷徑正走到窄處，兩面危崖峭壁，排雲障日，只能看見一線青天，時有白雲在頂上片片飛過，陽光已照不到地面，所以天色陰暗。路雖還直，只是數里以外的盡頭處，隱隱似有數十丈高一個石筍將路攔住。空山寂，說話走路，襯著那谷音應和，入耳清脆，越顯景物幽悶，使人無歡。

漸行漸近，果然前面有一個小峰將路塞住，形勢又是上豐下銳，無法攀越。走了好些時候，走的卻是個死谷。甄濟氣得將擔子往地上一放，不禁喊得一聲：「背時！」

元兒終不死心，早已往那小峰跟前奔去。一到便鑽向峰的後方。不一會探頭出來，歡呼道：「路有了，寬大著呢。大哥快來。」

甄濟聞言，連忙挑擔奔去。到了峰前一看，那峰並非原生，乃是山的一角，不知何年何月經了地震，從山頂折斷下來，倒插在地上。雖將山谷的口堵死，還算側面有一個缺口，約三尺方圓。鑽將過去一看，陽光滿眼，豁然開朗。外面雖然依然兩邊是山，中間卻有一條極平曠的大道，也是砂地，沒生草木。到處都生著一叢一叢的竹子，高的才兩三丈，粗只寸許，根根秀拔，迎風搖曳。

二人先辨認日色和時間，彷彿岔走了一些。元兒又跑到側山頂上望了一望，哪裡有百丈坪的影子。下來彼此一談，反正走錯，索性發一發狠，給它來個錯到底，就照這條路的方向走。即使人找不著，難道還走不出這山？本山又是道家發祥之地，前山固是宮觀林立，便是後山隱僻之處，也常有高人結茅隱居，只要遇上一個，便有法想。

因為走了半日，俱覺腹飢體乏，元兒便去撿了些枯柴要烤虎肉就鍋魁吃。甄濟說：「肉多糧少，不知何時走到。我前兩日先遇上野獸，不知打來吃，幾乎餓死。我們還是多吃肉，少吃鍋魁吧。」

元兒帶的乾糧，原有炒米、鍋魁兩種，另外還有四匣糖食糕餅和三簍兜兜鹹菜，幾塊瘦臘肉巴，兩塊生臘豬腿。因有這許多東西，所以包袱又大又累贅。除了臘肉巴和炒米外，連鍋魁等，十之八九是元兒因為銅冠叟愛吃此物，司青璜走後無人會作，特意命家中伙房加工做了，帶去孝敬師父的。餘者如布帛等，也是送方、司兩家的禮物。昨今二日打開時節，甄濟只看見許多大包小包兒，聽元兒說是送人的禮物，也沒細問，因此屢以食糧為慮。

元兒笑道：「大哥莫發愁。論說我吃的東西，還算走時母親給我多帶有好幾倍，直到包袱、考籃都裝不下了為止。走這幾天工夫，我的一份也就剩不多了。可是那些送人的東西，倒有一多半是吃的。若不是萬分不得已，我也不願動。早上一說到糧食，就忙著去割虎肉，也沒顧得談這些。真要是沒得吃的話，難道看著吃的去餓死？這十幾個鍋魁，加上虎肉，還夠我倆人吃好幾頓。再走十天，就算什麼東西都吃完了，我們再煮生臘肉來吃，也還夠四五頓呢。不想母親連鍋和針線刀剪都逼我帶著，真是父母愛子之心，無所不至。當時我雖不敢強，心裡著實嫌帶這些零碎麻煩。幸而我初走得累贅時，因是母親親手料理，不捨得隨便丟棄。如今吃的已然用上，說不定別的也許用得著。樣樣都齊全，你還怕什麼？」甄濟聞言，才放了心。

元兒又將所帶之物詳細說了。一面說，一面火已生好，便用小刀將虎肉切成薄片，用劍尖叉好，在火上烤熟，配上鍋魁，胡亂吃起來。元兒嫌口淡，又取出了些熟臘肉巴和兜兜鹹菜來。兩人越吃越香，吃了一個大飽，才行收拾上路。

二人只早餐飲過了一頓山泉。入谷之時，山麓曾有小溪，因為不渴，所以未飲。這半日工夫，經行谷中，雖未見水，因不思飲，也未留意。這餓後大嚼，所吃的東西像虎肉、鍋魁、辣鹹菜，無一不是乾燥逗渴之物，還未吃完，便覺口中有些發乾。

先是因為兩人連日走到那裡，都遇見溪澗泉瀑，並不著急，以為走到路上，前面自會遇見。誰知走了個把時辰，兩山林木雖是茂密，泉源卻無一個。再加上蜀中天暖，秋陽猶烈，又從幽谷陰涼地裡走出來，走入陽光之下，身一發熱，口裡更乾，真是奇渴難耐。只急得元兒在前面一會蹦上這面山崖，一會蹦向那面高崗，到處尋找溪澗泉源，總尋不見。一會兒又奔回來，挑了擔子，由甄濟前面去找。

兩人越急越流汗，口裡似要冒出煙來，漸漸有些頭暈心煩。比起昨日身臨絕險，飢荒交加，還要難過。幸而俱是天生美質，若換旁人，早已不能行動。似這樣支持到了黃昏月上，始終未見一滴水。總算太陽下去，山中氣候早晚懸殊，一不著熱，還略好些。

二人是年輕大意，渴極尋水，只顧前趕，不顧別的。路徑越錯越遠，毫不覺得，也未算計走有多少里數。末後乘月趕路到了一處，見兩山漸往中間擠攏，不過形勢不與午間走的峽谷相似。兩山都是上尖下廣。一輪皓魄漸近中天，月朗星稀，清風徐來，雲霧上升，銀光四射。襯以竹石幽奇，峰巒雄秀，越顯得清景如繪，美絕人間。

兩人正苦煩渴，甄濟走在前面，忽聞遠遠泉音淙淙。因為起初盼水太切，有時聽見松濤竹韻，也疑泉聲。及至找到，只見老松吟風，翠竹凌雲，水卻沒有涓滴。這次以為又是聽錯，漸漸越聽越真，好像在面前不遠。連後面元兒也都聽到，趕奔上來，急問甄濟：「可曾聽見水響？」

甄濟答道：「聽是有點聽見，只不知能找到不能。」

元兒急道：「你真糊塗，聽得這麼真，還怕找不到？我猜這水定離我們不遠。這副擔子就放在這裡，先找到了水，喝夠了，再回來拿。」

甄濟道：「裡面盡是吃的，要遇見野獸來吃了去，才糟呢。你如挑不動，我們把東西都聚在中間，抬著走吧。」

元兒說：「這半天工夫，連個狼、兔迪沒遇見，偏這會有野獸？我不是挑不動，只是壓得和你一樣，有點肩疼，又加渴得心煩。既怕丟了，還是挑了走吧，這點點東西，還用人抬？」

二人水雖尚未到口，這一有了希望，不由精神大振。口裡只管問答，腳底下卻走得飛快。元兒還催甄濟先走，甄濟卻說：「我們俱在患難之中，應該有福同享。現在水聲越近，知在前面無疑。反正也要到了同飲，何必忙這一時？」

元兒道：「我卻不像你這般迂法。如這會不該我挑，我便趕向前面先去喝去。」

甄濟聞言，便要接過來挑，讓元兒趕到前面尋水先飲。

元兒卻又不肯，答道：「只一點點東西，卻累你分挑一半。到底水還沒看見一滴呢，哪能就定了準？你要和我同飲也可，你倒是先到前邊去看清楚呀，難道誰還說你偷嘴先飲？」

二人正在說笑，元兒倏地歡叫一聲道：「在這裡了！」說著忙將擔子往山麓一放，一縱步便往山坡上跑去。甄濟隨元兒跑處一看，離地兩三丈山腳腰處，橫著一條白線，月光之下，彷彿一條銀蛇閃動。不由喜出望外，也隨著一墊步，往上縱去。元兒已在地上捧了兩下，因水太薄，沒有捧起。站起身來，順著那條銀線，往高處便跑。

原來那道銀線正是從前面流來數寸粗細的一道山泉，流行之處，正是橫生在山腰上一根二尺來寬的天然石埂，當中又微微有點凹。水雖急而不多，蜿蜒曲折，環山而流，近看真和一條細長銀蛇一般。那水只有三、四寸寬，那石埂凹處只有寸許來深。

元兒究竟是生長富厚之家，本嫌地上淺水不乾淨。捧了兩下，沒捧起，覺水很涼，知道近處必有泉瀑，便站起身來，順水流處的源頭跑去。沒跑二里，便見半山坡上有一峭壁當前。忽聞琤琮轟隆之聲，宛如敲金擊玉，洋洋盈耳。一股粗有碗口的水柱，從離地數尺高的岩壁縫中激迸出來，斜射到離壁丈許遠近的一個石糟裡面。那石糟是長橢圓形，想是日受急湍沖射而成。最深處的是槽心，才只二三尺，哪裡存得住大量的水。

那水一經射落槽中，便激濺上來，再落到槽外地上，順山形化作無數道大小匹練銀蛇，往四下流去。元兒先前所見，便是一股最細的。石槽大小數尺，四面水氣蒸騰，廣有丈許。圍著一圈，都是濺玉噴珠，星花飛濺，低昂如一。水氣中那股山泉被月光一照，宛如半條銀龍，籠以輕綃霧縠。那轟轟發發的瀑吼，水珠擊石的碎響，與那草際裡潺潺幽咽的繁聲融成一片，又宛如黃鐘大呂之中，雜以笙簧細樂。真是又好看，又好聽。再加上寒泉清冷，人未近前，已有涼意；被水氣一侵，不必牛飲而甘，已自減了一大半煩渴。

元兒耳聽泉籟，目貪佳景，只喜得手舞足蹈，站在水霧外面不住叫好，也忘了此來則甚。一會兒甄濟趕到，見元兒還未動手，便道：「你怎還不取水喝，莫非還等我麼？」

元兒笑嘻嘻道：「哪個等你？這水太好了。」說罷將手伸入霧裡，水未夠著，兩袖已透濕。

甄濟道：「這樣哪裡吃得到嘴？」元兒又要往那發源的壁下去接。甄濟又道：「水勢這樣急，那裡還是不行，白把衣服濺濕。流在地下的又不乾淨。這邊來吧。」說罷，挑了一處濺出水氣外面的幾股尺許高，時低時昂的細泉，用手抄起，先洗了洗手。再兩手合攏，捧起來飲。元兒也如法施為，直喊：「真好！」

水又甜又涼，二人飲未幾口，上半身已是透濕。元兒又嫌不盡興，一賭氣站起身來，打算回去拿東西來盛。猛一眼看到身後山坡上有一大洞，正對那發水的岩壁。洞前還有一塊岩石突出，形如平臺。連忙止步，將身縱了上去。看了一看，高叫道：「今晚我們有好地方住了。」說罷，也不俟甄濟答言，飛身而下，往來路便跑。

甄濟見元兒渾然一片天真爛漫，再加上天生異稟奇資，不由又愛又羨。知他去取行囊，必想在洞中住宿。看也沒看清，便定主意，萬一藏有蟲蟒野獸，豈非禍事？便將身畔火種取出，尋了些枯枝點燃，一手拔出寶劍。到了洞前一看，果然形勢奇秀非常。見洞口甚寬，入洞一看，不但寬大平坦，石壁潔淨，裡面還有一個洞口。洞內卻是一間經過人工佈置的石室，還有兩張石床，石几、丹灶俱全，更是喜出望外。

甄濟看完出洞，遠望元兒挑著擔子奔來，一到面前，便高聲問道：「我見你持火從洞中出來，適才沒顧得細看，洞裡乾淨麼？」甄濟笑道：「也沒見過你這樣火爆脾氣。看也沒看清，知道裡面有蟲蟒野獸藏著沒有？也不商量一下就忙。告訴你說，你進去看了，更要把你喜歡壞了。」元兒忙著放下擔子，便要往洞前石上縱去。

甄濟笑答：「忙什麼？現在肚子有點餓，我們乘月色，先弄吃的下肚。邊吃邊說，吃完再看去，也不遲。」說時剛要去拉元兒，元兒已縱到那石臺上去，正撿起甄濟那束殘餘的枯枝，要取火種來點。忽然朝下高叫道：「大哥快來，你聽這是什麼響？」

甄濟側耳一聽，只覺那水聲貼耳。先並未聽出什麼，以為元兒在上面聽見什麼蟲子的鳴聲。縱身上去，問在哪裡。元兒手指前面近處說道：「你看那又是什麼，這樣亮法？」

甄濟向元兒手指處一看，只見相隔約有一里之外，兩山之中，有一道橫的白線，似向前移動，漸漸由短而長。一會又似往回退，但轉眼之間，又伸長出好多。適才在下面，因為離山泉太近，為泉聲所亂；二則那白線也越來越近，耳中也聽得一片轟轟發發之聲，恍如萬馬千軍殺至，山鳴谷應，甚是驚人。同時那白東西已不能稱它為線，月光下看去，簡直如一條雪白色的匹練拉長開來一般。

正在驚疑，猜不出那白的是什麼東西，元兒忽然失聲道：「莫不前面是條大河吧？」

甄濟聞言，再仔細定睛一看，不由大驚小怪道：「前面出蛟，山洪來了，這可怎好？」

一言未了，那白東西已經捲到二人腳下不遠，前面潮頭高有數丈，澎湃奔騰，聲如雷轟，波翻浪滾，洶湧激蕩。近山麓一帶的林木石塊挨著一點，便被急浪捲了去，隨著浪花四散飛舞。轉眼之間，水勢便長有十多丈上下。二人安身之處已在半山腰上；就是那股山泉，也離下面約有數十百丈高下，所以還不至於妨事。只是來去的路都被洪水所淹，進退兩難。幸而未在中途遇上，要是像往常一般，在山麓岩洞過夜，如果碰到，連做鬼都不知怎麼做的。

元兒先還當作奇觀，只顧觀看。及見轉眼之間，平地水深十數丈。波瀾壯闊，聲勢滔天，又一想到來去的路都為水斷，才著起急來。想到下面行囊，忙著去拿時，忽聽甄濟在下面喊：「元弟快接著，風雨立刻就來，還得預備火呢。」原來甄濟看出山洪發蛟，深恐行囊被水沖走或淹濕，早拔步縱身下去。好在東西不多，相隔又不甚高，一件件從竹竿上取下來，往上便丟。元兒一一接著，頃刻便完畢。

甄濟忙縱身上來，說道：「快把東西送入洞去。乘月光未隱，多拾松枝，不管它枯不枯。我用劍砍，你便用手拾，越多越好。」一路說，早將東西送入洞內，又忙著去砍拾松枝。兩人都是力大手快，不一會，便拾了不少。

這時狂風大起，水嘯如雷，連對面說話都得大聲。二人還想再多拾點時，忽見月色一暗，抬頭一看，月亮已然隱入烏雲之中，依稀只見一些月影。甄濟不及說話，拉了元兒往洞中便跑。一進洞，元兒一腳正踹在一堆松枝上面，正要拿腳踢開，倏地一道電閃，在腦後亮了一亮。接著便是轟隆一聲，一個震天價的大霹靂，打將下來，震得那座山地都似在那裡搖晃，那大雨便似冰雹一般打下。兩人連忙拔開洞口松枝，跑入洞去。取出火種，揀了幾枝枯而易燃的先行點好拿著。

元兒一見外洞，已是心喜；再到裡面看見那間石室，更是喜得連當前憂危全部忘卻。請甄濟拿著火把，在石床上打開包袱和提籃，先將燭取出點好，然後將行囊鋪在床上，又將吃食和應用的鍋取出，說道：「今晚雷雨，少時必定天涼。且弄點熱水，泡碗炒米下乾糧，省得乾巴巴的。」

甄濟聞言，也自高興，端了那小鍋便走。說：「這取水的事，你卻不行，你生火吧。」元兒將火生著，甄濟才一手端鍋，一手夾了衣服，赤著上半身進來，身上並未怎樣沾濕。

元兒聽外面雷聲仍是緊一陣，慢一陣，轟隆轟隆打個不休，雨勢想必甚大。便問：「接點雨水，怎去了這一會？」

甄濟道：「你哪知道，這雨水哪裡能吃？吃下去，包你生病。我仍接的山泉。適才因見那雨偏東，這洞外岩石剛好是個遮罩。況且這頭一陣雨大而不密，幾點灑過便完。倒是天黑看不見，須等有電光閃過，才能辨路往下跳，偏巧陣雨已止。我反正脫了衣服去的，索性跑到泉水頭上，順手抄了一滿鍋，依然藉電光照路回來。剛到洞前，大雨便傾盆而下。我那年隨家父在貴州山裡打生苗，也遇見過一次出蛟，卻比今日要小得多，所以看得出一些勢子。那次水卻是蛟一出過便退，不知這次怎樣了。」

元兒隨手將鍋接過，坐在火上，笑道：「先時我們想一點水都沒有，如今到處是水，又恨它了。幸喜還有這麼好一座山洞，不然才糟了呢。」甄濟一面穿衣，一面隨口答道：「洞倒是好，只是門戶大敞。遇上天黑雷雨，又無法搬石堵門。睡時可不能都睡熟呢。」

正說之間，元兒嫌那松枝太長，正拔出甄濟的寶劍劈砍，偶一回身，猛一眼看見一個似人非人，渾身漆黑，長著一對綠黝黝眼睛的東西，當門而立，伸著兩支毛臂，似要進來攫人而噬。黑影中看去，無殊鬼魅，分外怕人，不由大吃一驚。因為甄濟就站在那東西的前側不遠，元兒口裡喝得一聲：「大哥快過我這裡來！」身子早已如飛縱將過去，朝那東西當胸一劍。當時用力太猛，覺得撲哧一聲，似已穿胸透過身中。只聽那東西負痛呱的一聲慘叫，掙脫寶劍，如飛逃去，接著便聽洞外崖下似有重東西吧的響了一下。

甄濟雖只看見一點後影，沒有看清面目，也不禁嚇了一跳。黑暗之中，哪敢出外觀看，只得劍不離手，二人替換飲食，在室內戒備罷了。

甄濟終恐一個不留神睡著。想了半天，見那兩個石床和那石几均可移動，床如豎起來，正好將門堵上。等了一會，始終不見那東西來，二人吃完之後，便合力將床移了一架過來，將石室的門堵好，上面再放上那口小鍋。估量那石床足有千斤以上，又是方形，虎豹也弄它不倒。萬一有警，也可聞得鍋聲驚醒。室中松枝尚多，無須到室外再取。將火添旺，燭也不熄。一人持劍守夜，輪流安睡。

先是甄濟睡了一陣，醒來見室中昏黑，叫了兩聲元弟，不見答應。心內一驚，連忙起身摸著火石、毛紙，點燃一看，見元兒坐在石几上面，業已靠壁睡著。一手拿著寶劍，一手拿著一根松枝，俱都垂在地上。石灶上蠟淚成堆，爐火無溫，全都熄滅。正想呼喚，元兒也同時驚醒，見室中有一點火星影子移動，剛喝得一聲，甄濟已出聲答應。

元兒道：「大哥你不去睡，卻在黑暗中摸索，我差點沒拿你當了鬼怪。爐火是幾時熄的？」

甄濟笑道：「你守的好夜，幾時熄的，還來問我？適才叫你先睡，你卻非讓我不可。我睡了，你也睡著。這般粗心大意，連喊你都喊不醒。幸喜沒動靜。」說時，見手上火紙將熄，便取了一根松柴點上。

元兒笑答道：「我記得也守了好些時，見你睡得太香，想是連日太累，不忍心喊。連添了三次爐和兩支燭，未一次又添火時，不知怎地一迷糊，就睡著了。這石洞真奇怪，也不覺冷，只是肚子有點餓呢。」

甄濟說：「照你這一說，莫不是外邊天大亮了吧？」

元兒說：「對了，我帶的這燭，俱是從成都買來的上等心芯堅燭，在家夜讀時節，一支要點好幾個時辰。我又睡了一會。這洞裡昏黑，我們把石床搬開看看。」

甄濟說：「你先不忙，把火燭都生好點燃再說，知道外面有什麼東西伏著沒有？」

當下兩人一齊動手，將石床輕輕搬開，站上去探頭出去一看，外面並無動靜，洞口已露天光，才將石床放向一邊，一同走了出去。未達洞口，便聽濤鳴浪吼，響成一片。

出洞一看，山下面的水已齊山腰，濁浪如沸，黃流翻騰。石壁上那一股飛瀑，山洪暴發之後，分外寬大。天上陰雲密佈，細雨霏霏，遙山匿影，遠岫雲低，左近林木都被煙籠霧約。倒是近山一片，經昨晚大雨沖刷之後，越顯得沙明石淨，壁潤苔青，景物清華，別有一番幽趣。

二人見水勢未退，去路已阻，小雨還下個不住，天上沒有日光，也辨不出時光、方向。知道一時半時不能起身。正在焦急，猛一眼看到腳底石地凹處聚著一汪血水，想起昨晚怪物。元兒記得昨晚一劍彷彿當胸刺過，跟蹤到了岩下一看，哪有怪物影子。後來找到近水坡旁沙凹裡，同樣也有一汪水，猜是那東西負傷落水，也未在意。恐雨濕衣，又覺飢渴，便同回洞內，取了個鍋，抄了一鍋水。甄濟凡事慮後，看目前形勢，前途茫茫，恐多費了應用之物。取水煮好之後，便對元兒道：「山柴取之不盡，雖說經雨濕些，好在昨兒所取甚多，足敷數日之用，不妨整日點旺。那燭要防緩急，只可點此一支，不可多用。虎肉不能經久，暫時還是拿它來充飢吧。」

元兒先就開水將餘剩的炒米泡來吃了。然後取了一塊虎肉，到水中洗淨。因嫌肉淡，打開了一簍兜兜鹹菜，將虎肉一切，放入鍋內，一同煮熟。鍋小煮不得許多，又切些在火上烤。二人受過方氏弟兄傳授，所攜虎肉全是極肥嫩之處，少時便都爛熟。吃完煮的，再吃烤的。又將昨晚取出來還未吃完的鍋魁，泡在肉湯內來吃，那鍋魁連經數日，非常堅實，經這鹹菜虎肉湯一泡，立時酥透。再加上湯，既鮮而不膩。湯中鹹菜又脆，又帶點辣味。真是其美無窮，直吃得一點餘瀝都無才罷。

元兒笑道：「往常在家裡，吃雞湯泡鍋魁，哪有這等好吃？這都是那鹹菜的功勞。那鍋魁也還有幾十個，擱得久，太硬了，也不好送人，今晚仍照樣吃吧。」

甄濟說：「照你這麼說，不再打走的主意了？」

元兒笑道：「你不說一半天走不成嗎？這般好的地方，如非尋師學劍，各有正事，要像往常和父親遊山一樣，我真捨不得走呢。此去如蒙朱真人收到門下，不知金鞭崖風景比這裡如何？我如萬一學成劍術，和我姑父一樣，非到這裡來隱居修道不可。只可惜沒個名兒，我們何不代它起一個？口裡也好有個說頭。」

甄濟說：「看此洞設備齊全，所有石床、石几、丹灶、藥灶無不溫潤如玉，以前定有世外高人在此修真養性，豈能沒有一個洞名？不過我們不知道罷了。」

元兒說：「它有它的，我們起我們的，這還怕什麼雷同不成？依我想，這洞背倚危崖，下臨峽水，又有飛泉映帶成趣，可稱三絕。」

話未說完，甄濟便搶說：「絕字不好。況且那峽谷之水，原是山洪暴發，莫看水大，說收就收，乾得點滴俱無。再說濁流滔滔，也不配稱一絕。若在那飛泉上想主意命名，倒還有個意思。」

元兒道：「單從飛泉著想，不能概括此洞形勝。我看峽水雖是渾濁，倒也壯觀，不可不給它留個好名字。你既嫌洞名三絕不好，莫如我們將幾個風景，挨一挨二都給它們起個名字，豈不是妙？記得昨日我們原是渴得心煩，到了泉水底下，水還沒到口，便覺身心爽快，遍體清涼。那有飛泉的石坡，就叫它作滌煩坡好麼？」

甄濟叫好道：「這名字倒想得好，彷彿十志圖裡也有這麼一個名字，且不管它。那坡既名滌煩，那飛泉像半截銀龍，籠上薄絹，就叫它做玉龍瀑如何？」

元兒道：「玉龍瀑倒像，也恐與別處重複。我們昨日到來，已是夕陽在山，飢渴疲乏之極，忽得佳山佳水，洞前那片岩石就叫夕佳巖如何？」

甄濟道：「古詩原有『山氣日夕佳，飛鳥相與還』之句。這名字真起得好，也從未聽見過，想來不致與人重複，倒是這洞要想個好名字，才相稱呢。」

元兒聞言，也不作聲，坐在石床上只管俯首沉思。忽然跳起身來，笑道：「有了，這洞恰好面北，就叫它作延羲洞吧。」

甄濟道：「語意雙關，好倒是好，自居羲皇上人，未免自大了些。那峽谷數十里遠近並無樹木，可見山洪時常暴發，起落無定。大漠有無定河，這裡有無定峽，倒也不差。現在名字俱已想好，以此為定，不必再費心思。長安雖好，不是久居之地。肚子已然餵飽，還得設法算計出路才是。」

說罷，二人攜手同出洞外。見細雨雖止，風勢卻大，狂風怒嘯，濁浪翻飛。遠近林木叢莽，被風吹得似波濤一般起伏搖舞。山禽不鳴，走獸潛蹤。天陰得快要低到頭上，又沒有日色，也不知道時間早晚。耳觸目遇，盡是淒涼幽暗景色。元兒涉世未深，雖然也有許多心思愁腸，想一會兒也就放過。甄濟卻是身遭大變，父母存亡未卜，前路茫茫，連日歷盡憂危，又遇上這種蕭條景色，益發觸動悲懷，心酸不能自已。元兒見他雙目含淚，明知是惦記他父母吉凶禍福，但是每一勸慰，越發勾動他的心懷，只得故意用話岔開道：「我們現在為山洪所阻，不能上路。這山頂上面，昨日天黑風雨，沒顧得上去，趁此雨住，何不上去看看？也許能繞走過去呢。」

甄濟因昨天看過日影，又在最高之處觀察過，那山形斜彎，與去路相反，除由水面上越過對面的峭壁高崖，或者能尋出一條路外，要由這山頂上繞上前路，實難辦到。峽谷水面又闊又深，兩人都不會水。即使伐木橫渡過去，對面的崖壁那般峭拔，也難攀援。如溯峽而上，縱然像苗人一般，能在水中行使獨木舟，那種逆流急浪，也決難駕木前進。甄濟救濟心切，明知事太重大，未必有濟，總恨不能早早見著銅冠叟，求問個決定，才得死心。偏偏一入山，便把路走錯，又為水困。就算找到白丈坪，還不知由那裡到金鞭崖，要遇多少阻難。正在愁思無計，聽元兒一說，心想：「反正路已走錯，此時被水隔斷，不能動身，上去看看也可。」當下二人便一同往上面走去。

這山下半截是個斜坡，越往上越難走。雨後路徑又滑，沙中蓄水，常將足陷在裡面。上走還未及三分之二，忽然山頂雲生，煙嵐四合，霧氣沉沉，漸漸對面看不清人的眉目。恐為雲霧所困，只得敗興回來。並坐在洞前岩石上，互相勸勉，談了一陣。山雲始終未開，峽谷中的洪水反倒漲大了些。二人無計可施。坐好時，直到二次腹飢，回洞弄完飲食，天才真黑了下來。這一晚照舊用石床堵門，輪流安睡。

由此困居洞內，不覺數日。二人接連想了許多主意，既行不通。那水又始終未退，風雨時發時止，天氣終日陰晦。連元兒也厭煩起來，甄濟更不必說。且喜吃的東西還帶得多，洞中又溫暖如春，不愁飢寒，否則哪堪設想。最後一日，元兒因聽甄濟之勸，珍惜蠟燭，不敢多點。

白日不必說，就是夜間，也不過將爐中的火添得旺些。二人目力本好，尤以元兒為最。每日在暗處，不覺視為故常，漸漸不點火，也能依稀辨得出洞中景物。

也是合該元兒有這一番奇遇。那洞內石榻原是兩塊長方大青石，有兩三面是經人工削成，一大一小。先時元兒和甄濟輪流在小石榻上睡眠，用大的一塊移來封閉洞口。自從第一日遇怪後，始終沒有發現別的怪異。三、四天過去，甄濟見元兒貪睡，每次醒來，他總是在爐旁石几上睡熟。輪到自己守時，也往往不能守到終局，竟自睡去，同在天明時醒轉居多。既幾晚沒有動靜，頭一晚的怪物，想必已負傷死在水裡。從第五晚上起，兩人一商量，反正誰也守不了夜，不如改在石榻上同睡，省得白受辛苦，勞逸不均。

過了兩天，又嫌那大石榻太重，移起來費勁，便改用那小的。當晚兩人便睡在大石榻上，將那小小的石榻移去封閉洞穴。睡到半夜，元兒獨自醒轉。雖不知洞外天亮了未，心裡還想再睡片時，偏在這時想起心事：「這次舅父母家中遭事，父親因是至親骨肉，恐怕連累，將自己打發出門，往金鞭崖投師，學習武藝。雖然當年姑父回家，只不過說家運今年該應中落，自己也在此時內離家，並無別的凶險，到底父親免不了許多牽累。如今自己困守荒山，兩頭無差，也不知父親的事辦得怎樣？舅父母可有生還之望？自己何日才能到達金鞭崖？倘若司明這幾日又去探望，母親問知自己尚未與他父子相見，豈不急死？」

思潮起伏，越想越煩，便坐了起來。見甄濟睡得正香，也沒驚動他。想取點鍋中剩水解渴。

剛走到灶前，猛見灶那邊放小石榻的洞壁角裡，有一團淡微微的白影。元兒心中奇怪，便將寶劍拔出刺了一下，鏘的一聲，其音清脆。白影仍然未動。先還疑是劍刺石上之音，便又刺到別處。誰知劍尖到處，火星飛濺，聲音卻啞得多。又用劍往有白影處撥了兩下，除聲音與別處不同外，空洞洞並無一物，也就不去管它。

回到爐旁去尋水時，才想起那口小銅鍋，睡時已放在堵門的小石榻頂上。方要縱身去取，忽聽瑲瑲兩聲，音雖微細，聽得極真，彷彿從那壁角間有白影處發出。心中一動，決計查看個水落石出。

元兒忙往大石榻前摸著火石紙頭，點燃了一根松柴。往那白影處一照，依然是一面洞壁，只那有白影處，有一個長圓形的細圈。洞壁是灰白色的，獨那裡石色溫潤，白膩如玉，彷彿用一塊玉石嵌進去似的。拿劍尖一敲，音聲也與別處不同。

元兒一時動了童心，想將那塊下石取出看看。叵耐玉石的周圍與石相接處，只有一圈線細的縫，劍尖都伸不進去。便去取了一根燭來點上，放在地下，將劍往石旁洞石試刺了兩刺，劍本鋒利，石落如粉，那玉卻是其堅異常，連裂紋都沒有。想起甄濟曾說劍是家傳，能斷玉切鐵，越猜是塊好玉無疑。再往石縫一看，已顯出嵌放痕跡。便用劍尖照那長圓圈周圍刺了一陣，刺成了比手指還寬，深有寸許的縫隙。

剛住了手，甄濟已經驚醒，見元兒點起蠟燭，伏身地上，便問在作什麼。元兒已放下劍，將兩手伸入縫中，捏住那塊玉石的外面一頭，隨口剛答得一聲：「大哥快起來。」兩手用足力量往外一拉，隨著沙之聲，那玉竟整個從壁中滑出。捧起一看，竟是一塊長形扁圓的白玉，映在元兒臉上，閃閃發光。

甄濟連忙跳起，將燭取在手內一照，見那玉長有一尺七八，圍有五六寸寬厚，一頭平扁，一頭略尖，形如半截斷玉簪。通體沒有微瑕，只當中腰齊整整有一絲裂縫，像是兩半接榫之處。元兒便請甄濟將燭放在榻上，一人握定一頭，用力一扯，立時分成兩半。

元兒猛一眼看到自己拿的這末一頭，中間插著兩柄劍形之物。連忙取出一看，果然是一鞘雙柄，長有一尺二三寸的兩口寶劍，劍鞘非金非石，形式古樸。喜得元兒心裡怦怦直跳。

元兒再將劍柄捏定，往外一拔，嗆的一聲，立時室中打了一道電閃。銀光照處，滿洞生輝，一口寒芒射目，冷氣森人的寶劍，已然到了手內。只喜得元兒心花怒放。隨著，劍上發出來的光華，在室中亂射亂閃。同時甄濟也在元兒手內，將另一口拔出。這一柄劍光竟是青的，照得人鬚眉皆碧。心中大喜。

二人連話都說不出口，互相交替把玩，俱都愛不忍釋。又各將那藏劍的兩截玉石細看。甄濟拿的那一截，空無一物。元兒所持半截，裡面還有一片長方形小玉佩，上面刻有幾行八分小字。就劍光一照，乃是「聚螢鑄雪，寒光耀目。寶之寶之，元為有德」四句銘語。另有「大明崇楨三年正月穀旦，青城七靈修士天殘子，將遊玄都，留贈有緣人」一行十餘字。書法古茂淵淳，像是用刀在玉石上寫的一般。那兩口劍柄上，也分刻著「聚螢」、「鑄雪」四字。

二人把玩了一會兒，元兒忽然笑著說：「大哥，我的一口寶劍太不中用，那日刺虎，只一下，就斷了。正愁沒兵器用，如今難得尋見這麼好的兩口寶劍，就給了我吧。」

甄濟聞言，略頓了頓，答道：「這劍本是你尋著的，又是一鞘雙劍，分拆不開，當然歸你才對。天時想已不早，我們搬開石床，出洞看看天色，做完吃的再說。我想那玉牌上所刻的天殘子，必是一個世外高人，仙俠之流。既留有這一對寶劍，說不定還有別的寶物在這洞內。索性再細找它一找，如再有仙緣遇合，豈不更妙？」

元兒聞言，越發興高彩烈，當下將劍還鞘，佩在身旁。同將石床移開，因為還想細尋有無別的寶物，也不移還原處。匆匆出洞一看，天才剛亮不久，幾日耽擱，那虎肉所剩無多。二人把它洗淨，加些鹹菜煮熟之後，甄濟去取鍋魁來泡時，忽然發現食糧除兩包糖食外，只夠一日之用。洞外天色仍是連陰不開，崖下山洪依然未退。別的事小，這食糧一絕，附近一帶連個野兔都沒有，如何是好？見元兒坐在灶旁，只管把玩那兩口寶劍，拔出來，插進去，滿臉盡是笑容。聽說食糧將絕，也只隨口應了一聲，好像沒有放在心上。甄濟不由暗自嘆了口氣。

甄濟先將鍋魁拆散，下在鍋內，然後說道：「元弟，我們食糧將盡，來日可難了。雖說還有些生臘肉巴，前路尚還遼遠。這水竟自不退，雨還時常在下。吃完了飯，我們須及早打個主意才好呢。」

元兒仰首答道：「飯後我們先將這兩間石室細細搜它一下。今早有霧無雨，到了午後，也許太陽出來。山頂雲霧一開，我們便出去尋找野獸。只要打著一隻鹿兒，便夠吃好幾天的。我不信這麼大一座山峰，連一點野東西都沒有？」

甄濟道：「你自幼在家中，少在山野中行走，哪裡知道野獸這東西，有起來，便一群一堆，多得很；沒有起來，且難遇見呢。我們這幾日，除了山頂因為有雲未得上去，剩下哪裡沒有走到？這裡都被水圍住，幾曾見過一個獸蹄鳥跡？你總說天無絕人之路，可如此終非善法。少時雲霧如少一些，我們的生機也只限定在上半截山頂了。」

說罷，各自吃飽，除蠟燭外，又點起兩支火把，先將內外兩間石室細細搜尋了一個遍，什麼也未尋到。甄濟固是滿懷失望，元兒也覺歉然。只得一同出洞，見日光雖已出來，山頂上雲霧不但未退，反倒降低。

到了山腰，元兒方說上去不成。甄濟說：「我想難得今日天晴，這雲倒低了起來，說不定雲一降低，上面反倒是清明的。這半截山路，已然走過幾遍，我還記得，如今逼到這地步，只好穿雲而上。估計過了那段走過的路程，上面雲霧如還密時，那我們再留神退將下來，也不妨事。」

元兒聞言，拍手稱善。

當下二人便各將寶劍拔出，甄濟又削了一根竹竿探路，從雲霧中往山頂走了上去。

二人拿著兵刃，原為防蟲蛇暗中侵襲，誰知才走入雲霧之中，猛見元兒手上劍光照處，竟能辨出眼前路徑。甄濟便將自己寶劍還鞘，將元兒另一口劍要了過來，憑著這一青一白照路前進。越往上雲霧越稀，頃刻之間，居然走出雲外。眼望上面，雖然險峻，竟是一片清明，山花如笑，嵐光似染，還未到達山頂，已覺秀潤清腴，氣朗天清，把連日遭逢陰霾之氣為之一祛。只是鳥類絕跡，依然見不著一點影子。及至到了山頂上一看，這山竟是一個狹長的孤嶺，周圍約有二十餘里，四外俱被白雲攔腰截斷，看不見下面景物。

二人終不死心，便順著山脊往前尋找。走有四五里，忽見嶺脊下面雲煙聚散中，隱現一座峰頭。峰頂高與嶺齊，近峰腰處，三面凌空筆立，一面與嶺相連，有半里路長寬一道斜坡。坡上青草蒙茸，雖在深秋，甚是豐肥。二人行近峰前，正對著那峰觀望。元兒忽然一眼看到豐草之中似有個白的東西在那裡閃動。定睛一看，正是一隻白兔，便和甄濟說了。甄濟聞言便道：「此山既有生物，決不止一個兩個，我們切莫驚跑了牠。」當下兩人便輕腳輕手，分頭掩了過去。

元兒走的是正面，甄濟卻是繞走到了峰上，再返身來堵。元兒先到，離那白兔只有丈許遠近。那兔原是野生，從沒見過生人，先並不知害怕。睜著一雙紅眼，依然嚼吃青草，也未逃避；原可手到擒來。偏偏元兒性急，見那兔甚馴，兩腳一使勁，便向那兔撲去，忘了手中的劍未曾還鞘。捉時又想生擒，落地時節微一遲疑，那兔被劍上光華映著日光一閃，吃了一驚，回轉身便往峰上逃去。

元兒一手捉空，連忙跟蹤追趕。迎頭正遇甄濟對面堵來，伸手便捉。那兔兩面受敵，走投無路，倏地橫身往懸崖下面縱去。這時崖崖下的雲忽然散去。兩人趕到崖前一看，崖壁如削，不下百十丈，崖腰滿生藤蔓，下臨洪波。那兔正落在離崖數丈高下的一盤藤上，上下不得，不住口地悲鳴。

依了元兒，原想捨了那兔，另外尋找。甄濟卻說：「這是個彩頭，捉了回去，也好換口味。」說時便想援藤下去擒捉。元兒因見那兔陷身藤上，不住悲鳴，不但沒有殺害之心，反動了惻隱之意。這幾天工夫，已看出甄濟脾氣，知他下去，那兔必難活命，勸說也是無效。打算自己下去，將那兔擒了上來，然後假作失手，再將牠放走。便和甄濟說了，將劍還鞘，兩手援藤而下。身還未到藤上，便見那兔悲鳴跳躍，在那盤藤上亂竄，元兒越加心中不忍。剛一落腳，那兔又順著藤根往下縱去。元兒覺著腳踏實地，定睛一看，存身之處乃是一塊大約半畝的崖石，藤蘿虬結，苔蘚叢生。方以為那兔墜入崖下洪波，必難活命，耳邊忽聞兔鳴。將身蹲下，手扳藤蔓探頭往下細看。只見離石丈許高下，也有一塊突出的磐石，比上面這塊石頭還要大些。那兔好似受了傷，正在且爬且叫。

元兒心想：「這樣崖腰間的兩塊危石，那兔墜在那裡，上下都難，豈不活活餓死？」一看身側有一根粗如人臂的古藤，發根之處正在下面石縫之中，便援著那藤縋了下去。

參見石壁上藤蔓盤生，中間現有一個洞穴。再找那兔已然不見，猜是逃入洞內。他安心將那兔救走，便拔出寶劍，往洞中走進。那洞又深又大。元兒沒走幾步，忽聽甄濟在上面高聲呼喚。

回身時，猛見洞角黑影裡有一發光的東西。拾起來一看，正是那日在百丈坪斬蟆獅以前看見火眼仙猿司明用來打桃的暗器，不但形式一樣，還有司家的獨門暗記。

心中奇怪，忙喊：「大哥，快下來，看看這個東西。」

甄濟在上答道：「那兔既然跑掉，元弟就上來吧，只管在下面留連則甚？」元兒便將下面危石之上有一洞穴，在裡面拾著司明飛弩之事說了。

甄濟聞說，便叫元兒稍候一會。先從上面拾了一些乾樹枝擲了下去，然後也學元兒的樣，援藤縋落。要過元兒所拾的暗器仔細一看，便道：「這東西一點鐵鏽都無，分明遺留不久。洞穴外面危壁如削，藤蔓叢生，上下俱有怪石遮掩，不到近前，人不能見，來此的人，決非無因飛至。我們入山以來，一連這麼多日子，總是悶在鼓裡亂走。如今又被水困住，說不定誤打誤撞，成了巧遇，也許這裡就離他們住處不遠了呢。」元兒連讚有理。

這一來，平空有了指望，好似山窮水盡之際，忽遇柳暗花明，俱都心中大喜，哪裡還顧得到那兔死活。一路端詳地勢，決定先往洞中一探，走不通時，再往附近一帶尋找。

兩人將折來的樹枝點燃，用一手拿著，另一手拿著寶劍，往洞中走去。裡面石路倒還平坦，只不時聞見腥味和大鳥身上落下來的毛羽。走到十來丈深處，忽聽呼呼風聲，火光影裡，似有一團大有車輪的黑影從對面撲來。甄濟一見不好，忙著喊：「元弟留神！」那團黑影已從元兒頭頂上飛過。只聽呱的一聲怪嘯，直往洞外飛去。二人手中火把已被那東西帶起的一陣怪風撲滅。元兒方說那東西飛臨頭上，被自己手起一劍，彷彿砍落了一樣東西，正在點火觀察時，忽聽洞的深處怪風又起，黑影裡似有兩點火星隨風又至。二人不敢怠慢，只好用劍在頭上亂揮亂舞。眨眼之間，那東西二次又從二人頭上飛過，劍光照處，似是一隻大烏。

待了一會，不見動靜，這才打了火石，點燃樹枝一照。那頭一個被元兒砍落的，乃是尺多長半隻鳥腳，爪長七八寸，粗如人指，其堅如鐵。拿在洞石上一擊，立成粉碎。

幸而寶劍鋒利，閃避又急，否則人如被牠抓上，怕不穿胸透骨。二人見了俱都駭然，越發不敢大意。

又往前走有四五丈遠近，才見洞壁側面有一個丈許寬的凹處，鳥獸皮毛堆積，厚有尺許，知是怪鳥的巢穴。甄濟因洞中已有這種絕大怪鳥潛伏，便知定然無人通過。司明的暗器也絕非自己遺失，想是用它打那怪鳥，從遠處帶來，不由有些失望。前進無益，主張回去，在附近一帶尋找。元兒因百丈坪兩處來去相通，以為這裡也是如此，不肯死心，還要看個水落石出。甄濟強他不過，只好一同前進。

走沒幾步，前面有無數鐘乳，上下叢生，礙頭礙腳，越前進越密，後來宛如屏障，擋住去路。元兒便用劍一路亂砍，雖然隨手而折，可是去了一層又一層，正不知多厚多深。這才相信這洞亙古以來無人通行。又經不住甄濟再三勸阻，只得出洞，往回路走。

一出洞，便見一條尺許白影往上升起。定睛一看，正是適才追的那隻兔子。心想：「適才見牠已然跌傷，走起來那樣費勁，怎麼一會工夫，丈多高的危崖，竟能縱了上去？」正在尋思，忽見在縫隙的藤蔓中有一片半開荷葉，心中生著三朵從沒見過的野花，顏色朱紅。有兩朵花心上各生著一粒碧綠的蓮子，紅綠相映，鮮豔奪目。因為忙著上去探尋司明的下落，也未告訴甄濟，略過一過目，便援藤而上。

這時天已不早，兩人將周圍附近全都找遍，也沒見一絲跡兆。眼看落日啣山，暝色四合，只得回轉延羲洞，準備明日一早再來。且喜飛霧早已收盡，天氣晴朗；雖未尋見司明，總算有了一線指望。回洞吃完一餐，乘著月色，又在洞外夕佳巖上，商量明日探尋的步數，互相拿著那隻鳥爪把玩了一回，也未看出那怪鳥的來歷。直坐到將近半夜，方行回洞安眠。

隔天一早起來，出洞一看，崖前水勢雖然未退，天氣卻甚晴朗，山頂上連一點雲霧都沒有。秋陽照耀，电紫縈青，像用顏色染了一般，實是風清氣爽，景物宜人。二人見天好，心中一喜，也無暇瀏覽山色，匆匆弄了點吃的，便往山頂上跑。

這一日之間，差不多尋找了好幾個地方，岩洞、澗河。山巒、幽谷尋遍，除昨日拾的那件暗器外，終沒找出一點的痕跡。直到下午，又繞回昨日追兔所在。甄濟料定昨日所拾暗器是司明用它打鳥，被鳥帶來的，人絕不在近處，苦尋無用。元兒說：「這山頂地方，我們還沒走完，豈能斷定就絕望呢？水不退，我們左右離不了此山，無路可走，閒著也是閒著，碰巧尋出點因由，豈不是好？」

甄濟因今日又是失望，不但人，索性連昨日所見白兔都沒有影，糧食將完，不由又急又煩。元兒本還想到下面洞中一探，見甄濟悶悶不樂，只好回去。

由此一連四、五日，天氣都異常晴美，只是水未退。兩人的糧食雖經再三樽節，也只剩了一小塊生臘肉和一包糖食了。眼看無法，甄濟見洞下洪波中時起水泡，彷彿有魚，猛想起了條生路，只苦於沒有釣具。便削了一根木叉，折了兩根竹竿。從包袱繩上抽下兩根麻來，搓成了線。又把元兒的針要來，用火烤了弄彎，做了鉤子，去往崖邊釣。

元兒一心想尋司明，不耐煩做這些瑣碎事情，便和甄濟說了，由他自己垂釣，自己仍往山頂尋找。甄濟因他幫不了忙，時常在旁高聲說話，反容易把魚驚走，便囑咐道：「這般好山，鳥獸極少，必有原因，來的一晚，又曾遇到那麼一個怪物。雖然以後沒有發現，說不定有什麼厲害東西盤踞。去時務要小心，天色一近黃昏，急速回來。」元兒應了，便帶了那雙劍，直往山頂跑去。

因為自幼把仙人愛居山洞的傳說藏在心裡，有了先人之見。日前發現那藏有怪鳥的大洞，沒有窮根究底，終放不下，一上山便往那孤峰跑去。行近峰前崖壁，正要攀藤而下，忽見崖壁下面躥起數十團黑白影子。定睛一看，乃是七、八隻兔兒，有黑有白。忙伸手去捉時；那兔俱都行動如飛，身子如凌空一般，一躥就是十幾丈高遠，轉眼都沒了影子，迥不似初見時那般神氣。元兒那快身手，竟未趕上，心中奇怪。心想：「野兔看過多次，哪有這般快法？莫非這些都是仙兔？」想了想，便往下面降落。

剛落到第二層磐石上面，猛見藤蔓中又躥起一隻兔，口中含定一個紅紫色的東西，見了生人，一聲驚叫，兩腳一起，往上便縱。元兒一把未撈著，被牠縱了上去。那紅紫色的東西，卻從那兔的口中落下。低頭一看，乃是個果子，業已跌破，香氣四溢。

元兒見那果形甚奇特，雖不知名，看去甚為眼熟。拾起一看，那果外面紅紫，形如多半截葫蘆。破口之處，流出比玉還白的漿液，清香撲鼻。元兒把果皮撕開，內瓤卻是碧色，與荔枝相似。中心包著一粒橢圓形比火還紅的核。用舌一舔那漿，味極甜香。試一嚼吃，立覺齒頰留芳，心胸開爽。知道近處必然還有，忙從藤蔓中尋找。猛見半片碧綠鮮肥的蓮葉，正中心還留著一隻同樣的紅紫色果子，正是那日首次探洞出來時所見的異果，只是果的顏色略變了些。

元兒當時因為甄濟催促，忙著回延羲洞，只心中動了一動。回去商議尋找司明，也忘了說起。不料這果子卻這等好吃。當時便採摘下來。果子一到手，那包果子的半片蓮葉忽然自行脫落。脫落處還有一痕蓮芽，彷彿要隨著那落的一片繼續生長似的。又見蓮葉一脫，那異草只剩了數寸長一根禿莖。

元兒本想將那枚異果帶回夕佳巖，與甄濟兩人分吃。不知怎的，一時口饞，忍不住輕輕咬了一口。這一枚原是主果，味更清腴，皮微一破，那汁水便流了出來。元兒恐汁順嘴流去，再輕輕一吸，便吃了個滿口，立覺嚐著一種說不出的清香甜美之味。心想也許旁處還有，索性吃了它吧。當下連皮帶肉，吃了個淨盡，只剩下先後兩枚果核。

那果核比鐵還堅，含在口內，滿口生香。不捨丟棄，把一枚仍含在口內，一枚藏在懷中。

再往藤蔓中細一尋找，不但沒再見，而且只這一會兒工夫，連先見那株也都枯死。元兒見尋不著，方後悔適才不該口饞，偏了甄濟。

元兒因為前日探洞，曾見兩隻大怪鳥，有火也被撲滅，心想不如將雙劍俱都拔出，既可藉它照路，防起身來，也多一層力量。便將雙劍拔出，持在手內，一路留神戒備，往洞中進發。走有半里之遙，元兒忽然覺著洞中景物似比前日來時容易看清，精神也覺異常充沛，越發體健身輕。先不知巧食靈果，目力大長，以為是劍上的光華所致。後來越走越看得清，迥與前日不類。試把雙劍隱在背後，又將劍試試還匣，均是一樣，這才奇怪起來。還是想不到異果功效，反以為洞中必有仙人，憐念自己向道心誠，特地放出光明，好讓自己前進。

先時元兒還留神防備那兩隻大怪鳥，恐在暗中為牠所傷。此念一生，便抱了不到黃河心不死的主見，越走越覺有望，高興得連那怪鳥也未放在心上。也是元兒時來運轉，兩隻怪鳥俱早飛出，一直過了日前所經鳥巢之下，走入亂石鐘乳之中，並未遇上。否則那兩隻怪鳥並非尋常之物，乃是蠻荒中有名的惡物三爪神鳥，不但生得異常高大，而且鐵爪鋼喙，疾如飄風，其力足以生裂虎豹。山民奉為神明，常按節候，以牛羊生人獻祭。真是猛惡無比，無論人獸禽魚，在牠餓時遇上，極少生還。

所幸此鳥雖然喜居暗處，目光銳利，卻是能看遠而不能看近；不到牠餓時，絕不貪殺；再加飛起來是一股子直勁，總是雌雄一對一飛，人只愁傷不了牠，只要內中有一個被人或傷或死，必逃飛出去千百里方罷。

元兒、甄濟初進洞時，正遇這一對惡鳥飛起，因為飛行甚低，洞中又從來無有生物，未被牠們看見，反被元兒在無心中砍去內中的一隻鋼爪。立時照例狂叫，往遠處飛逃，所以兩人不曾受傷。這且不說。

元兒過了鳥巢不遠，前面鐘乳石上下左右，挺身垂墜，到處都是。一會便到了那日所走的盡頭。元兒見石鐘乳雖像洞壁一樣，將去路擋住，但是夾層中仍有縫隙，總算還有法可想。「若要功夫深，鐵杵磨成針」。想見仙人，不吃點苦哪行？便將雙劍緊握手內，朝對面鐘乳中心亂刺。刺斷下來成塊成截的石鐘乳，便往空隙中投去，以免礙手礙足。於是用雙劍齊揮，且開且走。寶劍雖然鋒利，先時走起來也甚困難。因為那些石鐘乳大小厚薄不一，劍鋒一過，碎晶碎乳紛飛四濺，全都是極尖銳的碴子，頭臉碰上去，固要破皮出血，撞在身上，疼也不輕。腳底下到處都是斷筍殘乳，密列若齒，腳踹上去生疼。

元兒仗著毅力聰明，處處留神，在這刀山劍樹鐘乳層中，開通了有里許遠近。忽然鐘乳由厚而薄，由密而稀，和進洞前所見神氣相似。知離對面出口不遠，心中甚喜。再走幾步，居然通到一片空地。上下鐘乳雖然還有，卻是錯落叢生。有的像一片櫻珞，自頂下垂。有的像瑤晶玉柱，挺生路側。千狀百態，根根透明，被青白兩道劍光照耀在上面，幻成無窮異彩。

元兒見鐘乳縫隙越來越寬，人可在其中繞行穿過，無須費力開行，正在高興。猛見前方一片玄色鐘乳晶壁阻住去路，似已到了盡頭。試拿雙劍向晶壁刺去，連穿通有三四尺，俱未透過。取那刺下來的鐘乳碎塊一看，依然是白色透明，壁間望去卻是玄色。知那洞壁異常之厚，萬難穿過，不由坐在地下，眼望著那片晶壁，發起愁來。

歇了一會兒，暗想：「這壁既是鐘乳結成，還是不算到了盡頭，已然費了無窮心力，頭臉手足刺破了好些處，如不把這座晶壁穿通，如何對得住自己？」想了想，一鼓勁，站起身來，走向壁間，舉劍便砍。那晶壁雖堅而脆，元兒開了一路，已有經驗。先用劍照三尺方圓圍著刺了幾下，將鐘乳震裂。然後再拿劍把鐘乳砍成數寸大小的晶塊，撥落下來，隨手往後丟去。費有個把時辰，僅開通了丈多深一個深孔，仍未將那晶壁穿透。

元兒渾身衣服俱被碎晶劃破，算計天已不早，恐甄濟在夕佳巖懸念，回去絮聒。又不甘就此罷手，一急，一劍朝壁間刺去，一個用力太猛，嗆的一聲，手中劍幾乎連柄沒入，震得上下鐘乳紛紛墜落。

元兒覺著手一痛，拔劍出來一看，鮮血淋漓，業已為破晶所傷。而這一劍，又彷彿劍尖沒有碰在實地，於是忽然覺得有了一條生路，豈肯放過。匆匆將手在衣襟上擦了一擦，剛要再舉劍往壁上刺去，試它一試，猛有一股涼風吹向臉上。細一觀察，竟從那劍孔中吹出。猜是無心中一劍，將那晶壁穿透，立時精神大振，疼痛全忘。兩手舉劍，往壁間一陣用力亂刺亂拔，一片瑽瑝瑝之聲，襯著洞中回音，竟似山搖地動一般。

元兒也沒有在意。誰知刺得力乏，略一停手，忽聞洞壁裡面有人說話之聲。知將到達，與仙人相見，越更心喜。恰好壁間已刺有二三尺長方形的一圈裂縫，試拿手用力往前一推，竟自有些活動。這時後面的碎晶石乳已自響成一片，元兒只顧前面，絲毫未做理會。見壁間那塊碎晶可以往前移動，便將雙劍還鞘，兩手用盡平生之力，往上推去。只聽咔嚓連聲，竟然隨手推去有尺許進深。

元兒正在高興，竟覺那整塊晶壁也在隨著搖動，身後轟隆之聲大作。心中奇怪，回身往後一看，只見一丈七八尺厚的晶壁，業已裂成大縫，四散奔墜。雖看不出洞壁外面情形如何，那響的聲音大得出奇。知道情況不好，猛地靈機一動，腳底下一使勁，兩手用足平生之力，按定那塊推進去的碎晶，往前推去。人剛隨晶而過，便聽山崩地裂一聲大震，連人帶那塊碎晶，全都墜落在晶壁那一邊，一下子被震暈過去。

等到元兒緩醒過來，覺著周身疼痛非常。低頭一看，雙劍仍在手內，劍鞘也在背後佩著，並未失落，衣服鞋襪卻全都破碎。對面晶壁連同洞頂全都倒塌，只存身之處有兩丈方圓尚還完好，餘者盡是砂礫石塊，四散堆積。幸而那面晶壁是往來路上倒，那洞壁又非全部倒塌，元兒落地之處，恰巧是未塌所在。否則，元兒縱不被那面若干萬斤的晶壁壓成肉泥，也被那些震塌下來的大石塊砸得腦漿迸裂，死於非命了。

元兒驚魂乍定，暗自尋思：「適才穿過晶壁時，曾見前後左右全都炸裂，搖搖欲墜。當時仗著一時靈機，不顧受傷，躥將過來。耳邊彷彿聽見天崩地裂一聲大震，晶壁想必就在那時炸裂。看神氣，連這後洞也都波及，雖未全數倒塌，去路還不至於絕望，但是來路已斷，再要回去，恐怕比來時還要難上十倍。算計天時必然不早，時間既不允許，再說力已用盡，怎能照樣開路回去？」不由著急起來。

元兒愁煩了一陣，猛想起：「洞壁未倒塌以前，自己正在用劍猛力衝刺之際，曾聽洞壁這一面有人說話的聲音。不多一會，洞壁便已倒塌，自己震暈過去，想必也有些時候，怎麼未見仙人接引，反倒連人聲也聽不見一點？」想著想著，心中好生憂慮。但事已至此，後退無路，只得前進再說。

元兒一腦子滿想著前進必能遇見仙人，連身上疼也不顧，竟然站起身來，尋路前進。

洞這面雖說石鐘乳不見再有，可是洞塌石崩，到處都是阻礙，走起來也頗費事。遇有砂石較多之處，仍須用劍砍刺，用力搬撥。身上又盡是傷，腹內更是飢渴交加。走有一里多路，忽然洞徑越來越小，漸漸只容一人側身而過，幸而元兒身材矮小。走過半里多路，已無倒塌痕跡，洞壁完整，還能通過。正愁洞徑不通外面，猛見地下有數十點大小白光閃動。定睛往前後上下一看，前面不遠，已然無路，那白光乃是從洞頂缺口樹枝葉上漏下來的月光。這時洞徑越顯低窄，從上到下，高不到兩丈，兩面洞壁相去只有尺許，濕潤潤地滿生苔蘚。

元兒也是實在力乏，縱了一下，覺著渾身酸疼，便將背貼洞壁，雙足抵住對牆，倒換著一步一移地移了上去。雖然勉強到了上面，委實力竭神疲，一蹲身便坐在那株遮洞的樹根下面。用目四外一望，這洞的出口，便是各株古樹根旁的一個二尺大小的空穴，叢草密茂，矮樹低蒙。加上洞外邊的地形是一個位置在一片千尋危岩下面的一個小山坡，古木千章，陰森森的。只有初月斜照，從密葉中奪縫而入，把一絲絲的光影漏向下面。

空山寂寂，但聽水流淙淙，越顯得氣象陰森，景物幽僻。

再往對面一看，坡崖下有數十丈是個闊有十來丈的深澗。澗那邊的危崖更峭壁更陡，從上到下，直到水際，何止百丈，連一塊突出的石埂都沒有。只半中腰有一凹進去的所在，約有丈許深廣，生著那日探前洞回夕佳巖時，在洞外藤蔓裡所見的奇花，以及來時在洞中所吃的異果，共有三株，比先前所見蓮葉還要肥大。當中一株蓮葉已半開，葉的正中心還結了三枚果子。餘外兩株；一株開著三朵那日所見的奇花；一株蓮葉緊合，尚未開放。

元兒猛地心中一動。暗想：「自己目力雖比平常人強些，並不能暗中視物如同白晝。怎麼相隔這麼遠的花草，對崖又是背陰，自己會看得這般清楚？」猛又想起：「自從在洞外從兔口中奪吃了那兩個異果，當時便覺口鼻清香，一身爽快。到了洞中，不借劍光，也能視物。先還當是仙人放著光明接引，自從洞壁倒塌，尋路出來，連個人影也未見著，只目力卻大加長進，莫非是那異果的緣故？」想到這裡，記得還有兩枚果核，因見它紅得愛人，又香又甜，含了一枚在口內。跌暈起來，便即忘記，也不知是否吞入腹內。再摸懷中所藏那一粒，也不知遺失在什麼所在。心想：「此果既有明目的好處，如今人跡不見，自己又渴又餓，又無什麼可吃之物，何不先按銅叟所傳坐功運一會氣，歇一會？等精力稍復，縱過對崖，將那形如蓮葉奇花中的異果採來吃了，先解解飢，再尋仙人的蹤跡與出路。」

主意打好，看了看身上，盡是些磕碰擦破的零傷，雖然有點疼痛，而且喜沒有傷筋動骨，便也不去管它。走出林外，尋了一小塊空曠之地，先練習了一陣子內功，又去大解了一回，精神才好了一些。只是腹飢不已。

若在平日，縱到對崖並非難事。一則迭經險難，累了一天；二則對崖峻峭，只有那一點凹處，下臨百十丈深淵，鳴泉怒湧，浪花飛濺，看上去未免有些膽怯。欲前又退了有好幾次，後來委實餓得難受，除對崖那蓮葉中所生的幾枚異果，別無可食的了。元兒只好擇準與對崖高低合適的起步之所，蓄好勢子，兩腿一蹲，兩臂彎回來，往腰間一端，將氣提起。準備身體往上一拔，就勢雙足往上蹬，踹向後面岩石，按一個魚躍龍門之勢，縱過身去。猛聽遠處一聲斷喝道：「大膽小妖，敢來盜朱真人的仙草！」言還沒了，便聽耳邊風生，飄飄然幾件暗器連環打來。

這時元兒身子業已離地，縱起有丈許高下，兩腳也二次收起，正待踹向後面岩石，聞聲不免大吃一驚，心一慌，一隻左腳向後踹虛，雙足力量不均，失了平衡。可是身子業已向前縱起，下面就是那百十丈深的山澗，若是墜落下來，縱不粉身碎骨，也被急流捲走，難逃活命。幸而元兒心靈身敏，足一踹虛，便知不好，百忙奇險中，忽然急中生智：連忙用盡平生之力，將周身力量聚向左肩，就勢往下一壓。再使一個「懷中抱月」，「風颭殘花」，翻滾而下。耳旁似聽丁丁響了好幾聲，身體已落地。

元兒雖然仗著一時機警，沒有墜入山澗之中，可是降落地是一個又陡又滑的斜坡，落地時只顧保命，心中並無絲毫把握，哪顧得到下面落腳所在，身子又是凌空橫轉而下，一落下便是半個身子著地，再也收不住勢子，竟順斜坡滾了下去。那斜坡距離元兒起步之所，只有一丈多遠，兩丈來長的斜路，沒有幾滾便到盡頭。坡陡路滑，怎麼也掙扎不起。快要墜入澗中時，好容易被盡頭處一塊凸出的石頭擋了一擋，略得回轉一點身子。

一時情急，剛拚命用力將身子翻轉，待要伸手去抓那地上的草根，就勢好往上縱爬，猛覺腰背上被硬的東西擱了一下，一陣奇痛。心中一慌，手一亂，一把未抓住草根，身體已到盡頭。元兒口裡剛喊得一聲：「我命完了！」竟自往澗中墜去。疼痛昏迷中，自知必死無疑。就這一轉念間，身體彷彿又覺被什麼東西擋住，顛了幾顛，就此嚇暈過去。

待有一會，又覺著身子似被人用東西束住，時高時低，騰空行走，頃刻之間到了地頭。睜眼一看，身子已在一個岩洞裡邊的石榻上面。面前站定一人，正拿火點壁上的松燎，背影看去甚熟。方要出聲詢問，那人已經旋轉身來，要伸手去拿石桌上的東西。再定睛一認，不由喜從天降，高叫一聲：「師父！」便要縱下床去。

那人連忙近前按住，說：「你此時身上盡是浮傷，不可說話動作，以勞神思。待我拿安神定痛的藥與你吃了，再敷了傷藥，進點飲食，再細談吧。」

正說之間，從外面氣急敗壞地又縱進一個小孩，一入洞，便往石榻前撲來，啞聲啞氣，結結巴巴，只說不出來。先那人又說：「明兒不可擾你哥哥神思。你給我取那生肌靈玉膏來與他敷了，再給你方二哥家送個信，也省得他們懸念。調治好了，明兒一早，我還得趕往環山堰一行。他此來又不會再走，多少話說不完，這一時忙甚？」

那小孩聞言，便飛也似往後洞跑去。一會，取了一個玉瓶出來，交與那人。一同走至石床面前，先給元兒服了安神止痛的藥，又將身上衣服全部撕去，輕輕揭了下來，用溫水略洗了洗，然後擦上生肌膏藥，蓋好了被。那小孩才忙著往外走去。

原來這一老一少，正是銅冠叟父子。元兒初見面時，喜出望外，想要坐起，原是一股子猛勁。及至被銅冠叟一攔，才想起身上受了不少的傷，覺著全身都酸痛非凡。再加上飢餓交加，力氣已用盡，連想說話都提不上氣來。暗想：「仙人雖未尋見，居然與司家父子不期而遇，總算如願以償，何必忙在一時？」便聽了銅冠叟的囑咐，安心靜養。見了司明，心中又是一喜。本想張口，又被銅冠叟一攔，也就罷了。

元兒服藥當時還不覺怎樣，那生肌靈玉膏一擦上去，便覺遍體生涼。疼痛一止，更覺腹飢難耐，忍不住開口：「師父，我餓極了。」

銅冠叟聞言，便道：「我正想你須吃點東西才好。現成的只剩一點冷飯了，水還有熱的，泡一碗吃吧。」說罷，便到後洞爐火上取了開水，泡了一碗冷飯，取了點鹹菜，一一齊端至床前。仍囑咐元兒不要起立，就在枕邊一口一口地餵給他吃。

可憐元兒小小年紀，這半月工夫，受盡險阻艱難。離家以後，除炒米外，從沒吃過一餐米飯，又值飢渴之際，吃起來格外香甜，頃刻吃光。又對銅冠叟道：「師父，我還要吃，沒飽。」

銅冠叟道：「能吃更好，只是冷飯就剩了這些。方家就在左近，等你兄弟回來，煮稀飯你吃吧。」

元兒答道：「稀飯吃不飽，我還是要吃飯。」

銅冠叟見元兒一臉稚氣，純然一片天真，不禁又愛又憐，用手摸了摸他的額角。正要說話，忽聽外面人聲喧嘩，洞口木柵啟處，一隻老虎首先縱將進來，後面跟定兩個小孩，齊聲亂嚷。

第五章　鐵硯峰前

話說元兒與銅冠叟正在問答之際，忽聽外面笑語及腳步奔騰之聲。木棚門啟處，先躥進小黃牛大小般一隻猛虎。後面跟定二人。內中一個，早一縱步到了那虎前頭，迎額一掌，喝聲：「畜生，還不滾開一邊，亂跳些什麼？」

那虎便乖乖地連身扭轉，慢騰騰走向壁間，蹲臥下來，動也不動，看去甚是馴善，和家養的牲畜一般。元兒見那喝虎的少年，並不認得。剛回眼看他身後跑來的那一個，同時棚門又啟，跑進兩個人來，一個喊著三弟，一個喊著三哥。連先進來的兩個，俱都先後往榻前奔來。除那喝虎少年尚係初見外，先後來的三人，正是火眼仙猿司明和方氏弟兄。

方環一照面，便驚問道：「三哥，你怎麼眼都紅了？」

元兒一見他們，心花怒放，還未答言，方端便給那喝虎少年與元兒引見道：「這是我們新結拜的大哥雷迅。這便是我弟兄們常說的三弟裘元。」又同向銅冠叟見了一禮。然後圍在元兒石榻前面，或坐或立，準備互談別後之事。

銅冠叟見他們小弟兄見面非常親熱，也甚高興，便對司明道：「你哥哥腹中饑餓，你快給他先煮些粥吃。這時天已半夜，多煮一點，大家同吃熱鬧。粥煮好後，再來談天吧。」說罷，司明忙著走去。

銅冠叟又對元兒道：「適才按你頭上，並未發熱，脈象也毫無一絲病狀。除背上被劍匣磕傷一點外，只是神乏了一些，足可放心。你母親尚在家中掛念，天明我便代你前往送一音信。你喝粥時，我再給你服一點藥。服後一會，明早便可以復元。你已大勞了一天，暫時還是少說話為宜，先只聽他們說與你聽吧。我到你方伯母家裡去，問兩句話就來。我走時，你還得親筆寫一封平安家報呢。」元兒忙在枕上叩謝。

銅冠叟走後一會，司明將粥放在火上，也來加入，一同談起經過。

原來元兒走後第五日，銅冠叟因往城中採辦應用鹽茶等物，聞聽人說甄家被禍，甄濟逃走之事。甄濟的父母已於昨日起解，押往省城。因為甄濟之父委身異族，不願管此閒事。知道裘家是甄家至親，恐有牽累，當夜趕往裘家去打探。友仁父子俱都不在，只有甄氏一人，帶了元兒兩個兄弟，含著悲淚，在後園中向天泣告，求神佛保甄家和友仁父子平安。

銅冠叟並未露面，從甄氏母子對話中，得知友仁輦金入省營救，元兒投奔金鞭崖中避禍之事，不由大吃一驚。心想：「方氏弟兄與司明俱因元兒不曾再去，睽隔太遠，來去至少一日一夜，不似以前從水洞通行方便，久已不來迎接。元兒小小年紀，獨行荒山，如何能夠到達？據甄氏所說，兩個護送長年回報說，小主人三日前業已安抵自己家中，自己卻未見著，分明是個謊話。」先恐兩個長年乘危起了壞心，又想元兒異稟奇資，得天獨厚，不似夭折之象。身上又未帶有多的金銀；裘家待人忠厚，適才各處探聽，並無異狀，覺出不像。後來猜定元兒必從司明口中得了一點途徑，知道山遙路遠，那兩個長年行走不快，反為累贅，特意設詞將他們打發回去，自己獨行。既可走得快些，還省得家中懸念，較為近情。不過金鞭崖偏處青城後山，迴環紆遠，路多螺形，盡是鳥道蠶叢，無人引導，非迷路不可。再加深山密菁中慣出毒蛇猛獸，危險太多。

銅冠叟對於元兒雖只數月師徒，愛之不啻親生子女。越想越擔心，便連夜往山中追尋下去。尋了二日，杳無蹤影。知元兒聰明絕頂，恐他又和上次誤走百丈坪一樣，已然到達。趕回金鞭崖一看，幾曾來過？越發著起急來。尤其這幾個小弟兄聽了，個個憂驚。

當下商定，留下方端侍奉方母，由銅冠叟、司明、方環和新結義的雷迅四人分頭尋找。連找數日，仍是無跡可尋。銅冠叟未始不曾想到元兒殺虎除蟒往夕佳巖那一條路，偏偏尋到時，那一帶峽谷全被山洪淹沒，四面洪水，無法飛渡。除此之外，一老三少四個人，差不多把全山一齊跨遍，始終沒找著一點影子。

四個人商量削木為舟，往峽中尋找。忽然遇見矮叟朱梅的大弟子長人紀登，說元兒並未被害，不久還有奇遇，自會尋到金鞭崖來。還交付銅冠叟一封柬帖，吩咐元兒到後三日開看，照此行事。銅冠叟知道朱梅既始終垂青元兒，決無妨害，老少四人立時轉憂為喜。一面命小弟兄三人回轉家中，等候元兒回來；一面自己又往友仁家中，探看波及與否。

到了一看，友仁未回，卻有急足信來，說省中營謀甚是得手，只甄氏因元兒到了金鞭崖，久無音信，幾次派人往尋，都找不見路，在那裡著急。銅冠叟因友仁不在，又不便用假信安慰。回來之後，每日與眾小弟兄們懸念不已。

這晚父子業已安眠，司明半夜裡到洞外大解，解完起身，猛聽身側不遠樹林中有步履之聲。回頭一看，樹林前面有一個小人，頭上亂髮披拂，身上衣服東一條西一塊地隨風飄舞，兩眼紅光閃動流轉。趕巧那時月被浮雲所蒙，又是遠望不真。平時見慣元兒錦衣花帽，如今這般奇形怪狀，萬也不料是他。知道這裡除自己人外，並無人跡到此，定是什麼精靈作怪。恐怕出聲驚走，悄悄回洞，取了兵刃暗器，便即走出。幸而銅冠叟也醒轉，一見司明夜裡拿著兵刃暗器出外，忙問作甚。司明也不答言，搖了搖手，往外便跑。

銅冠叟知有事故，連忙追出一看，正趕元兒將要縱起，司明大喝一聲，順手就要將三連珠甩鏢打出。銅冠叟畢竟沉著老練，又不似司明一起首就看見元兒那一雙碧眼，有了先入之見。看那小孩背影身法，心中一動。司明手已揚起，攔阻不及，忙用手掌將司明的手往上一推，口裡罵聲：「瞎眼蠢東西，那是你的三哥。」一言未了，元兒身已縱起，收不住勢子，滾落崖下。還算銅冠叟手疾眼快，司明的鏢全打元兒身旁飛過，落在山石上面，元兒落處正當一盤老藤蔓之上，將他托住。本未受傷，偏是滾至崖邊，急於逃命，翻身太忙，用力過猛，吃身背寶劍匣在肋骨上磕了一下，又在驚惶疲敝饑渴之餘，立時疼暈過去。

銅冠叟以為元兒已然落水，忙和司明趕去，將元兒從藤上救起。看到元兒身後雙劍形式奇古，便知不是尋常之物。當時因見元兒周身血污，二目緊閉，料知受傷不輕。顧不得再細看，忙解下身披的一件布擎，將元兒包起，抱回岩洞以內。將劍解下，放過一旁。將上下衣解開一看，雖然遍體鱗傷，但除了脊骨間有一處硬傷較重外，且喜沒有傷筋動骨，才放了心。正待敷藥調治，元兒已經醒轉。

再說那雷迅的父親雷春，本是當年名震西蜀的川東大俠。晚年退隱在離金鞭崖五十餘里一個山坳裡面，地名叫且退谷，是雷春自己起的。父子二人在那深山窮谷之中耕讀習武，不問外事，只有幾個徒弟隨著。雷迅幼修父業，家學淵源，雖然年紀不到二十歲，內外武功俱甚精熟。

雷春得子甚晚，生雷迅時，他年紀已是六十開外。生子不久，便即退隱，平時鍾愛，自不必說。那時谷中豺虎甚多。當雷迅四五歲時，最喜歡往山上爬，不肯在家裡待著。

雷春不放心，總派一個名叫劉義的徒弟跟隨看護。卻沒想到那劉義是一個北方五省的大盜，因吃了能手的虧，立志報仇，想學雷家獨門傳授七步劈空掌，含有深心來的。

劉義在雷春門下已近六年，屢次聽出師父口氣，那七步劈空掌學成以後，善於暗中致人死命，太已毒辣，漫說門人，連自己愛子長大，非把心術看得透了又透，寧可使它失傳，也決不傳授。劉義一聽口氣甚緊，本想就此辭夫，又覺無顏回歸故里。暗想自己和仇人年紀都不到三十，聽老頭子語氣，對於愛子仍有傳授之意，豁出去再苦守十年，等雷迅長大，得了傳授時，再向他轉學。不學成，寧可死在山裡，也不回去。想到這裡，把心一橫，表面上仍照往常，裝作十分至誠勤謹，對於雷迅更是愛護得無微不至。

雷春何等老練，起初也未始不是老眼無花，疑他是有為而來。劉義雖看出師父神氣，因自己過度殷勤，反倒招來冷淡，仍是拿定主意，專一交歡雷迅。畢竟小孩子易哄，雷迅又生性好動，愛往外跑，勢須有人跟隨照看，每次出門，總是指名要隨劉師哥同去。

雷春舐犢情殷，只得依順著他。一來二去，成了習慣，雷迅對劉義幾乎寸步不離。雷春既看不出劉義有何劣跡，入門時節；又是一個可靠朋友薦來，再加愛子同他親熱的原故，先時疑心，漸漸冰釋，反倒加了青眼。其實劉義已得師父垂青，只須照此做下去，守到師弟長大，縱不說明了苦心，面請師父傳授，以雷迅對他那樣親熱，也可間接地學了去，偏他心急求速起來。

雷迅從五歲起，便由雷春教授，跟著幾個同門師弟兄一起習武。每日做完功課，照例眾同門隨著雷春種地蒔花，劉義便帶了雷迅滿山遊玩。過了兩年多，劉義報仇與思家之心與日俱盛，又見雷春傳授兒子並無偏私，仍和眾同門一樣，那七步劈空掌將來能否傳授，一點也看不透，更覺失望難耐，不由想了一條毒計。他先是將雷迅越帶越往遠走，專門找那猛獸多的所在跑去。這時雷春對他已是放心到了極處，有時見他二人回來晚了，至多問上兩句。只說是雷迅貪玩，毫沒料到劉義有什麼心計。

也是劉義以前在綠林中作孽太多，該遭惡報。他這般處心積慮，以為不露形跡，卻引起了兩個同門師兄弟的疑心。這兩個人：一個名叫沖霄鶴王元度，是雷春一個遠親後輩，從小就跟隨在一起；一個叫小火龍蔡沖，是雷春的徒孫，乃父蔡勝為仇人所殺，雷春替他報了父仇，將他扶養成人，留在身邊學藝。這二人因是總角之交，感情最厚。先見雷春快要歸隱，相隨入山的人盡是共過患難生死，情如父子的門徒，怎還隨便經人一說，收這麼一個不知來歷的徒弟？心中好生不以為然，無奈雷春素來對人嚴厲果斷，不聽人勸，當時未敢深說。及至到了山裡，漸漸看出劉義武功雖非本門，手底下確實不弱，越猜他此來事出有因。末後見他簡直學了乳媼僕婦行為，專以哄取小孩歡心為事，簡直不似大丈夫所為，疑處更甚。一則師父寵信，二則查不出他一絲弊病，也奈何他不得。

二人背地商議，以為雷春早年江湖上樹敵太多，猜劉義是個仇家，變了姓名，來此尋仇。也許見老的傷不了，要傷小的，以絕雷氏香煙洩恨。見他帶了小孩越走越遠，便輪流著暗地跟在他的後面。劉義卻一絲也不覺察。

這日恰好是個除夕。山中雖無甚年景，但因雷春手下門人眾多，知道老師隱居之所的也著實有幾個，每屆年節和老師生日，照例不是本人來，便是派親近子侄等前來送禮拜賀，所以到時候總要熱鬧兩天。除夕的前一晚，又下了一晚大雪，直到除夕那天午後才住。且退谷原本山清水秀，岩谷幽奇。雷春隱居這幾年工夫，又大加了一番人工添補。

居所前後及水旁崖腳，單梅花一項，就移植栽種了好幾百株。大雪之後，紛紛開放，寒葩競豔，玉雪靠香，益發助人高興。

這日雷春帶了愛子雷迅和七個門人，收拾完了晚間年飯，便站在屋外賞雪評梅，說道：「連日收了許多處禮，只有兩個近在成都的得意門人，今年怎地未送年貨？想是為雪所阻。」一忽見前面谷口瓊林玉樹柯枝之下，有四個壯士打扮的漢子，抬著食盒禮品，健步奔來。到了雷春面前，放下挑擔，撲地翻身拜倒，遞上禮單和書信。雷春一看，正是生平得意門徒，成都蜀威鏢局鏢頭藏金剛蕭巡派人給老師送來的年禮和叩年的書信。

信上寫著自己在年前應了一次貴重藥材皮貨的買賣，不但酬豐順手，還交了兩個好朋友。知道老師愛吃雪山黃羊，特地帶回兩隻，養得肥肥的。一隻燻臘了，給老師正月裡下酒；另一隻燒烤。連同一些年糕、糖果、好酒，皮貨以及分送山中七位同門與小師弟的禮物，做了四擔，著四名得力手下，趕除夕前送到，請老師和眾同門笑納。自己因鏢局過年太忙，等過了正月初五，方能親來拜年等語。

雷春揭開禮盒一看，盡都是自己素常喜吃得用之物，比較往年又重得多，越發高興。掀髯微笑，對眾人道：「老夫自信眼力不差，門下有十個弟子，從沒有一個敗類。你們的蕭師兄跟我多年，保了二十年西路的鏢，打著我門下的旗號，從未丟過一次臉。難得他還有一番孝心，每逢年節、生日，事多忙，除非保鏢在外，總是先禮後人，先後來到。禮不希罕，難得他偏記得起我的僻好，真不枉我用心教他一場呢。」

說時，一眼望見抬禮的四名鏢局下手，個個英氣勃勃，俱都穿著一色青棉衣短裝，對襟密扣，斗大竹笠上滿堆雪花，順額際直冒熱氣，垂手侍立在側，態度甚是恭謹。雷春忙說道：「我只顧看禮物，也忘了待承你們，你們想必都有家，這般風雪歲暮，為給我送禮，今晚竟不能同家人吃團圓飯，叫人怎生過意？來來來，不必等到晚上，就將送來這隻烤羊，好酒，連我山中自做的燻臘野味取些出來，把前面梅花林中那磐石上的雪掃淨，我們老少師徒痛飲一回。吃完之後，天如還早，我教給你們兩手防身本領，作為酬勞你四人這一次的辛苦如何？」

說罷，隨侍左右的門人早爭先恐後，紛紛佈置起來。來的四人，見今年老頭子分外高興，知道往常想求他露兩手都不敢張嘴，今天難得自動答應傳授高技，怎不喜出望外，連忙拜倒，叩謝師祖恩典。

不一會，設備完全，各人端了木板凳，圍著梅林磐石坐定，大家都知道老頭子飲酒高興時節，討厭拘束，於是個個開懷暢飲，不拘形跡。雷春飲到八成光景，倏地脫去皮袍，長嘯一聲，縱起好幾丈高，落到磐石前頭一塊平地上面，拿腳在雪塊上畫成一個二尺方圓的圈子。口中說道：「我打起來，由慢而快，好使你們記清我的步數。這腳印只須縱、橫、斜、順，每樣七個，要打一百六十八手，縱身抬腿，共一百一十二次。不許多一個腳印，不許少一個腳印，也不許將腳印踩亂，打完這一套拳，須要個個分明。入山這幾年工夫，我這還是頭一次呢。看你們各人的造化，能記多少是多少，我門下這麼多弟子，還沒一人能學全呢。你們學一點，各人去參詳變化，也將就夠用的了。」說罷，便打將起來。

這一套拳，是雷家獨門傳授，雷春縱橫一世，未遇敵手的「六四七大乘萬勝拳」。除王元度、蔡沖跟隨年久，見雷春打完幾次全套外，其餘隨隱山中的幾個同門，最多的也只見過一次全的，看過大半套的居多。可是限於天資，誰也沒學夠一半。

至於劉義，更是從未見過。起初見雷春動作和往常傳授差不甚多，故不以為奇。誰知頭一個二十八手以後，便見一步緊似一步，變化也越來越多，神妙不可方物。只見一個人影躥高縱矮，拳打腳踢，掌劈指點，上下翻飛，真是疾如閃電飛星，哪裡還記清招數。這才暗暗驚奇，果然名下無虛。

約有半個時辰，拳才打完，雷春神色自若地回到席間。劉義偷眼往圈中一看，果然是齊齊整整四七二十八個腳印。每個腳尖印都像一朵開足的花，盡都朝外，正中心四個腳印，交叉成一個十字，通體似用筆劃的花，也無如此整齊，層次分明。更令人驚異的是，那一塊雪地，約有三尺多深，而圈內二十八個腳印，一律深只寸許。可見輕功已臻化境，不禁暗自吐了吐舌頭。

劉義正在追憶那些微妙身法解數，忽聽雷春道：「我料你們也只知得一鱗半爪，我索性作個整人情。你四人挨次下去，將你各人本領施展出來，我再給你們略為指教。」

四人越更心喜，起身拜謝，依次下去打了一套。雷春也一一指教了一番。天已近黑，才回房去，圍爐坐談，宵夜度歲。次日再寫回書，打發四人回去。

王元度、蔡沖和眾門人俱不明白老頭子今日為何這等高興，連看家本事全使出來，彼此均以目會意，不敢則聲。吃完宵夜，大家正談得熱鬧，準備守歲到天亮，祭完神，打發人走後再睡。蔡沖忽見雷迅先玩得高高興興的，忽然歪枕兩手，抱著竹烘爐，腳踏在火盆邊上打盹，先以為小孩瞌睡多，沒有在意。偶因給雷春斟茶，走過雷迅臉歪的一面，歲燭光照處，見他小臉上微渦初平，彷彿笑容甫斂神氣。再往他對面一看，正站著劉義，一隻手剛從臉上放下。見蔡沖望他，又裝作抓癢，往臉上撫摸，神態甚不自然。

猛想起適才日裡禮物剛送到時，曾見他和雷迅附耳低語，雷迅先時面有難色，後來又將頭連點，心想：「莫非這廝想趁新年，人不留神時鬧鬼？」正這麼想，忽聽雷春道：「迅兒既想睡，劉義可以攙他到屋去。我們幾人談到天亮吧。」又見劉義走時，經過蔡沖面前，雷迅兩眼有偷著望人神氣。暗想：「小孩俱喜熱鬧，新年底下，師祖和諸同門特為他制了許多素常心愛的花炮玩物，他都不似往年喜歡擺弄，卻裝出想睡神氣。劉義神態又鬼鬼祟祟的，也和他往日不同。老師一世英名，老年歸隱，只此一子，莫要壞在他手裡。」

蔡沖心裡雖這麼想，一絲也未現於辭色。趁劉義攙扶雷迅進屋之時，裝著倒茶，故意在他身後跟去。劉義作賊膽虛，聽見身後腳步，不禁回頭望了一眼。蔡沖越發看出他形跡可疑，仍作不知，自倒自的茶。那臥房本與眾人守歲的一間前檻通連，相隔不遠。

蔡沖倒完了茶，便擇了隔牆的一把椅子坐下，因室內人多，笑語喧嘩，雖聽不出隔室人說話，卻已聽出雷迅進屋，並不曾睡著。恐被劉義出來看見起疑，便自走過一旁。見王元度朝他努嘴，知他也早留了意。便互相乘人不見，打了個手勢，準備當晚定要觀看一個水落石出。只要雷迅隨劉義一走，便即悄悄跟去。

待了一會，劉義出來對雷春說，師弟已然睡熟，自己因為昨日忙著收拾年景，熬了一夜，清早又被師弟拉去山頂看雪，人有些發睏，意欲和師父告假，回房打個盹，天亮再起來祭神。雷春點了點頭，劉義便往外面走去。

可笑蔡、王兩人既已看出雷迅是裝睡，劉義舉動可疑，又在大家歡聚之時去睡，就應跟蹤探看才是。誰知兩人竟以為雷、劉二人必是預先商妥，先把覺睡好，等大亮眾人俱疲去睡，再行生事，又因一心只注定在雷迅身上，見他既未與劉義同去，便無妨害；所以仍各陪著老頭子說笑。

過有個把時辰，雷春命王元度去取一點吃的東西出來添果盒。偏巧裝糖果的立櫃緊挨雷迅所居的臥室。王元度取了食物，回身時節，猛覺身上吹來一股冷風。偏頭一看，雷迅室內靠外面的兩扇窗戶已然大開。當窗桌案上點的兩支大歲燭，一支已然熄滅，案上燭淚成堆；未滅的一支，上半截燭大半融化，燭油一根根掛將下來，空出多長的燭芯，火苗冒起多高，火頭被風吹得不住騰騰搖曳。王元度暗罵劉義粗心，連窗也忘了關，豈不把師弟凍著？走進去直往窗前，把窗關上，插好了銷。無心中往身後床上一望，只見被枕零亂，哪有雷迅人影，不由大吃一驚。匆匆把被撩開，仍不見人，連忙縱將出來，急叫道：「師弟不見了，大家快找！」

雷春一問，王元度便把自己見隔室窗戶大開，入內關窗，床上不見師弟之事說了，蔡沖不俟王元度把話說完，首先往外奔去。餘人也相次出去追尋。雷春因往常曾見過雷迅夜裡由後窗戶出去小解，不甚著急。王元度便將自己和蔡沖平日的疑惑和今晚所見說出。又說：「看桌上殘燭神氣，分明窗開已久。如說師弟小解，怎去多時？定是劉義鬧鬼。」

雷春道：「老夫不曾虧他，他師兄弟情如手足，怎會有此事！」

其時出尋的人已各回報，近處一帶，不見師弟影跡，劉義也不在房內，床上枕被並未移動。蔡沖斷定劉義鬧鬼，帶了兩人踏雪往山中追尋去了。

雷春聞言，兩道壽眉一皺，想了想，說道：「這幾年來，我生平仇人業都死亡盡絕。收這個劉義時，一則老友情面難卻；二則那晚又值大醉之後，乘著酒興答應。事後問他的來歷，他雖不肯實說，拿話支吾，可是他的行藏，怎能瞞得了我？不久我便查知他是北方五省有名的獨腳大盜，綽號夜行鵰，名叫韋護手下的劉鵬九。因劫鏢遇見馬氏雙秀中的金刀馬遠，栽了大筋斗。氣憤不出，散了手下，改名劉義，百計千方，拜在我的門下，想學我雷家獨門傳授七步劈空掌。

「我看出了他的行徑，起初原也不肯傳授。後來他見老夫不傳，知道老夫只此一子，資質也著實不差，便一心轉到他師弟身上，殷勤愛護，無微不至。以為老夫縱不傳徒，豈不傳子？意欲熬到他師弟長大，學了七步劈空掌，再去求他轉授。日久竟將我也打動，念他為了學藝，下這樣十年苦心；再加他以前雖然身在綠林，並無過分罪惡；這十年來，在我門下，更是始終勤謹。所以日裡乘著酒興，將我生平絕技一齊施展出來，那七步劈空拳便暗藏在內。他處心積慮學這掌法，豈有見而不悟之理？我好心指點於他，他又和我十年師徒之情，素無仇怨，萬不致暗地害我兒。

「必是你小師弟淘氣，纏著他，乘雪夜往山中去玩，也未可知。他二人既是情如手足，迅兒雖然年幼，頗有幾分蠻力，山中虎豹也傷不了他，你們不必擔心，少時自會回來。如有差池，這樣大雪深夜，也難尋找。」

雷春規矩素嚴，正經說話時，向不准人插嘴答白。王元度知事在緊急，老師只管像背書一般，說那些無用的廢話，站在旁邊又氣又急。好容易等老頭子把話說完，正要張嘴，忽見雷春對著前面窗戶哈哈一聲怪笑道：「這冷的天，你還不進來，只管站在外面則甚？」雷春笑時，聲震屋瓦，二目電射，滿臉飛霜。門人中已有多年不見這般神氣，俱都嚇了一跳。

這時門簾啟處，早縱進一人，撲地翻身跪倒。眾人一看，來者正是劉義，俱都驚疑不置。只聽雷春喝問道：「迅兒與蔡沖他們今在何處？快起來說。事已做了，沒的再做這婦人女子行徑，叫我看了生氣。」聲如洪鐘，神威凜然，嚇得劉義戰戰兢兢，站起身來略一定神，倏地大聲答道：「小師弟現在後山無恙。弟子早已來此，未見蔡沖他們。」

雷春把臉沉道：「你這蠢才，日裡枉費了老夫氣力，你卻不曾學會。情急無賴，想藉此要脅我麼？」

劉義面帶愧容道：「弟子愚蠢，日裡用盡心思，只因貪多，記了還不到十分二三。小師弟自願到後山玩耍，弟子急於學藝，先行回來。只求老師開恩，不敢說別的。」說罷，又跪倒在地。

雷春道：「你這蠢才，我憐你一片苦心，破格傳授。你縱今日不曾學會，早晚自有悟透之時。你偏使出這下流方法。你不曾想，我雷春縱橫一世，幾曾向人低頭來？莫不曾老來為了一個黃口孺子的死活，受小輩的挾制？天幸你資質不夠，沒有學成，少我許多隱患。念在十年師徒之情，不要你命，但此地已容你這敗類不得。給你留點情面，過了初五，急速滾開。想學那七步劈空掌，再也休想！」

劉義聞言，立即起身，和聲答道：「弟子縱然不肖，老師也須念在多年扶攜師弟，勝於保姆之勞。難道就因此逐出門牆，不稍加一點憐念麼？」

雷春冷笑道：「我門中人，首重心術。你既愛護你師弟，為什還忍心在這歲寒深夜，風雪荒山，把他騙去，藏起為質？幸是此子雖然貪玩，卻能受老夫教訓，身帶防身之物。聽你所言，現在僅止被你拘禁，未曾被害。縱有虎狼，不足為害。若換常人子弟，縱然不死，豈不也被你嚇壞？實對你說，你今日此舉，我早料到，我只此一子，豈不留意？

「因見你兩年中，有好幾次可以下手，你仍好好帶了他回來，並未看出含有惡意，以為一時多疑，這才疏於防範。今日並念你苦心，傳你絕技，你卻無福消受。凡你二人所去之地，我已盡知，不過因迅兒不識好歹，特意使他受點委屈；否則，我早去尋他回來了。你以此挾制，豈非夢想？」

劉義一聞此言，知已絕望，倏地臉上微一獰笑，站起身來，厲聲說道：「老師既然執意不肯開恩，弟子也無須在此。後會有期，弟子去也。」說罷，奔向門前，揭去門簾，便往外躥去。

王元度一見劉義神色不對，料他定有詭謀。剛喝一聲：「劉義，你敢在師父面前放肆，往哪裡走？」正想追將出去時，雷春伸手一攔，大聲說道：「寧可他不仁，不可我們不義，隨他去吧。你師弟如今定在黑狗岩一帶的險峻岩窩裡被困。這業障不聽父言，讓他吃一點苦頭也好。我此時滿腔高興，都被這兩個業障掃盡，神倦想睡，意欲到後房打一個盹。你們不准吵我，也不准走開。等到天明，你們再來將我喚醒，一同去將業障救回便了。」說罷逕往後室走去了。

元度和眾門人一聽雷迅被劉義困住，蔡沖等三個同門一去不歸，眼前和劉義已破了臉，縱然雷迅學會一些武功，到底是個小孩，決非劉義對手。明知劉義挾嫌懷恨，難免不行前加害，師父又不是不知道下落，卻這般大意，不早早派人，或親去將他救了回來。

荒山雪夜，又加上一個強敵，倘有失閃，怎生了得？不過大家俱都懾於雷春平時威嚴，言出如山，從來不能違背，誰也不敢有所主張。

待有半盞茶時，王元度心中焦急，實忍耐不住，便悄聲對眾人道：「老師一世英名，只此一條根。他老人家平素雖然料事如神，常言道『智者千慮，必有一失』。此事關係太大。我們多年師徒，情如父子，不能坐觀成敗。拚著受點不是，就挨一場打，只要不鬧出亂子，也是心甘。這又不是違了家法戒條，要立時處死，還是早到黑狗岩將師弟救回為是。」眾人一聽，俱都點頭稱善。當下便留了一個同門和鏢行來的四人在外屋守候，餘人俱跟了王元度同去。

這時天雖未明，一則雪光映照，可以辨路；二則眾人久居此山，路徑多半熟悉。王元度更是同了蔡沖跟蹤劉義身後，暗中查探不止一日。一出門，先順路奔劉義臥室一看，室中無人，牆上兵刃暗器都已不見。知道出來晚了一步，遲更無及。各人一打招呼，腳底下一按勁，施展出登萍渡水，踏雪行花的輕身功夫，一路翻山越嶺，往黑狗岩奔去。

那黑狗岩在後山深處，地勢奇險，岩窩洞穴到處都是。劉義時常背人帶了雷迅前往，一去總是多半日。王元度本就疑心雷迅困在那裡，又聽雷春一說，越發深信不疑。大家腳程甚速，只顧往前奔走，臨快到達，天色業已微明。

王元度忽然想起一事，喚住眾人道：「這條路一邊峭壁，一邊絕澗，盡是鳥道窄徑，除此無路可通。雪住已久，如劉義挾了小師弟打此經過，怎地一路行來，不曾看見雪中有甚腳印？莫非那廝藏人之所不在黑狗岩，師父料錯了！我們白走許多冤枉路，還誤了事，怎生是好？」

一句話把眾人提醒，細一留神，那雪果是隨著地形高下，一律齊平，哪有一點跡兆？

雖知這劉義還有兩個去處，只是時間耽擱已久，再趕回去，已是無及。因離黑狗岩僅有半里之遙，先疑劉義別有秘徑可通，還存萬一之想。及至到了黑狗岩，大家分散開來，口裡高喚雷迅的名字，四外窮搜，把附近一帶岩窩洞穴，差不多全都找遍，不但沒有一點跡兆，連蔡沖、劉義等人也一個不見蹤影，這才絕望，於是由王元度領路，又另往別處尋找。

這時朝墩已上，雪光刺目。丘谷山岩，都如玉砌，遍地都是琪樹銀花。除了眾人踏雪之聲外，靜蕩蕩的，遠近都沒一個人影。王元度一路登高查看，往回走有一半，剛要折向旁路，遠望且退谷中冒起一股濃煙，煙光中火星飛舞，知道有人放火。一轉眼間，從谷口裡跑出一人，縱躍如飛，正往出山那條路上奔去，身形步法頗似劉義，眾人益發忿恨。恰好所行之路，一頭通著且退谷，另一頭正通出口，與劉義經行之路有一交岔，正可趕上前去堵截。王元度忙率眾人加緊腳程抄路追去。趕到兩路交岔處一看，雪中沒有足跡，知這邊路程較近，已趕到劉義前面。一個暗號，便分散埋伏開來。

待不多一會，果見一人用左手托著一條右臂，急忙忙地奔來。定睛一看，正是劉義。眾人大喝一聲，一擁齊上。那劉義見有埋伏，竟一點也不抵抗，口中喝道：「老頭子已放了我，你們還攔我則甚？」

王元度罵道：「你這狗賊！師父待你不薄，你陷害小師弟，要脅師父，又放火燒村，奸謀已然敗露，還想逃走，哪裡能夠？我只問你：師弟現在何處？可曾被害？快說出來，免我們將你千刀萬剮。」

劉義冷笑道：「雷春老兒枉自負川中大俠，竟這般不仁不信。我為學藝情切，舉動雖然過分了些，他不念多年師徒之情，用重手法害了我一生，已非丈夫所為；明明親口放我出山，任憑異日學了本領，尋他報仇，卻在暗地埋伏你們這群小輩，真是一個不仁而無恥的懦夫。你老爺身受重傷，單手敵不過人多，要殺要剮聽便。」說罷目露凶光，雙眉一揚，站在當地不住冷笑。

眾人見他口出不遜，正要動手，忽劉義來路上飛也似跑來一人，雙手直擺，口裡連喊：「不要動手，放他過去。」

眾人一看，來人正是蔡沖。轉眼近前，指著劉義說道：「這廝因師父將他逐出門牆，懷恨在心，意欲趕往後山暗害小師弟。不料師父已然早趕在他前面，拿著真贓實犯，擒回家去。本要將他處死，因小師弟再三給他講情，師父才開恩，將他放走。知眾位往黑狗岩，歸途難免遇上，特地命我趕來傳話，放他逃走。大家正等你們回去拜年呢。」

劉義聞言，獰笑道：「我只說老匹夫沒有信義，想回去當面罵他一場，原來還是你們這群小輩替他丟臉。你們如不留難，你劉老爺要走了。」說罷，兩腳一點，一個拔地穿雲的招數，便往圈子外縱去。王元度方在驚顧，覺著身子被人一推，猛聽蔡沖喝道：「好狗賊！」接著便是鏘啷啷連聲，空中火星四射，四五樣暗器便濆落雪地山石之間，又聽劉義在遠處喝道：「便宜你們這群小輩，後會有期，老爺去也！」

原來蔡沖與王元度等說話時，見劉義目光亂轉，左手暗摸鏢囊，料知不懷好意。話才說完，劉義將身縱起，猛地回手，就是連珠三鏢，幸而蔡沖早有防備，沒等他揚手，已將鏢取出。守著來時雷春不准傷人之戒，也用連珠手法，朝劉義來鏢打去，同時用手推了王元度一下。兩下裡六鏢，只頭一鏢彼此落空，餘下全是雙鏢相撞，墜落一邊。等眾人發覺，各取出暗器時，劉義已然跑遠。依了眾人，還要追趕，俱被蔡沖攔住。眾人不敢違抗師命，再加雷迅無恙，只得忿忿而回。

路上王元度向蔡沖問起細情。蔡沖道：「師父因你們不聽他吩咐，私往黑狗岩，正不願意呢。話說起來太長，到家再說吧。」眾人聞言，便如飛往且退谷跑去。到了一看，火已熄滅，僅僅燒了一個草垛。室中年宴業已擺好，靜等人到齊後入席。眾人先到堂屋敬了神和師祖，然後與雷春及眾同門分別拜完了年，一同落座。

王元度四下一看，眾同門都在，只不見雷迅。再一偷看雷春，竟是滿臉春風，似和沒事人一般。因為素日規矩嚴肅，雷春不發話，門人不敢交頭接耳。正在納悶，忽聽雷春道：「迅兒怎麼去了這一會，還未過來？他昨晚闖了禍，還是這等頑皮，你們把下手那一張座位撤去，來了不准他入席。」

言還未了，門外一陣腳步跑動。門簾起處，雷迅緩步進來，手裡拿著一封書信，直近雷春面前，恭恭敬敬遞上，說道：「兒子因那小虎性野，恐又闖禍，剛給牠打樁，換了索子。忽聽身後有人咳嗽，回頭一看，見是一個癩老頭，還帶著一個十七八歲的年輕人，穿著一身新衣，也不知他從哪裡來的，來時竟沒聽見一點響動。剛一見面，便指著兒子對那年輕人說：『你只要贏得了這孩子，雷老頭便能看我的情面收你，兒子同他兩個沒說幾句話，便打起來，打了一會，也沒分出高下。他便叫大家停手，給了兒子一封書信。

「說那年輕人名叫李衡，是西川八怪中的第二怪黑手李甫疆的遺腹子，托那癲老頭帶到此地，來拜爹爹的門，所有事情都在信上。還叫李衡送給兒子一口極好的短劍，算是給小師弟的見面禮。兒子恐他是爹爹當年的朋友，問他姓名來歷，他只說：『你回去見了你父親，自會知道。』說完身一縱，縱起老高，再一看，已在遠處樹枝上，跟雀鳥一樣，穿枝飛樹，轉眼就沒影了。兒子一則沒有還送人家的東西，二則知道爹爹已說不再收徒弟的了，沒敢接他那口劍。如今人在外面等著呢，看爹爹准不准他進來？」

雷春先聽雷迅說起來人是個癲老頭、兩道壽眉先便一揚。及至聽完雷迅那一番話，把信拆開，看了又看。眾人猜不透來人是誰，心想：「老頭子也決不會再收徒弟。」誰知道雷春沉吟了一會，便喚王元度和蔡沖道：「你二人一個給那李衡找個地方住，一個給他拿點吃的，仍照往年新來的人一樣，辦完再回來吃年酒，我等著你們。」

王、蔡二人一聽，知道這一來，那李衡就算是有了一多半的指望。剛鬧完劉義這一段，又輕易收這樣一個突如其來的徒弟，與老頭子入山時所言大是不符。那引進的人雖未聽說過，估量必是個非常人物。不敢怠慢，連忙應聲出去，一看，離開竹籬三丈多遠近的雪地上，站定一個華服少年，生得猿臂蜂腰，儀容俊美，英氣勃勃。看他站處，便知受過名人指點，暗自點了點頭。

那李衡一見二人走出，便撲地將身拜倒。二人還禮相攙。通了姓名之後，蔡沖說了雷春的意思。李衡好似早知道這裡入門規矩，滿臉喜容，隨了蔡沖便走。蔡沖領他到劉義所住那一間房內安置，王元度也給他把酒食送來。略為客套兩句，便即出來，回到席間覆命。雷迅因是臨時有事，也未處罰，一同就座。大家先給師父敬了公酒，三杯過去，雷春道：「今日新年，你們只管開懷暢飲，隨意談笑玩樂，不必再和往日一樣了。」

因為昨晚劉義誆走雷迅，大家都分散不在一處，不知底細，巴不得老頭子把這每年正月初一年宴上照例的幾句話說過去，好隨意說笑。

等雷春把話說完，各自起立，躬身道了一聲：「徒兒們放肆。」這才互說昨晚之事。原來昨晚半夜裡，蔡沖、王元度先後各帶了兩三個同門走後，雷春在裡屋安睡。外屋只有鏢行四個夥計和雷春兩個徒弟在那裡圍爐坐談，準備到了天明，好去喚醒雷春。那兩個徒弟，一名周瓊，一名鮑畢，俱在雷春門下多年。本領雖然了得，人卻極其忠厚，同是實心眼，只知以師命是從，不敢違背。雖然一樣痛恨劉義，擔心著小師弟的安危，因師父雖睡，已有蔡、王等人跟蹤前去救援，料劉義縱包藏禍心，雙拳難敵四手，只要適才進屋時沒有下手傷害，當無凶險，所以一直也沒有離開外屋。四個鏢行夥計，雖有一兩個覺出事有蹊蹺，一則新年，知道師祖雷春家法素嚴，言出如山；二則能力有限，更是不肯輕舉妄動。

六人坐了好一會，天雖未明，耳聽雞窩中的雄雞已在報曉。鮑畢便道：「各位師兄弟未回，不知找著小師弟沒有。師父原說天明喚他，如今雞已叫了，我去將他老人家喚醒吧。」說罷，起身走向內室門口。探頭往裡一看，見窗戶緊閉，室內哪有一個人影。

鮑畢忙喚眾人入內看時，猛聽遠處傳來虎嘯之聲，山谷震動，好似還不止一隻。荒山虎嘯，原是常事，眾人也不做理會。方在猜想師父行蹤，又聽虎的嘯聲由多變少，由大變小。一會，好似只剩了一隻急嘯不已，聲音卻越來越近，看看來到屋外。

因昨晚出了事變，各人兵刃暗器全部佩帶身旁。一聽那虎已近屋前，周瓊道：「這虎送上門來，大新年裡，正好吃那烤虎肉。」說罷，伸手拉刀，往外便縱。眾人隨後跟出。才出屋外，便見籬門外面，曉色寒星之下，飛來兩大一小三團黑影。只聽一聲斷喝道：「綁了！」便見從第一團黑影裡扔出一人。周瓊在前，早已撲上前去，將那人按倒捆上。眾人聽出那首先說話的人，正是師父雷春。紛紛上前一看，果是雷春同了蔡沖、雷迅。被捆的人，便是那劉義。方要說話，前面又飛也似飛來兩人，乃是第一次隨著蔡沖去追劉義的同門。

蔡沖手上還抱著一條比狗略大一點的小虎。

眾人隨了雷春父子同進屋中。雷春剛一坐定，便對劉義喝道：「我從未傳你絕技，也是看透你心術不正，恐貽門戶之羞。平時相待，並無厚薄，何以要對我兒下此毒手？

「實對你說，我未曾歸隱以前，木山一草一木全部踏遍，您怎能瞞得了我？起初我因你形跡可疑，幾次暗中觀察，見你總不下手，還當作誤怪好人，念你一片虔誠，昨日一時高興，將我生平藝業當眾施展。誰知道你壞到極處，蠢也到了極處，此來枉用許多心機，竟會懵懂一時。本來若不存壞心，當時雖然不能領悟，日後仍可求我指點。偏你行此陰毒險惡之計，我一時酒後高興，被你瞞過，還以為你真和往日一樣，領了迅兒前去安睡。

後來蔡沖看出你心懷不善，查看後屋窗戶大開，我便將你今晚詭計猜透一多半。算計你藏陷迅兒的地方，定是你事先獨自踹探好了，到時再乘人不備，誆他同往。平時你們二人同去之地，乃是存心掩入耳目，以備到時故佈疑陣。

「我因本山地理雖熟，究竟地方太大，雪夜荒山，難於遍找，先還斷不定你將迅兒藏在什麼所在，以為總離不了黑狗岩、古坳洞、雲窩子三處。夜來想起：迅兒幾次向我求說，想擒來一隻小虎，養熟了當坐騎。他雖年幼，人並不蠢，生來又有幾斤蠻力，又肯用心學藝。你除了將他暗中害死，或用一個未經人去過的岩洞作陷阱，定然困他不易。必藉擒虎為名，投其所好；否則，這般歲暮風寒，大家熱鬧團聚之時，也誆他不去。

「因此我又想起：每值迅兒練拳之時，我總留心在旁看著，前一個月間，你卻好幾次不在側。有一次迅兒練完了功課，到處尋你，直到晚間，你才回來，手裡卻拿著兩個大柑子。無心中說出因追一隻小虎，追到黑狗岩，看見柑子樹還未凋零，枝上留餘兩個柑子，所以帶了回來跟他吃等語。你雖未說出你去的地方，我卻知道青城是天下靈山之一，仙境不少。鄰近這且退谷的只有一個蛇盤灣。那裡草木常青，有四時不謝之花，一年數實之果，奇花異草，遍地都是，四時氣候溫暖如春，端的是個仙域勝境。只是谷徑盤紆迴環，形勢高峻險惡，又慣出毒蟒怪獸，蟲豸叢生。我雖動念移居，但避地之人，仍不斷有外間至好、舊日門人到來看望。一則地勢奇險，二則蟲蟒太多，迅兒年幼淘氣，諸多不便，才行作罷。

「而那黑狗岩風景雖好，時際隆冬，哪有常青之果？雖說你所言不實，當時因旁的事岔開，也就忘卻。及至想起，便料定你藏迅兒，十有八九是在那裡，但是老夫一世英名所在，一擊不中，便成貽笑。情知你情急學藝，不致將他先行害死；定是隱藏好了，回來要挾。估量蔡沖發覺追去，已有不少時候，說不定你潛身外面，偷聽我的意旨。

「當時你如知愧悔，在外面聽了我那一番言語，急速退了回去，將迅兒接回。還好蔡沖並未尋著你所去之處，正好推在迅兒身上，說他磨著你前去擒捉小虎，準備新年養了玩耍，豈非一些不著痕跡，仍可作未來的打算？你卻拿定主意為惡，竟敢進來要挾。

「不曾想我縱橫一世，天下知名，豈能為了一個孺子，跌翻在一個鼠輩手裡？本想將你拿住，按家法治罪，再去尋找迅兒。因你此時雖因情急學藝，出此下策，並無害死迅兒形跡，又是送上門來，拿你決不甘服。故此欲擒先縱，任你將惡跡敗露，再行處死。可笑你既料出我想到後屋安睡是個詐語，何以你去蛇盤灣途中，我念在多年師徒和平日照看迅兒之情，幾次三番在暗中揭去你的頭巾，扯你的衣服，末後又絆了你一跤，你也不覺得？我這一時心慈，只跟在你的身後，以為迅兒不過被你藏在隱秘之處，你只不要他命，我也不要你命。不曾想你卻使那等毒手，早下詭計，若非老夫手快，給你一劈空拳，將你右臂打折，迅兒焉有命在？今日天網恢恢，你還有什麼遺言，快說出來，我要行家法清理門戶了。」

劉義身受重傷，被雷春綁得像餛飩一般，橫在地下。知道雷春疾惡如仇，今日真贓物被他拿到，害的又是他的老年獨子，怎能求活？聞言一語不發，只嚇得拿眼望著雷迅，滿臉乞哀之容。

那雷迅平日和劉義最好。只因素常大膽好奇，見堂屋掛著師祖虎僧多難上人的神像旁邊，伏著一隻老虎，問起雷春，知道那老虎只有三條半腿，乃是師祖多難上人的一個得力坐騎。一時動了好奇之想，幾次和雷春說，想捉一隻小虎來，養大了當坐騎。

誰知雷春道：「你只要有伏虎的力量，便等長大一些，自己去捉來養。我沒有閒空幹這些事，叫眾徒兒們，暗中笑我溺愛。」

雷迅便記在心裡，私下和劉義商量，決計捉隻小虎回來玩。劉義正好將計就計。偏巧除夕這日觸動心思，暗想：「今晚難得大雪之後，老頭子又這般高興，大家都在過年快活。此時行事，必可出其不意，無人警覺。」便用話激雷迅道：「日前發現後山乳虎、小虎甚多，雪後捉虎，最為容易。正好半夜裡去捉來，大年初一拜年後牽出來，叫眾師兄們驚奇。只問你敢不敢？」小孩原本好勝心切，立時哄信。便照劉義所說裝睡，然後一個從窗戶出去，一個從前面走，到外面會齊。

劉義還恐人發現雪中腳印，本應出門往西，卻故意折往東南古楠坳那一面。背著雷迅，先走出里許地，再倒退回來，從一個山洞中穿出，照擇好的僻徑，往蛇盤灣飛奔而去。雷迅也頗機警，見他這般行徑，所走又是從未走過的險路，使問劉義何故如此走法。

但到底信賴太深，又為小虎所動，因此俱被劉義支吾過去。後來越走越奇險無比，連劉義都幾乎失足墜落。加上一路行來，積雪由多而少，由少而無，天又昏黑，只憑滿天繁星，哪能看得見路。劉義便將預帶火把點上，放下雷迅同行。雷迅從火把中看劉義面帶獰笑，迥非平時神氣，剛在疑慮，已快到達。行經一個峻岩之間，下臨絕澗，岩凹壁削，盤徑只有尺許，人難並肩，稍一失足，便有性命之憂。

劉義本打算將雷迅騙入一個奇險的岩洞中，將他禁閉起來，再獨自回去，要挾雷春。從一個缺口轉身去不遠，便是那座準備陷人的岩洞。劉義說虎在前邊不遠，正要帶了雷迅走了進去，忽聞前面澗底有虎嘯之聲。雷迅生長荒山，慣聞虎嘯，聽出是隻乳虎，不禁疑慮全丟，高興地道：「師兄，那不是小虎？快去捉呀。」

劉義聞言，哄他道：「那虎窩在澗底，不好捉。前面岩洞中有的是小虎，大虎已被我前日打死，所以非常好捉，為什麼捨易求難？」雷迅執意不肯。說定要前去看看，能當場就捉了去多好。劉義知他性拗，因孤羊已然入阱，不怕他飛上天去，又想留一點後手，只得忍怒帶他同到前邊去看。

走沒多遠，便到虎嘯的澗邊。折了一束枯枝，點燃了，丟下澗去照一照，果然是隻狗大般乳虎。不知何時墜將下去，卻未落底，被離岩七八丈一盤老藤托住，上不上，下不下，正在悲嘯。黑夜之間，不知澗有多深。火把墜下去，約有好一會，才投入黑暗之中熄滅。故始終也未看出澗底是何情形。最巧的是那藤的根，有四、五條俱都叢生盤糾在岩口石縫之中，虎雖上不來，人下去卻非難事。

雷迅一見是條小虎，早喜得直叫道：「師兄，就是這個吧。」

劉義聞言，暗想：「我平日和這孩子過手，雖然他不是自己之敵，也非易與，少時一定費事。莫如將計就計，誆他下去，將他陷住，豈不比關在岩洞之內還要省事得多？」當下劉義便對雷迅道，「這裡離虎穴甚近，小虎在澗中這般叫法，卻沒聽見應聲，說不定大虎被我打死，小的餓不過，出來尋食，俱都落在山澗之中，就剩這一隻被藤托住，也未可知。這虎已成了網中之魚，只要有人下去，便可手到擒來，只是這澗深不見底，又在夜間；這藤雖粗，想必年久，枯朽易斷，一隻小虎，已頗有一些斤兩，我這身子蠢重，怎經得住？如由小師弟你下去，一則恐你膽小害怕，二則更怕那虎反口咬你，我也不甚放心，莫如還是同往岩洞中去，仔細看看，有便捉了回家，沒有改日再找，省得涉險。」

雷迅年幼，素不吃激，不俟劉義把話說完，搶答道：「師兄，你太看輕我了。雖說這澗又深又險，卻有這麼多老藤可以攀援，再者，這又不是大虎，和狗也差不了多少。你說的話對，岩洞的虎沒有應聲，想必俱都誤落山澗，去了也是白去。下面這隻小虎只是亂叫，身子卻不敢轉動，捉起來必定容易。我這就下去，將牠捉了上來，看看我膽子是小是大。」

劉義假勸了幾句無效，便對雷迅道：「其實小師弟身輕，下去倒也無妨。只是下邊黑暗異常，就這樣下去，如何能行？且不要忙，由我給你準備妥當，再下去不遲。」說罷，將手中火把照著，拾了許多柴，紮成一個又長又大的火把，又從身畔取出一長一短兩個索子，用一根長的將火把攔腰繫好，點燃了兩頭，擇了附近一株突出澗外的老松枝掛好，縋將下去，照的澗中通明。

那小虎原是失足墜澗，落在藤上，業已餓了兩天。這時一見火光，益發悲嘯不已。

雷迅不知劉義是恐少時雷春非先見兒子生還，不肯傳藝，不敢使雷迅先有差池，所以這般佈置。喜得直說：「師兄主意想得妙！」便要忙著下去。

劉義又將短的一根索子打了個如意圈，遞給雷迅，吩咐：「援藤到了下面，未近虎身，先用這索圈將虎套住，以防牠見人驚跳。套好，再將繩往上試拉一拉。受擒固好，如不受擒，見勢不佳，急速鬆手，你便往藤上一跳，免得連人被牠帶了下去。等將虎擒住，我自會放下一條長繩，將人虎次第引上。」

雷迅把話一聽完，立時依言行事。剛援著藤縋下去不到兩丈，便聽上面咔嚓連聲，彷彿藤斷。因他所攀之藤依然堅固，沒有動靜，急於得虎，也未在意。及至將虎用索圈套好試了試，那虎竟好似知道雷迅要救牠出險，只管昂頭向上哀鳴，一動也不動。雷迅益發高興，一面繼續往下滑，一面說道：「小虎兒，不要怕，不要動，乖乖等我救你回去，給你肉吃。」說沒兩遍，身子

第五章

已落藤上。容容易易，將那小虎捆好。拿腳試了試，甚是結實，就是再添幾人也經得住。雷迅方暗笑劉義才真膽小，忽聽上面枝葉沙沙拂動之聲。

抬頭一看，只見陸續飛下幾條數丈長的黑影。先還以為是上面扔下來繫人的長索。順手一抓，一連好幾根，俱都是斷了的老藤蔓，由上而下，帶著許多枝葉，直落山澗。落一根，腳底寬有數丈的藤盤便往下沉落一些。末次腳底藤盤一鬆一歪，幾乎連人帶虎墜落下去。幸而那些藤蔓雖是糾結叢生，俱都是數百年以上老物，粗逾人臂，只要不把最末後的根由上面砍斷，下面的人再分勻出兩邊輕重，一時還不至妨事。

雷迅見藤盤往左一偏，大有翻轉之勢，忙伸手援著下來時那根老藤，連身往上一提，就勢折向虎的右側，用足往下一落，才得定勻兩邊輕重。那藤盤雖未折翻，還兀自晃了兩晃。不由嚇得高聲叫道：「師兄，快把索子放下來，將我與虎吊上去，這藤都快斷完了。」言還未了，猛聽劉義在上面說道：「小師弟，你莫害怕，這藤斷不斷在我呢！」

雷迅人本聰明，只因信賴劉義過深，致受其愚。一聽口氣不對，猛想起老父在前一二年告誡之言，知道不妙，那藤已不可靠。立時捨了得虎之心，一面暗中摸索岩縫落腳和攀附之處，一面向上喊道：「劉師兄，我父子與你無仇無怨，我和你更是情如手足，你說此言，意欲何為？若是戲言還可，若是心懷不善，你用詭計害一幼童，豈不被天下人恥笑？」

劉義答道：「師弟休要錯會了意，我並無害你之心。還是我平日和你說的那句話：只因費盡心血，想學你家獨門傳授七步劈空掌，師父執意不教，萬般無奈，行此拙計。知道師父跟前只你一子，才趁這大年三十晚上，將你誆到這裡。本想將你關在岩洞之中，是你執意要捉這藤上的小虎，我便將計就計，趁你下去時，將所有藤根全都砍斷，扔落澗中。只留你附身的一根。折斷後，又用索綁好，打了一個活結。你不上來沒事，你如仍想援藤而上，援到離崖不遠，那結自開，你必墜落澗中，死無葬身之地。請念我一番不得已的苦心，你且耐心等我一會，由我去稟明了師父。只要師父答應傳我七步劈空掌，我自會前來接你回去；否則，說不得我和你只好同歸於盡了。」說吧，只聽一陣急行腳步之聲，往來路而去。

雷迅知道老父剛直性情，最恨劉義這種卑鄙狠毒行為。原本只要有耐心，還可以情相動，這一來，劉義必然絕望。自己平日和劉義廝守太熟、情感太好，還不覺得。一旦起了惡感，不由想起同了劉義打獵時，見他下手斬盡殺絕，不留餘地的狠辣行徑。暗忖：

「這廝挾制不了老父，當時如被擒住，這裡從無人跡來過，劉義又必不肯招出實話，怎生尋著自己？縱不葬身澗底，就餓也要餓死。如被劉義逃來，更難活命。如若冒險，自己援藤而上，劉義所言絕非虛語，上到中途，藤一斷，準死無疑。如等人來救出，又覺丟臉。眼看大繩上懸的火把火光漸滅，火要一滅，上去豈不更難？」這時，那隻小虎仍是一味昂頭往上嘯個不住。雷迅四顧幽谷，身繫危崖，襯著絕壑回音，澗下面又是黑洞洞的，深不見底，更覺景物淒厲，令人心悸。

雷迅望著那支撐危局的一根孤藤，正在發愁，忽然急中生智，暗道：「這藤盤原是好多根老藤蔓結成，其重何止千斤？這根孤藤如撐持不住，適才業已墮落下去；如其不斷，也不在我一個小孩的重量。怎會砍斷了，又用索繫住，打了活結，人上去便斷，人不上去便不斷？自己過信劉義，不要被他嚇住，中了他的道兒。現趁火把未滅，何不冒險上去，試它一試？即便墜將下來，只要手不鬆藤，仍可落到藤盤上面；就是落到澗底，也不至於便死。總比這樣不死不活，不上不下好些。」雷迅想到這裡，便回頭對那小虎道：「小老虎，你不要怕，我只要能上得去，便會設法救你。你先在此等一會吧。」一面說，一面又將那捆虎的繩索解去，以備萬一連藤一齊墜落時，好各自聽天由命。

那虎見索一解，益發悲鳴起來。但是情勢險惡，雷迅也顧不了許多。他先用兩手一攀藤，竟似越扯越堅，彷彿上面有人拉住一般。上有四五丈高，那藤並無動靜，依舊結實。心中暗喜：「再上不多遠，便可脫險。」鼓起勇氣，只兩手替換了幾把，便又上去一截。那崖側懸掛的那一束火把，原是些枯柴枯枝紮成，中間一截枝葉甚多，燃到那裡，枯葉著火，忽然大盛起來。火光照處，近崖口一片，照得分外明顯。雷迅眼看快要到達上面，猛聽離頭四五尺遠近有噓噓的聲響。定睛一看，不由嚇了一身冷汗。

原來那藤根盡頭，正盤繫著一條七身獨尾、似蛇非蛇的怪物。這東西名為七脩，原是蛇類，乃獨藏深山中一種極毒的惡蟲。大的長有一兩丈。雖說七身，只當中一個是頭，形如鴨嘴而長，頂有鳳冠，赤紅如火。口中毒牙密佈，咬人必死。餘下六身，比當中一身略長，乃是牠的六根獨足，滿生寸許長的倒刺。無論人獸遇上牠，只要被牠搭住一點，便即六身齊上，將人獸裹住，不嚼吃完了不放。所幸這東西六身後面有一條形如蝌蚪的扁圓尾巴，走起來當中一首高昂，六身彎曲點地，翹尾而行，非常遲緩。人要殺牠，最好避開正面，用索圈先套上牠的尾巴，繫在樹石之上，再行下手。這東西最護其尾，一經被人套住，只知往前掙脫，不知後退。前面無論什麼人物樹石藤蔓，只一抓住，至死也是不放。因為有這一兩樣短處，這東西出產又極少，非極卑濕汙穢之地不居，所以受害人少。雷迅有一次隨了劉義出遊，遇見過一條，親眼看見牠將一隻小牛大小的花豹纏了嚼吃。見了人來，又要追趕，幸得劉義知道克制之法，將牠弄死。所以知道這東西其毒無比。

雷迅在火光中雖未望見那根孤藤斷了沒有，但是這條毒蟲像六條長蛇一般，將藤纏了個結實。因為尾巴被人繫住，正在忿怒已極，嘘嘘亂叫。藤下面有人援了上來，以為便是仇人。那七根蛇一般的長身，早沙沙連響，舒展開了兩三根，拋帶子一般，飛舞著朝雷迅拋來。雷迅知道這東西只要被牠一搭上，便難活命。想上去，只有手援的這一根孤藤，兩旁俱是滿生苔斑的削壁，其滑如油，無可著手。一經看出那東西在藤上盤踞，已明白劉義所說活結的用意，雖知道上去之望已絕，心中還不甘願，想將身旁暗器取出試試。剛一轉念工夫，那東西已將身子伸了開來。

雷迅喊聲：「不好！」手一鬆，連翻倒手而下。下來兩把，耳聽叭叭兩聲，那東西兩條長身已將近身藤根搭住不放，距離雷迅退處不過三尺，真是奇險異常。

雷迅下有多半截，驚魂乍定。一手援藤，匀出一手，取出身藏暗器家傳雪花六出連珠甩刀，打算再援上去一些，用飛刀將七身獨尾的毒蟲殺死。雖說毒蟲抓附之處準有毒涎，人不能近，到底可少去一險。

偏在這時，崖側懸的那一大束火把快要熄滅。危崖絕壑，餘燼星飛，四外黑沉沉宛如地獄，奇木怪石都如鬼狀。下面小虎悲嘯不已，襯著山谷回音，異常淒厲。上面又有沾人即死的毒蟲盤踞，稍一不慎，便要命絕孤藤，葬身無地，好不驚心駭目。

雷迅見火把將熄，喊聲：「不好！」忙將飛刀含在口內，雙手連攀，二次援了上去。

約計距離毒蟲只有丈許，不敢再上。一手仍抓緊藤身，從口內取了飛刀。抬頭一看，微光暗影中，只看出那怪蟲放紅藍光的雙目，口裡噓噓亂叫，似已發覺人來，身子又在那裡舞動。雷迅看不甚清，飛刀又只有六把，恐怕打錯了地方，只得覷準怪蟲放光的雙目打去。但頭一下心慌，不知打在怪物身上何處。第二把打出手去，彷彿見紅藍光閃了一閃，那怪蟲便厲聲唧唧慘叫起來。只見幾條黑影同時舞動，藤上也起了咔嚓折斷之聲。

他正要將餘下四把飛刀連珠甩出，猛聽一陣輕微腳步之聲，沿岩邊來路上跑來。崖側懸的那束火把，也因燒至中腰，將懸的索子燒斷，帶著一些殘燼墜了下去。黑暗之中，上面還有兩三丈危崖障蔽。因猜不出來人是敵是友，猛地心中一動，便停了手，緊抓孤藤，一聲不出。不一會，那腳步聲已到了崖口。只聽見悉悉索索響了幾下，便有一圈黑影發出噓噓之聲，帶著許多長條，從頭上飛落下來。

雷迅知是那怪蟲被來人丟落，身一沾上，便沒了命。忙將身一轉，手攀孤藤，貼緊岩壁。也是雷迅命不該絕。那怪蟲落下時，原因尾上繩索被人斷去，雙目又被雷迅在暗中用刀打瞎了一隻，急於抓住下面仇人，負痛拚命往下一躥。恰巧雷迅一翻身，藤一轉動，將附崖一根半截枯藤支了出去，被怪蟲抓個正緊。

那怪蟲七脩身有丈多長，共七條身子，少說也數十斤，一根枯枝，哪裡經得住。那危崖又是上突下凹，怪蟲下縱勢疾，平素遊行又極蠢笨，那枯枝被牠抓住，七身亂動，懸空一擺，立時墜入澗底，不聞聲息。

雷迅方慶脫去一險，便聽上面呼喚，「師弟在下面麼？」雷迅聽出是劉義的聲音，那敢還言，仍緊抓孤藤，動也不動。上面喚了兩聲，不見答應，忽然火光一亮，接著便聽有人倒地。另一人喝道：「你這叛師惡徒，此時還有何話說？」

雷迅聽出是父親雷春的聲音，不出大喜，朝上高聲道：「爹爹，兒子在這裡呢。」

雷春喝道：「你這不擇賢愚的小畜生！這藤還未斷，你不援了上來，在下面叫喊則甚？」說罷，火扇子又一亮。

雷迅道：「那藤近根半截被毒蝕七脩抓過，有毒，上不去。崖側有一根懸火把的索子，請爹爹取了來，吊兒子上去吧。」說吧，便聽劉義悲號了一聲，知道劉義又吃了老父一下苦頭。忙喊：「爹爹，休弄死他，帶回家去問他一問，兒子同他有什麼仇，為何要下這般毒手？」言還未了，便聽雷春腳步之聲往岩側走去。那小虎還在下面悲鳴不已。

雷迅因老父一來，已是心花大放，膽壯起來，不由又想起那條小虎。暗想：「如自己先上去，再救那虎，一則不好救；二則老父盛怒之下，小虎惹禍根苗，也未必肯。丟了不救，不但不捨，也不忍心。」趁著雷春取索之時，竟援藤下去，落到藤盤上，將小虎的四腳捆好。那虎見雷迅捆牠，竟似通得人性，馴得像貓一般，一任雷迅動手，反倒停了嘯聲，雷迅越發心喜。

雷春在上取了那條長索，放至盡頭，還沒見雷迅答話。低頭問：「接到了沒有？」

雷迅答道：「沒有，想必還差一截。」雷春先聞小虎嘯聲，已知就裡。及聽雷迅答話，比前又低下得多，知道定是為了那隻小虎。雷春雖是英雄，畢竟烈士暮年，只此一個佳兒，舐犢情深，不但不怪，反憐他受了一夜大驚奇險，不得不勉詢其意。便裝怒喝道：

「小業障，生死關頭，還忘不了頑皮。這索不夠長，幸而我來時早有防備，百寶囊中帶有鉤連套索。你先將那小虎帶上來，黑夜之間，留神那東西犯了野性，抓傷了你。」

雷迅聞言，知心事被老父看破，聽語氣已然應允，越發喜極忘形，竟忘了那藤盤上的幾株藤根俱已被人砍斷，輕輕一拉，就會失了平衡。雷迅首次解去虎縛時，就差一點沒將藤盤倒翻，總算心靈機警，才得平住。後來急於出險，援藤上去，下面藤盤本已有些傾倒，又吃那毒蟲七脩往下一落，雷迅危急中一翻身，躲向孤藤後面，恰巧無心中又將藤盤平住。及至二次將虎捆好，因得了雷春允准，心裡頭一高興，忘了存身的藤盤雖人，並不穩固。剛將虎套好，喊的一聲，「爹爹拉吧。」雷春便將索往上一提。

虎爪本抓在藤上，又加分量比雷迅沉重，就這一帶一拉之勢，那藤盤整個翻了轉來，同時藤上便起了折斷之聲。雷春手快，崖口突出，黑暗中望不到下面；又因藤上有毒，吊索雖放下去，人卻移開有丈多遠近。聽雷迅下面一喊，以為下面一切準備停妥，雙手微一倒換，便將小虎提起丈許多高，往側面蕩了開去。

雷迅在藤盤上覺著腳底下一沉，虎已離藤而起，直從頭上飛過。那藤盤通體大有數丈，雷迅這時稍一停頓，縱不墜落澗底，也被小虎帶起的那半面藤盤扣壓過來，打落下去，死無葬身之所，雷迅一見不好，也不及出聲喚人，忽然急中生智，仗著家傳身手，握緊雙拳，將氣一提，先就尚未翻的藤盤上用力一墊，又使右腳搭左腳，借勁伸勁，往上縱有數尺。上縱時，這用力一墊，那藤翻得自是更快，只聽咔嚓連聲，雷迅這裡縱起，那半面藤盤也急如轉風車一般，快要翻與身齊。雷迅就勢在空中一個鯉魚打挺，橫轉身來，拳緊雙腳，平著身子，一面提氣，一面用勁往藤盤上一踹。這一踹一蹦，都是勢猛力大。就這一踹一蹦之勁，雷迅早已斜著往上飛去。

畢竟雷春年老英雄，手快耳聰，早就料到雷迅定先將虎救上。因人虎同在一起，孤崖絕壁，黑夜之間，吊索又非直上直下，惟恐悠蕩起來，將人撞倒，所以一上手，便拉起有丈許高。雷迅才剛離藤，猛聽虎嘯中藤上有咔嚓之聲，便知不妙。雷春見那藤盤已向右側蕩去，忙將手勁穩住，往回一帶。雷迅縱起時，恰好那虎在藤上悠了回來，兩下裡撞個正著。若非雷迅天生神力，心靈手快，就這一撞，也是一樣禁受不起。

雷迅身在奇驚絕險中，只知死裡逃生，往藤上的方向撲去。藤下面其黑如漆，哪裡還分得清眼前景物。身在空中，耳旁只聞小虎嘯聲不住，卻無處可抓，剛暗道一聲：「我命休矣！」猛見對面兩點星光，帶著一陣風聲飛來，猜是小虎的雙眼。心想：「反正除此已無活路。」說時遲，那時快，兩下裡業已撞在一起，將左臂撞得生疼，耳聽虎嘯更急。哪敢怠慢，就勢兩手一撈，那索原是上面有吊索繫著，雷迅卻是身子懸空，不上不下，被虎一撞，勢子一頓，幾乎撞落。幸而出手快，落下時不顧生死，上半身往前一撲，總算兩手抓緊虎爪。命在呼吸之間，也顧不得手肩疼痛，只顧拚命抓緊不放。連小虎腿腕的皮都幾乎被雷迅抓穿，疼的那虎越發吼嘯起來。

雷春在上面已聽出藤盤翻轉之聲，方喊：「我兒休矣！」猛覺手上一沉，加了些分兩，心才略寬，還不知雷迅下面涉險，當是人虎齊上，只是先輕後重，不知他使甚法兒，先吊住了虎，再跟著上人。但心終不放，連喊數聲：「迅兒！……」雷迅驚魂乍定，略緩了緩，才答道：「爹爹快拉，孩兒在吊索上呢。」雷春聞言大慰，手裡一緊，不消一會，便將雷迅連人連虎拉到崖上。雷迅先時受驚，倒不怎樣。反是這出險時，用力過度，上來便覺支持不住。喊了聲：「爹爹。」便坐在山石上面，喘息不止。

雷春打開火扇子一看，見他面上蒼白，知道驚嚇太過，舐犢情深，不由又憐又恨。口裡罵了聲：「好一個狠毒的畜生！將我兒害得這樣。」說罷，一舉足，便要往左側走去。

雷迅火光中看出老父神色不善，知他又要去收拾劉義。自己上來後，累得還沒有顧到看清他在那裡，恐一下將他打死。忙喊：「爹爹不要下狠手，兒子還有話說。」一面回身往左側一看，見劉義一手托著一條臂膀，正蹲在身後不遠，不言不動，黑綽綽的，看不清臉色，估量被雷春點了啞穴。倒是雷迅年輕，才一脫險，仇恨全消，反想起他往日交好之情，動了惻隱。口裡喊著，跟著立起身來，奔了過去攔勸。

雷春本打算責罵雷迅一頓，這時見他上來的神氣，哪裡還忍開口。當時恨不得把劉義碎屍萬段。剛走過去，被愛子一攔，聽出聲都帶顫，越發不忍拂他的意思，便住手答道：「他處心積慮，恨不能使你死無葬身之地，你怎還替他求情？」

雷迅氣竭神疲，當時也說不出理來，只說：「兒子要看看他的臉，還想帶他回家，再請爹爹發落。」

雷春怒道：「你自去看來，」說罷，雷迅討過火扇子，打開一照，見劉義滿臉上俱是痛苦乞哀之容，越發心中不忍。轉身對雷春道：「爹爹，請你饒了他吧。」

雷春不由怒罵道：「你還說，連你也是該打。」

雷迅素畏老父嚴正，嚇得不敢出聲，只拿眼望望劉義，伸手拉著雷春的手，仰頭說道：「爹爹，兒子錯了。」雷春摸他小手冰冷，想起他小小年紀，今晚九死一生，不由心裡一酸，說道：「依你，帶他回去處死，與門戶中做個榜樣也好，你受了許多苦，我抱你回去吧。」

雷迅道：「兒子這時已緩過氣來了。這裡還有一人一虎呢，爹爹押著劉義，由兒子拉了虎走吧。」

雷春道：「這般野性的東西，還能乖乖由你帶走？你可過來，趴在我背上，我自有法子。」雷迅不敢違拗，只得過來，一縱身，趴在雷春背上。

雷春左手夾起劉義，右手提起了那隻小虎，步履如飛，往且退谷跑去。一路上，雷迅便將涉險經過一一說出，雷春自是痛惜非常。快要到達不遠，忽聞虎聲四起。雷春道：「這想必是小虎嘯聲引來，都是你給我招惹得麻煩，此處離家不遠，你且下來，待我上前打虎。」這時天已快亮，眼望平原高崖之間，正有三人與七八隻大蟲相持，已然打傷了兩隻，其他卻兀自不退。

雷春略一端詳地勢，先將小虎掛在樹上，然後擇一隱僻之處，放下劉義，命雷迅切勿上前。將身一縱，迎了上去，恰好一隻最大的吊睛白額大虎迎面撲來。雷春讓過虎頭，腳一點，縱起丈許高下，一個順手擒羊的招數，抓住那虎的項皮，剛得落地，又有一隻半大不小的黃虎躥到面前。雷春頭一低，偏身讓過來勢，左手撈住虎腿，大喝一聲，一手一虎，便往虎群中掄圓了打去。那虎雖然厲害，哪經得起這般神威神勇，頃刻之間，俱都負傷逃散。雷春手中兩虎，也已奄奄一息。雷春喝道：「去吧，省得留下你，我兒又搶吃虎肉停食。」說罷，順手一扔，將牠們各扔出去四五丈遠。一隻小的，已是被雷春舞得天暈，趴伏在地，不能轉動，那隻大的，也是凶威全滅，和帶病垂死的母豬一樣，緩緩往林中逃去。

這打虎的三人，正是蔡沖同了先去的兩個同門。也因跟蹤雪中腳印，追趕劉義，中途失了足跡，只得趕到古楠坪，把劉義平時和雷迅常去的隱僻之所全都找遍，也沒見人，不得已折回來，想改道搜尋，不想誤入岩洞虎穴，驚動群虎，鬥將起來。一見師父親自到來，忙即上前相見。雷春略說了兩句經過，便去將雷迅、劉義尋來，放下樹上掛的小虎。蔡沖等見雷迅無恙，劉義被擒，自是心喜，連忙幫同將人、虎一齊帶回。

回到家中，雷春先解了劉義的啞穴，命人綁起，才同眾人入內落座。雷春本想將劉義處死，清理門戶。雷迅一見劉義滿臉乞哀之容，心中老大不忍。便走近前去，跪在雷春面前，口中直說：「爹爹念在他相隨多年，饒了他的狗命吧。」

雷春明知這人一放出去，便是後患。一則愛子生還，氣已漸消；二則劉義行為雖然可惡，但平時看待雷迅，隨眾服役，也不無勞苦，只因學藝心切，一時忍耐不住，起了毒意，究非挾嫌圖報者可比；三則新年初一早上便出這般慘事，也是無趣。自己已是洗手多年的人，凡事但有命定，怕他異日為害何來？當下便對劉義道：「你這業障，我自問待你不薄，你卻對我兒子下此毒手。本當將你殺死，但我已洗手多年，不願再傷生害命。寧可你不義，不願我不仁，我今饒爾這條狗命。此去如能洗心改過，及早回頭，自會轉禍為福，否則，我見得人多，料你早晚難逃報應。如有本領，只管來此尋仇，為善為惡，任憑於你。蔡沖將他放了綁索，由他去吧。」眾人雖然不服，知道師父言出如山，不能改悔，只得將劉義放了。

劉義忍痛爬起，重向雷春跪下道：「弟子身受掌傷，右臂已廢，怎能為人？弟子一時愚昧，罪該萬死，蒙師父開恩，才免一死。如今王元度他們在外未歸，此去恐怕狹路相逢，必難容讓。還望師父大發鴻慈，貼點靈藥，給弟子右臂醫治復原，再派一位師兄護送弟子出山。此後有生之日，皆感大恩，必定悔過為善，痛改前非。」說罷，叩頭不止。

雷春掀髯微笑道：「你這廝太已夢想了。我對人從不願下毒手。我因見你惡行未彰，才跟在你的身後，原想一則跟尋我兒，二則看你天良到底喪盡沒有。你如到了那裡，依著將我兒好好放回，足見你真是學藝心切，並無歹意，我豈止不對你下此毒手，還許告誡一番，臨別贈言，傳我掌法。後來跟到崖邊，見你將一幼童陷身在危崖孤藤之上，已然恨你非人類所為。你索性遷怒於他，想弄斷孤藤，使他死無葬身之所。那時事在危急，我才不得已，用那七步劈空掌斷了你的右臂，饒你不死，已是萬分便宜。漫說我那掌法輕易不用，打上便無解救；縱有解救，豈肯依你？你如懷恨，有本領，只管尋我父子，別的休想。如怕遇上王元度，他也和蔡沖一樣，受你之愚，你由正路出谷，並不同路，怕他何來？他們見我饒你，已是心中不服，如再命他們護送，雖奉我命，不敢違拗，萬一走在路上，你二人言語失和，爭鬥起來，他們寧願向我領責，代我除此敗類，豈非又是你的禍事？我和你師徒之義已絕，給你留點記號，使你觸景生悔也好，毋須多言，速行為妙。」

劉義知一條右臂已然絕望，心中終恐王元度等心直手快，路遇不便。因隨雷春多年，深知性情，倏地立起身說道：「要是師徒義盡，我也毋須多說。我也不知甚改悔，善我者為善，惡我者為惡。斷臂之仇，終究必報，多則十年，少則五載，還須來此請教。今日你留我命，異日我也不殺你的兒子。如免後患，請快殺我，決不皺眉。」言還未了，雷春雙目一瞪，厲聲喝道：「無知業障，還敢狂言！暫留你十年活命，十年不來，自有我門中人去尋你，今既放你逃生，哪個敢攔阻，我也斷他一條臂膀。倒要看你這仇是如何報法？」

劉義聞言，不再答話，獰笑一聲，捧著一條斷臂，便往外奔去。眾人好生氣憤，也都莫可如何。正在互詢別後之事，忽見窗戶通紅。蔡沖奔出一看，見是豬圈旁草垛失火。

原來因為那隻小虎擒到家時，雷迅知道那虎在崖下困的時候已久，必定腹饑已極，因為忙著審問劉義，便托一個同門名叫徐進的解了虎綁，將頸項繫住，牽往廚下，叫管廚的人給牠一點吃食。

那管廚人名叫王和，做得一手好菜，孤身一人，跟隨雷春已有多年，也會一身好武藝。雷春入山歸隱時節，原定山中飲食耕作，都由自己和眾門人親自料理，不帶傭人。王和不捨舊主，執意定要跟來。雷春見他誠懇，便帶了來，命他掌管大傢伙食，也和眾門人一般待遇。王和性最貪杯，三十晚上辦完了經手的事，喝了個酩酊大醉，回轉廚下，便自醉倒。睡夢中被徐進喚醒，見帶來一隻小虎。徐進人本粗豪，忙著要到前面去看審問劉義，匆匆交代完了便走。王和宿酒未醒，勉強起身，給了那虎大半隻生鹿腿，迷迷糊糊地，牽往豬圈以內。見天色已明，便自回來，管理初一朝宴，也沒想虎豬怎能同在一起。那小虎原本餓極，吃完鹿腿，意還未足，一眼看見圈內還有肥豬，一發威，縱起便撲。那些豬原都伏臥在地，小虎一進圈，有那醒的先已嚇跑。那幾個臥倒的，這時也都醒轉，嚇得往外亂竄。恰巧草垛旁昨晚所點的天香不曾熄滅，被豬帶起餘火，拱入草垛之中，一會兒工夫便燃燒起來。幸而相離水源甚近，草垛孤立，不近房屋。眾人身手矯捷，人多手快，沒有多少時候，便即撲滅。

雷迅聽說火是小虎引起，連忙跳將出去。雷春猛地想起王元度等尚在外面，歸來如見谷中火起，必然疑是劉義所放。雙方所走的路雖然分歧，但是劉義所走之路，谷徑低下，難免不被王元度等在高處望見追去。忙命人喊來蔡沖說：「今早無風，火不難滅。可速帶兩人，順谷口繞過去，將王元度等尋回。我等著火滅之後，團拜吃酒，如遇到劉義，誰也不許攔阻，由他自去。」蔡沖領命追出，果然在谷口遇見王元度等正和劉義爭持，便傳了師命，將劉義放走，一同回來，火已全熄。

雷迅出去，原是安頓那虎，又給牠尋了許多食物，打好樁子。那虎見了雷迅，竟和見了親人一般，甚是馴善。雷迅安排妥當，便遇見那癩頭花子和那少年，所以耽誤了些時候。雷春因他事非無故，也未處罰，仍命隨坐，眾人見師父吩咐不要拘束，一個個眉飛色舞，互說昨夜今朝之事。聽到雷迅那些涉險經過，小小年紀，這般膽智，越發讚不絕口。說是將門虎子，不枉師父一生行俠仗義，有此佳兒。雷春聽了，也是心喜。

師徒歡敘，直到過午未申之交，眾人才行同聲請師父安歇，晚間再行作樂。雷春又留那鏢行四人明早再走，自去安歇。各人熬了一夜，又在酒醉之後，都去分別午睡。雷迅逗了一會小虎，也覺有了倦意，回房去睡到傍晚，才隨眾起來。晚間仍是聚飲談笑為樂。不提。

第二日，雷春才打發鏢行四人回去。由此，雷迅去了一個劉義，卻添了一隻小虎。每日功課完畢，便以馴虎為戲。不消兩年，已訓練得將虎通解人意，隨便指揮。漸後放了索子，那虎也不他去，幾變為家畜了。

那姓李的少年，乃本書一個主要人物，日後自有交代。

光陰易過，轉眼便是數年。雷迅本領自是與年俱長。雷春入山時節，年已七十。雖說天賦、本領俱都高出常人，但是八九十歲的哀翁，終久不似少年時代英勇。自知來日苦短，便把平生絕技，一齊傳與雷迅和蔡、王、李等幾個得意門人。這時門下弟子，藝成出山的已然不少，只有蔡、王二人和老伙房王和相隨。

起初雷春以為劉義為人極狠，自從一去，又不聞音信，算計他必在別處苦心學藝，學成前來報仇。惟恐自己年老趕不上，除將七步劈空掌傳授雷、蔡、王、李四人外，又把劉義仇家始末根由和異日狹路相逢怎生對待，再三囑咐。及至過了七八年，仍未聽人說起，大家漸漸忘卻。

雷迅每日無事，便騎著那虎出遊。有一天追趕一隻逃鹿，追至金鞭崖附近，遇見方氏兄弟，一談之下，甚為投機。一來二去，便結了異姓兄弟，兩下裡時常常交往，情勝骨肉。雷迅不似方氏弟兄，出門有許多顧忌，一來常住上好幾日，才行別去。雷春見了方氏弟兄的資稟，非常期許。兒子交了這樣的小友，自然很是心喜，於是也時常傳授他弟兄二人武藝。又屢次想和銅冠叟相見，俱值銅冠叟他去。而銅冠叟久聞雷春當年盛名，也是未得其便。二人彼此欽佩，已非一日。

雷迅和方氏弟兄往還沒有多日，方環便引介了司明，又將昔與甄濟、元兒結拜之事告知。並說元兒天生神力，如何英勇，及怎麼獨誅異獸、巧得寶珠等情。

從古惺惺惜惺惺，雷迅早把元兒存在心裡。這日又獨自騎虎來訪，與方氏弟兄、司明三人，白日在山中打了許多野獸，晚間暢談到夜半。司明被銅冠叟喚去，雷迅便住在方氏弟兄家內。小弟兄三人安置了方母，抵足同眠，正為元兒失蹤之事憂疑。

忽見司明急奔進來，見了三人，喜叫道：「裘哥哥來了，差點沒被我看錯，用暗器將他打死。身上受了好些傷，你們還不快起來看看去？」言還未了，方環首先從石榻上跳起，披了衣服，下床就要往外跑。

方端道：「你先別忙，母親一人在家，也須商量商量，留一個人看家呀？」

方環正要答言，方母已經驚醒，聽說元兒尋到，十分心喜，便在隔室出聲，喚方氏弟兄進去，說道：「你元弟本非夭折之象，尋到乃是意中之事。只是你們好久不曾見面，他又受了傷，理應前去看望。我近日服藥，已能下床轉動。相隔不遠，只要把洞門堵上，同去無妨。」方氏弟兄應了出來。說與雷迅同去，因那虎業已長大，雖說養馴，放在生人家中到底不便，便一同帶了前去。

三人見了元兒，方氏弟兄自是悲喜交集。大家引見之後，元兒忽然失聲叫了一聲。方端問是何故，元兒道：「我那兩口寶劍呢？」

銅冠叟正在隔壁調藥，聞言出來說道：「適才你墜崖時，背肋骨上所受之傷，便是被那劍磕了一下。我雖知是件寶物，因為忙於救你，還未及細看，已然替你收藏好了。」

元兒答道：「劍還尚在其次，如今甄大哥還在山洞那邊，我原是用這兩口劍攻穿洞中晶壁，鑽了過來。記得走有一整天，曲曲彎彎，高高下下，也不知有多少路程。他一個人困在那裡，吃的已然完了。四面大水，又沒有野獸可打。洞中晶壁業已坍塌，恐原路已過不去，還望恩師想個主意，救他一救。」

銅冠叟道：「你傷勢尚未痊癒，此時操心，徒自勞神，無濟於事。你說能用劍穿了過來，想必能去。否則，造一個木筏，順水源渡了過去，也能將他救出。」說時，司明已將寶劍取來，拔出與大家觀看，俱都讚歎不置。

一會，大家吃完了宵夜，元兒又敷了傷藥，仍然互談別後經過，彼此問長問短，誰也不捨離開。元兒除肋骨一處硬傷外，餘處俱是些浮皮鱗傷。只因整日勞累，備受苦難驚擾，氣力用盡，暈了過去。及至服了銅冠叟的藥，加以地頭到達，好友重逢，仙山咫尺，不久便可稱心如願，人逢喜事精神爽，不由心花頓放，痛苦若失，哪還覺得疲倦。

還是銅冠叟說，元兒仍須靜養，逼著眾人去睡，才行依依而別。

第二日一早，方端、雷迅還因元兒傷重，不肯前來驚動。方環哪還睡得著，天一亮，就藉故溜了出來。見司明獨自在外劈柴，一問元兒，才知尚在安臥。又得知銅冠叟已下山。

原來銅冠叟因恐元兒父母掛念，昨晚遣散眾人，收拾了收拾，便將元兒應用之藥取出，交派司明，吩咐到時應用。並說：「昨晚之言，乃是安慰元兒。甄濟被困的夕佳巖，山路險惡，相隔遼遠。元兒攻穿洞中晶壁過來，不但是少年無知，行險僥倖，萬死逃生，乃是便宜，可一而不可再；而且洞壁已塌，碎晶、砂礫，鐘乳堆塞，除非五丁開山，人力豈能通過？甄濟不是愚人，縱因水困，不能尋求出路，兩三天內決餓不死。凡事均有命定，否則元兒怎能死裡逃生？那夕佳巖離百丈坪並不甚遠，他二人原是不明路徑，誤走螺旋谷，以致迷失。友仁夫妻近日掛念愛子，無有音信，必定寢食難安，不如由我先去環山堰報個平安。一則使友仁夫妻安心；二則可以順路取回那條小舟，到甄濟陷身之所，相機將他救出，豈非一舉兩便？此時不許驚醒元兒，由他安臥。」說罷，連夜走去。

方環聽司明說罷，覺出銅冠叟對甄濟甚是淡然，也不知是何原故。心念元兒，入內一看，見元兒尚在酣眠未醒，知他昨日飽受險難勞累，不忍驚動。自己也是一晚未睡，便在他枕側隨便躺下，不多一會，便也沉沉睡去。

二人睡得正香，忽聽外面有了呼喝之聲。元兒首先驚醒，一聽是司明在外面啞聲啞氣的呼喝。一看方環，睡在身旁，推他兩下，沒推醒。因司明呼聲甚緊，疑心出了事故，便一回手，取了石榻裡面的雙劍，縱下地來。同時方環也已醒轉，見元兒赤身下地，剛說得一聲：「你身上傷還未癒，留神冒了風。」

元兒匆匆答道：「你聽明弟在岩洞外面那麼急喊，還不去看看去？」說罷，不俟方環答言，往外便縱。方環也聽出司明喊聲有異，似在和人爭鬥，連忙縱身下榻。一眼看見牆上掛著司明用的一根鐵矛，順手拿起，也跟著縱將出去。

元兒首先到達外面，耳聽風聲呼呼，見司明手持一柄單刀，正與離頭數尺高的一隻大鳥在那裡苦鬥。定睛一看，正是那日在洞中所遇的那隻怪鳥。再看司明上身穿的一件短褂撕成了兩片，鳥毛撒了一地，業已鬥得氣竭聲嘶，縱跳散漫。那怪鳥橫開雙翼，大有一丈七八，紅喙藍睛，獸頭紅羽，利爪如鐵，比起那日在黑暗中所見更為凶猛，兀自追逐司明不捨，就這一轉眼工夫，司明已有兩次幾乎瀕於危境。元兒一著急，也不顧身上傷處疼痛，吼叫一聲，拔出雙劍，丟了劍匣，一個黃鵠沖霄，縱了上去，迎著那怪鳥，當胸便刺。

司明原是洞外劈完了柴，正遇方端、雷迅走來，一同入內。一看元兒酣臥未醒，方環也在枕側熟睡，正要出聲呼喚，方端攔道：「環弟一夜未睡，清早就跑來了，我怕他將元弟吵醒，才趕了來，喚他回去，早飯後再來。元弟傷尚未癒，他也一夜未睡。難得他二人俱已睡熟，且莫喚醒，由他二人睡夠，起來就在這裡一同吃飯。母親已起，很想看看元弟。我和雷大哥回去，服侍母親吃完了飯，再回來接他們吧。」

司明答道：「爹爹走了，他二人又睡熟，我無事做。把大哥的虎借我騎騎，我去打隻肥鹿來，少時我們好在山澗旁吃烤鹿肉，款待元哥。」說罷，三人走了出來。雷迅喚過洞外伏臥的老虎，囑咐了幾句，將虎交給司明，便隨了方端回去。司明掩好洞門，騎了那虎，逕去擒鹿。

那虎原已訓練得深通人性，司明、方環時常騎著滿山遊玩。司明騎著虎，往那素常有鹿的地方跑去。走沒多遠，便遇見三隻肥鹿在林中啃草，一見虎來，駭得分頭如飛跑去。司明撒手一鏢，沒打著。連忙跳下虎背，命虎去追。自己卻往來路上逃走的另一隻追去，不覺追離金鞭崖只有里許多地。那鹿時時駭顧，穿山越嶺，縱步如飛，終未追上。

司明生長深山，熟悉群獸之性，知道鹿性多疑，無論逃走多遠，仍要奔回。又加與虎背道而馳，虎仍沒有擒鹿回轉。便學雷迅平時喚虎的聲音，喊了兩聲，虎仍未回，於是將身藏於暗處，一手持刀，一手持鏢，靜等那逃鹿回來，打個現成。

第六章　驚逢錦蛟

話說司明等了不多一會，遠遠望見先逃走的那隻鹿，似彈丸脫手一般，拚命從原路奔回，轉眼到了面前，司明更不怠慢，往林外一縱身，朝鹿頭出其不意，迎頭就是一刀。

那鹿也甚機警，一見又有敵人，猛地將頭一低，那刀砍在角上，將一支長有三尺、叉枝紛出的鹿角整個砍落下來，卻未傷著鹿身。那鹿受了一驚，撥頭又往來路奔去。司明左手揚處，一鏢正打在鹿的胯上。那鹿帶了鏢，便往前逃走。司明見一刀一鏢，雖未打中要害，那鹿受傷以後，已不似先前迅捷，如何肯捨，順手拾起地下鹿角，拔步便追。

眼看追離所居岩洞不遠，忽聽風聲呼呼，空中怪聲大作。抬頭一看，正是那日和方環在岩後追逐野兔時所遇的那種怪鳥，知道這東西厲害非凡。那日二人合力與怪鳥鬥了半天，各人身藏暗器俱已用盡，正在危急之際，忽然空中一道白虹飛過，才將怪鳥驚走。

後來銅冠叟知道，再三警戒，說那鳥專吃毒蟒猛獸，擊石如粉，性喜復仇，千萬不可輕敵，便已存了戒心，不想今日又在這裡遇上，因吃過苦頭，不敢造次，忙將身往岩石後面一躲。

就這一轉念工夫，只見那隻逃鹿因逃得正緊，迎頭遇見那隻怪鳥疾如翻風飛來，知道不妙，轉身想逃，哪裡能夠。倉惶駭顧之間，那鳥已闊翼橫空，自天下投。那鹿情急奔命，將頭一低，昂著半邊獨角，便向怪鳥撞去。這一來，無殊雞卵敵石。怪鳥一聲怪嘯，理也不理，一雙鋼爪，一隻抓緊鹿頭，一隻抓緊鹿背，全都深陷入皮肉裡面。兩爪一分，那鹿喲喲兩聲怪叫，立時骨分肉裂，血花飛舞，死於就地。怪鳥鋼爪起處，血淋淋一副鹿肝腸，早到了怪鳥嘴中，只聽咀嚼有聲，轉眼到了肚裡。

司明見怪鳥這般凶惡，正在暗中戒備，想等牠飛走，再行出來。誰知那隻怪鳥正為日前吃了方環、司明的苦頭，前來報仇，吃了鹿臟腑，一望仇人不在，飛身起來尋找。

怪鳥不但目光敏銳，而且機靈異常，飛起不過數丈，一眼看見司明藏身石後。便在空中盤旋了兩轉，倏地翻身束翼，直往司明藏處投去。

司明原也恐怪鳥飛高，看出形跡，故將身緊貼岩石，不敢探出頭望。猛聽頭上風聲，知道不好，忙將身往側縱開，便聽嚓的一聲。回頭一看，適才藏身處的一塊岩石碎裂如粉，火星飛濺，怪鳥已經飛來。知道躲已無用，只得仗刀且逃且鬥。鬥來鬥去，鬥到洞前石坪之上，經了好幾次奇危絕險，俱從怪鳥鐵喙鋼爪下逃出活命。那怪鳥身上也受了好幾刀，越發忿怒欲搏。

這時司明暗器業已用盡，正在危急之間。最後一次剛剛避開怪鳥雙爪，縱出去兩丈遠近，腳才立定，怪鳥又飛撲上來。司明聽見腦後風聲，百忙奇險中，忘了怪鳥慣於直飛直撲，不善側轉。一時情急，忘了往旁縱開，不敢回頭，逕往前面縱去。耳聽風聲越近腦後，剛喊得一聲：「我命休矣！」正值元兒赤身飛出，一見司明危機頃刻，怪鳥的一雙鋼爪飛離司明頭上不過數尺，一時情急，大喝一聲，縱起兩丈多高，一擺手中雙劍，直朝怪鳥當胸刺去。

那怪鳥來勢原本異常迅疾，眼看仇人就要膏牠爪牙，不料日光之下，兩道光華疾如電閃一般飛來。想是知道寶劍厲害，忙將兩翼一張，往上飛起。因是出於不意，饒是飛騰敏捷，也禁不住元兒天生神勇，噗的一聲，鳥脯上早被元兒右手的劍刺進半尺多深，鮮血如泉，隨著劍光直射下來。

那鳥受傷護痛，越想逃避，斜著左翼，往上便起。同時一片左翼直往元兒頭上掃過，離頭也只二尺光景。因為身體太大，鳥翼更寬，帶起的風力非常之大。元兒原是不顧命般縱起，力大勢猛，沒有退路，急速之中，彷彿劍尖刺入鳥身。

就在這身子懸空，欲落未下之際，猛覺一陣急風掃來，眼前漆黑。知道不好，撤回右手劍，護著面門，左手劍不問青紅皂白，高舉著往上一撩。耳聽咔嚓咔嚓連聲，接著又是呱的一聲怪叫，無數條黑影似亂箭一般從頭頂上打下來。元兒心內一驚，手中雙劍一陣亂舞。就在這時，黑影已從元兒頭上閃過，身子也已落地。日光照處，彩影紛紛，撒了一天五色碎羽。再看空中，那隻怪鳥業已穿雲而逝。

原來那怪鳥本是個通靈之物，看出元兒劍光厲害，急於逃遁。無奈直飛勢疾，只得側翼翻翔。誰知被元兒左手劍往上一撩，那片右翼梢正齊劍尖迎刃而過，元兒這兩口寶劍乃是異寶奇珍，漫說怪鳥身上的羽毛，就是精鋼堅玉，遇上也是一揮齊斷。還算怪鳥機靈，飛翔得快，元兒又為牠聲勢所驚，沒顧得看清下手，上下相去又差，否則那片右翼怕不被整個削斷下來。

怪鳥連受元兒兩劍，正負痛昂首，沖霄直上，又遇方環趕出洞來，一眼看到司明身在危境，元兒赤身縱起，俱都壓在怪鳥黑影底下。只是日前吃過怪鳥苦頭，不敢像元兒一般冒昧上前。一著急，右手兵刃，左手暗器，全都用足周身力量，朝怪鳥當胸打去，一一打個正著。那怪鳥不顧尋仇，負傷逃走，轉眼沒入雲際不見。

司明初時自知必死，忽遇救星，驚魂乍定，回身一看，從怪鳥身上削落下來的碎羽正在紛紛落下，鳥已飛逝。元兒赤著身子，手中雙劍還在亂揮亂舞。彩毛紛飛，映著日光，甚是好看。猛想起元兒傷勢尚未痊癒，為救自己，赤身當風與怪鳥拚命，不由感激萬分，口裡喊著：「哥哥！」如飛跑了上去。元兒同時也看出怪鳥逃走，便收住勢子。

司明跑上前去，一把抱住，說道：「哥哥，該用藥啦。」

方環也趕了過來，正要說話，忽聽一聲虎嘯。回頭一看，石坪下面正是方端、雷迅，一個跨虎，一個步行，飛也似奔來到了面前，見元兒手持雙劍，赤身站在當地，地下鮮血淋淋撒了一地的鳥羽和兵刃暗器，早已明白了一多半。

方端便道：「元弟傷後用力，外面有風，看傷口著了風不妥，我們家裡說去。」

五個小弟兄到了室中，元兒穿好衣服，一談經過，才知雷迅隨了方端回去服侍方母用完了飯，想起司明借虎前去擒鹿，已有好一會工夫，人、虎均未回轉。知道司明素常心粗膽大，作事顧前不顧後，一定又是跑出老遠，忘了回來。元兒傷後需人照料，方環也是和司明一樣的不解事。兩個人一商量，便稟明了方母，前來看望元兒。

方、司兩家所居全是天然岩洞，雖然都在金鞭崖左近，但是司家在山前，正當崖下，方家卻在山後，隔著一道崇岡，想去也有二里來路。洞裡頗深，不大聽得出外面的聲息。

所以前山人鳥相爭，打得那般熱鬧，二人先在洞內服侍方母，一絲也沒覺察。剛一出洞，雷迅見自己騎的那隻金黃虎，飛也似地從側面坡下樹林之中奔到面前。再望虎的來路，並不見司明影子。暗忖：「這隻虎養了多年，已知牠的性情。每逢由外回來，見了主人，老遠便會叫，今日卻怎麼噤口無聲？」正轉念間，猛覺身後衣衫一動。低頭一看，那虎正啣著衣角，往回裡拉呢。雷迅心剛一動，便聽方端道：「大哥，你聽這是什麼聲音？」

雷迅側耳聽了聽，一陣呼呼之聲發自天空，彷彿大風被前山擋住，只聽響聲，不見草木吹動。這時二人正走過崖側，那虎仍口啣著雷迅身後的衣服不放。雷迅將手扯著衣角，喝道：「畜牲，還不鬆口！」言還未了，猛一抬頭，看見前山天空一隻怪鳥，正在上下回翔，似要相機凌空下擊，下面正是司家所居岩洞外面，不禁咦了一聲。方端原知日前司明、方環鬥鳥之事，聞聲順雷迅指處一看，喊聲：「不好！」拔步便往前山奔去。雷迅因座下虎快，忙回洞中取了二人兵刃，隨後趕來。剛剛趕上方端，遞過兵刃，怪鳥已被元兒刺傷，破空遁走。

人家見面，同回洞中，看了看元兒傷勢，一夜工夫，已然結疤，將近痊癒，俱各心喜。五人一齊動手，弄了飯吃，元兒便說甄濟尚被困夕佳巖，約了大家前去救援。司明將銅冠叟行時之言說了。元兒天生俠腸，固是不忍坐視，恨不能早將甄濟接來才好，就連方氏弟兄與雷迅，也覺應該早些下手為是。司明原是好事的人，只因銅冠叟行時再三囑咐，又顧著照料元兒，不敢妄動。一見眾人都一樣心思，自是起勁。便對眾說道：

「三哥昨晚逃出來的山洞，今早我無事時，曾親自去看過，那洞裡俱是些水晶沙子。我們須帶上掘的傢伙，將那沙子掘通，才能過去呢。」

方端道：「那洞如盡是石鐘乳結成，雖然碎裂，想必不致成粉，萬一盡是粉沙淤塞，想要通過，恐怕就辦不到了。我們既是異姓手足，人力不可不盡，且到了那裡再說吧。」依了眾人，俱主張元兒在家靜養，由眾人將洞掘得有點樣兒再去，元兒哪裡肯聽。

一行五人，各持鍬鋤器械火把，只元兒一人持著雙劍。元兒到了昨日出洞之所，仍從石隙縫中縱身下去。走到晶壁前面，見晶砂碎石堆積滿洞，費了好些氣力，才掘通有兩三丈。前面又是許多大小長短不等的碎鐘乳阻塞去路。

方端道：「這片晶壁，聽元弟說，足有十幾里路深長，兩洞相通好幾十里。也不知他怎樣僥倖過來的，全洞晶壁崩塌，竟未將他壓傷。但盼前面俱像這裡，只要有整根成塊的鐘乳晶石，便有空隙可以鑽過，雖然行險，還有打通之望。」
五人一路談笑動手，有空便鑽過去，沒有空便用器械兵刃去掘，又打通了有里許多地。司明急道：「我們掘了這半天，共總打通了不到兩里路，這要多晚才走到呢？」
方端道：「話不是這樣說。誰還不知道洞不易通過，只是甄大哥陷在那裡，多麼困苦艱難，也不能置之不管，看神氣，縱能打通，今天也辦不到了。」
雷迅道：「畢竟老年人算無遺策，說不定我們暗路打通時，他老人家已將人救出來了呢。」
正說之間，前面忽現一片斷晶，高有三丈，插在當地碎砂之上。方環在前，用手輕輕推了一下，便已劈面倒來，震得沙石驚飛，冰塵十丈，手中火把登時熄滅。只嗆得五人鼻口都難出氣，火也點不起來，耳中只聽一陣轟隆崩塌之聲。五人只元兒一雙火眼能及幽微，餘人困在黑暗之中，前後左右都是砂粉堆壅，中夾碎晶鐘乳，鋒利如刀，俱都蒙頭護面，隨定元兒手上兩柄劍光，不敢妄動。過了半個時辰，方才聲止塵息，鬧得眾人頭頸之間俱是灰沙。還算當時奔避得快，沒有人受著大傷，討了便宜。於是各人二次鼓著勇氣，點燃火把，重新前進。
這裡本是晶壁最厚最高之處，正當中心，受震時也最猛烈。幸而方環無心中將那片斷晶壁推倒，洞頂上面壅積的碎晶沙粉失了支撐，雪也似墜將下來，否則小弟兄五個怕不葬身在內。方端因適才洞壁塌陷，前面險難更多，便命方環、司明退後，擎住火把，由自己和雷迅上前。誰知沙厚異常，又軟，掘了下面，上面又倒下來。欲待從上越過，任你有一等輕身功夫，也難駐足。不比先走那一段路，空隙既多，沙堆高不及頂，更有許多鐘乳晶塊支住。

五人仍是不肯死心，以為未必前途俱是這般難走。齊心協力掘了半天，各出了一身大汗，費有三個時辰，算計天已傍晚，還沒有掘通兩丈遠近。尤其是越往前，晶沙越多，高達洞頂，其形如粉，中藏無數細礫碎晶。一不留神，便將手足刺傷，實實無法通過，這才絕了指望，又因時光不早，方氏弟兄恐方母醒來，無人服侍，再三勸住元兒，敗興回去。回路上因適才一震之後，洞中晶石有了不少變遷，又經過不少險阻艱難，才得到家。

元兒隨了方氏弟兄，先去拜謁了方母，方母自有一番溫慰。小弟兄五人因銅冠叟未回，由司明回去將洞門堵好，取了元兒應用的藥，同在方家食宿，日間鹿未打著，雖有一隻死鹿，知道鳥爪有毒，不敢亂吃，便在方家隨意做了些飲食吃了。

大家累了一整天，各帶著一些零碎浮傷，服侍方母安歇之後，談了一些別況，彼此都覺疲乏，便同室分榻而臥。準備明日接回甄濟，等銅冠叟回來，見面問明就裡。元兒傷勢全好，亦須專誠齋戒，到金鞭崖上拜謁矮叟朱真人。

第二日，天方一亮，元兒首先起身，喚起眾人。匆匆做了早飯，飽餐一頓。留下方端服侍方母，完了事再去。又備了許多火把，帶了用具，再往通夕佳巖的洞中挖掘。有了昨日前車之鑒，雷迅知道欲速不達，躁進只有危險，決計今日用漸進之法。到了洞中，先將那些壅積的浮沙掘去，通一段是一段，不似昨日一味亂鑽。這一來雖然比較穩重，但更費手腳，進行越慢。元兒心中焦急，但是除此之外，又無別法，只得耐心動手。

一會，方端趕來幫助挖掘，無奈相隔太長，掘了一日，僅僅將昨日那一段長有里許、晶沙碎粉堆積之所開通，前路相隔還是甚遠。所幸過去已見殘斷鐘乳晶柱，可以穿行。

雖然有的地方仍是浮沙堵塞，大都不似先前費手。

又通出去有二三里遠近，洞徑雖比來路開通較易，沿途所見斷石碎乳卻從頂壁飛墜。暗洞幽深，炬火搖搖，宛如地獄。稍一不慎，打上便是腦漿迸裂。五人都提著心，耳目手足同時並用，越顯勞乏，元兒還在支撐，雷迅、方端已知絕望，算計天又近黑，便勸元兒道：「前面的路，雖然掘起來比較省事，但是頂壁間的晶乳俱已在前日崩裂，稍一受震，便即斷落下來，一則危險太大，二則相隔尚遠。據我看，再過幾天，也未必能通到夕佳巖。有這些工夫，姑父已將甄大哥接了回來，大家白受些累不說，倘或人沒接成，死傷了一兩個弟兄，豈非反而不美？與其鬧出亂子，後悔無及，何如停手等候姑父的回音？我們心已盡到，勢所不能，有何法想？」

元兒人本聰明絕頂，雖覺二人之言有理，只猜不透這些有血性的異姓骨肉都是一樣結拜金蘭，為什麼厚於自己而薄於甄濟？連銅冠叟那麼古道肝膽的人也是如此，前晚聽見甄濟父母遭困，流離逃亡，一些也不在意；對於自己父母僅止一點思子憂急，卻那樣的關心。心中好生不解。

正在這時，忽見離五人站處不遠，適有一根大如橫樑的斷鐘乳，帶起磨盤大小的幾塊山石，從洞頂飛墮，碎晶崩濺，沙石驚飛，聲勢甚是駭人，五人差點被它打中。前途更有一片轟隆崩塌之聲。元兒知道情勢太險，再挖下去，難免傷人，這才望著前面歎了口氣，含淚隨了眾人回轉。出洞時節，業已月光滿山，涼華如水。

行近方家，方母正在扶杖倚門而望。方氏弟兄忙奔過去，扶了一同入內。晚飯後，元兒暗想：「甄濟今日必然絕糧，也不知連日釣著了魚不曾。」心裡憂急，不禁形於顏色，言笑無歡。方母笑道：「這孩子天性真厚，無怪朱真人賞識他。只是你這般擔心你甄大哥，如果異地而處，只恐他未必能如此吧？」方端聞言，含笑望了方母一眼，方母便住了口。

元兒聽出話裡有因，又不便詢問，好生疑惑。正在沉思，忽然一陣微風，風簾一動，燭影搖搖，猛地室中現出一人，哈哈笑道：「我算計你們都在這裡，連家都未回，便奔了來。果不出朱真人所料，仙柬所言，竟成真事了。」

這人突如其來，除室中諸人見慣外，元兒自服靈藥，目力已異尋常，早看出來人正是師父銅冠叟，連忙隨眾上前見禮。

見甄濟沒有同來，心中好生難過。正要開口詢問，銅冠叟落座說道：「我因真人命紀兄傳諭，知道甄濟不是我輩中人，因此對他便淡了許多。所以此行先到元兒家中，見他父母全家俱都安好。談起甄家之事，因仗友仁備金進省為他打點，官雖無望再做，事已大解。

「我還未去前一日，友仁在路上遇見他妹夫羅鷺，說起元兒現得劍仙垂青，將來必有成就，此時縱有險難，也是逢凶化吉。再加上我去一說，元兒業已到此，更是放心。還送了我兩家許多禮物，我懶於攜帶；又因甄濟總算與你們有一拜之情，此時若早導之入正，未始不可匡救，夕佳巖四面水圍，多帶東西不便，因此酌量取了些食用之物，打了這一個包裹，便往百丈坪尋著那只小船，逕去救他出困。

「誰知到了那裡，水已減退，可以步涉而渡，我便疑心他既行將絕糧，看見水勢一退，必然覓路出走，未必還在那裡。趕到夕佳巖，進洞一看，哪還有人，只留下用炭灰在牆上留的幾行未寫完的字跡。大意說是被困荒山，絕糧垂釣。元兒忽然撿著明兒用的暗器，執意入洞，探尋出路，勸阻不聽。結果將他二人同得的兩口寶劍帶去，從此一去不歸。兩次秉火入洞尋覓，洞既幽深奇險，又有怪鳥潛伏，未次行到盡頭，歸途幾為怪鳥所傷。也不知元兒死活存亡。只可惜那兩口劍，當時因為元兒年小，不得不屈意相讓。頗有惋惜失劍之意，對元兒死活並不在意。末後又寫當日水忽大減，現往鐵硯峰拜謁仙師，元兒如歸，可往那裡尋找等語。這幾行字似是寫而未完，忽遇人來，將他引走。臨行又恐元兒尋去，留下那麼幾個字。

「元兒得劍經過，聽前晚你們小弟兄幾個閒談，我已盡知，他卻存心想攘為己有。元兒如今已和他分開，如還與他同在一起，早晚還不被他明誆巧奪了去：即此一端，我已看出此子心術不正。還有那鐵硯峰深藏在青城盡頭山嶺之中，乃是一干有名邪教盤踞之地。為首一人名喚鬼老單午，手下有十二傳宗，三輩門人。善於役使異獸，殺搶淫虐，無惡不作。他既說往鐵硯峰去，引他的人必非端士。而且他此番逃竄荒山，原為父母被難，想到百丈坪尋我給他想個好策，他卻一心在元兒所得的兩口劍上，父母被難一字不提，天性之薄，無以復加。雖然惡行未著，已可斷定將來。此後莫說我老頭子不願再見他，就是你們幾個小弟兄，此後也不准再認他為骨肉了。」

薰蕕本不同器。眾人中，有的尚未與甄濟見過，因推元兒之愛，本無情感，自是不在話下。那見過的，如方氏弟兄，當時雖然結拜，不知怎的，總覺對元兒要親熱得多，關心得多；對甄濟也不是存心淡薄，彷彿另是一種說不出來的自然疏遠。再加素常敬服銅冠叟專能觀人於微，又有矮叟朱梅預示，聞言不由便把熱心冷了下來。

只有元兒，一則關係著骨肉至親；二則甄濟是他出生後第一個交的朋友，相處較密，加之天性又是極厚，聞言甚是焦急。眼見銅冠叟談起甄濟，鬚髯開張，滿臉嚴正之容，又不敢勸。從此便把鐵硯峰地名記在心裡，恨不能得便前往察看個究竟，才稱心意。以致後來裘元偷下金鞭崖，大鬧鐵硯峰，三勸甄濟，五劍三童驚鬼老，惹出許多事端，這且留為後敘。

當日因為甄濟失蹤，大家也不再作穿洞之想。又把元兒赤身救司明、劍傷怪鳥之事談了一陣。銅冠叟道：「那怪鳥報仇之心最盛，連番吃了大虧，你們又未將牠除去，遲早仍會再來尋釁。所幸此地與朱真人所居鄰近，如真遇到危急，決不坐視，還令人稍放一點寬心。否則，此鳥飛行迅速，來去無蹤，你們怎能防禦？如今事已辦完，靜等元兒傷癒拜山。趁這幾日閒工夫，等我想一個好主意，等那鳥二次再來，將牠除去；否則，留在世間，終是大患。雷世兄令尊，我久想和他相見，按禮原應我親自拜莊才是。無奈怪鳥為患，這東西性靈心毒，恐我去後，你們幾個小孩子，縱有元兒雙劍，也難期必勝。

「意欲請雷世兄明早回去，請令尊帶了當年所得西天七聖的九種毒藥暗器，駕臨此間。一則大家快聚些日；二則令尊神勇，老謀深算，假使毒藥時效未過，除害無疑。只是我不前往拜莊，卻勞令尊，有些不恭罷了。」

雷迅躬身答道：「家父久慕鴻名，渴思一見。就是小侄此番到來，也曾說起田畝間秋事一完，山居清暇，如老伯在家，令我急速回轉且退谷送信，便即前來拜望。既然老伯連日山中休暇，再好不過。小侄明早騎虎前往，請了家父來吃晌午，還趕得上呢。」

銅冠叟聞言，哈哈大笑道：「我知賢父子俱都脫略形跡。只是這裡草創，侄兒輩不善躬耕，不比你老人家且退谷中百物皆備，山肴野蔬，殊非待客之道，所幸我回來時，友仁老弟送了我兩家不少食物，俱是佳味。還有幾瓶陳年大麯酒，尚堪一醉。就請令尊早些駕臨吧。天已不早，我也回去安歇了。」說罷，又看了看元兒傷口，業已全數結疤，再有三數日便即復原，吩咐司明仍舊到時上藥。因見小弟兄們聚首親熱神氣，甚是高興，便命司明隨了元兒仍住方家，逕自別了方母走去。

銅冠叟去後，小弟兄們服侍方母安歇，退回各人臥處。方氏弟兄又和司明商量，明日怎樣款待雷迅父子，知道雷春也是一個愛吃鹿肉和山雞的，準備明早天一亮雷迅走後，便去後山一帶打獵，雷迅笑道：「你們只顧款待我爹爹，卻不要像那日明弟一樣，遇見那隻怪鳥，回頭鹿肉未吃成，又受了一場虛驚。」

司明道：「那怪鳥也真厲害，我這條小命簡直是元哥哥救的，倒也真不可不防呢。」

方端笑道：「你這般膽大，居然也有怕的東西了，真是難得。」

司明鼓著嘴道：「誰在說怕來，我們死都不怕。不過那東西又大，又飛得快，暗器打上去，跟白打差不多。口裡冒煙，眼光又特別的靈，休看你武藝好，遇上也是白饒，弄巧還不如我呢。你問三哥，別的不說，單是那兩翼風力多大？只要被牠罩上，幾乎把人憑空兜起，兵刃怎能近牠身？那日元哥哥也不知怎麼一個急勁，會傷了牠一劍。據我看，牠上次受傷逃走，去了些日才來的，這次恐怕不會來得那般快法，又有元哥哥同去，牠很怕那雙劍，倘若遇上，難道我們四人還鬥不過牠？」

方端道：「你且莫誇嘴，還是盼不要遇上，等雷老伯來了，與姑父商量好了，將牠除去的好，否則我們又不會飛，遇上終是麻煩。」大家說笑一陣，便各自安歇。

雷迅離家出遊已有數日，急於回去，天未明便即起身。眾人也跟著起床，匆匆將隔夜冷飯弄熱吃了。送走雷迅之後，又給方母備了早點，堵好洞門，也沒通知銅冠叟，各自帶了兵刃暗器，逕往後山一個暗谷之中奔去。

那谷名叫紅菱磴，相隔金鞭崖有三數十里。進谷不遠，便是一大片森林密莽，有不少珍禽奇獸，地形險秘素無人跡。眾人也是發現沒有幾天，因四處環山，一峰中隱，峰頂凹下，兩端翹起，宛如菱角，加上滿峰俱是紅葉，天生磴道，下有環峰山谷，便給它取了這個名兒，發現那天，因為天色已晚，不曾向林中深入。本打算第二天去，偏值銅冠叟歸去，元兒失蹤，大家忙於尋找元兒，沒有顧及。及至元兒到來，方環、司明已幾次說起，要往谷中行獵。一則忙於接回甄濟；二則方端因狹谷形勢太險，野獸不怕，叢林密莽之中，難保不有毒蟲大蟒之類潛伏。故主張結伴同往，不許方、司二人冒險深入，所以一直未去。

元兒早聽方環說起谷中景致和許多奇奇怪怪的走獸飛禽，心中躍躍欲動。隨眾起身時節，因為方端想在飯前趕回，走得甚早，一切齊備出門時，天還沒有大亮，晨光熹微，山谷隱現。深草裡的寒蟲還在一遞一聲此應彼和，匯為繁響，景物甚是幽靜。四人繞過金鞭崖，翻越兩道山梁，一輪紅日才從東方湧現，陽光照處，宿霧漸漸消失。四外大小山巒，全都褪去身上輕綃，現出本來面目。頭上碧湛湛的青天，更沒一絲雲影。只有幾粒大小晨星低懸在碧空中，一閃一閃地放光，越顯得天朗氣清，心神開爽。

四人俱是身輕矯捷，一路談笑爭逐，不消多時，已走出三十餘里路程，忽然前面紫嶂排天，擋住去路，峭壁迎人，勢欲飛壓。近壁之處，矮樹雜出，叢草怒生，當風如潮，起伏不住，高可及人。元兒以為路徑走錯，忽見司明在前，方環在司明身後，略一轉折，逕自往叢草裡面奔去。一時興起，連忙縱步，越過方端。仔細一看，二人所行之路。地面叢草已被人預先割去，開通出一條尺多寬的窄徑。再看方、司二人，也行近崖壁盡頭，仍是一個整的石壁，看不出通行之路，暗想：「這樣高削的絕壁，難道說人還能翻越過去？」

方在轉念前進，猛聽方環驚叫道：「大哥快來，你看這洞是誰堵死的？」說時元兒、方端也相次趕到，仔細一看，見那崖壁通體渾成，石色紅紫斑斕，苔痕如繡，只有近根腳離地尺許的一處石色有異，周圍是一圈不整齊的裂痕；彷彿那裡原有一個六七尺長、二尺來寬、上豐下銳、三角形的石罅，又從別處照樣移來一塊石頭，將它堵塞似的，石隙縫中還有削過的痕跡。

方端詫異道：「那日明弟追撲一隻大墨金蝴蝶，到此不見。後來從蝴蝶逃處，發現崖壁上有這麼一個裂孔，跟蹤進去，蝴蝶雖未尋見，卻尋到那好景致。因想再來，特地將草割去，開了一條小路。怎的地點一絲不差，這通紅菱磴的裂孔卻被人堵死？而且這塊山石，少說也有千百斤，地下卻沒有踏重痕跡，石形又和裂孔一般，如非堵死的人照樣削成安上，哪有這般合適？千斤之石，這人隨意舞動，本領可想。

「那日我見紅菱磴中峰景致雖好，峰下那片森林密莽和三面危崖，形勢卻是幽暗危險，天又快黑，當時就恐有山精毒蛇之類潛伏，不許大家深入。後來明弟他們幾次要來，我俱躊躇。因為元弟失蹤，大家焦急，也忘了告知姑父，今日又有這般奇事，分明谷中藏有異人，看神氣是不願我們入谷擾亂。久聞姑父說，深山幽谷，慣出怪異，我等年幼，知識又淺，多一事不如少一事。這人不說別的，單他這股子神力，我等已非對手，如果懷有惡意，遇上時怎地應付？否則便是谷中藏有厲害毒物，這裡離金鞭崖不遠，朱真人知道我等上次前來，恐日後誤蹈危機，所以用法力將裂孔填好，果真是這樣，更去不得。依我看，莫如回去稟明姑父，商量妥當，下次再來的好。」

司明、方環素來好事，上次沒有深入，已非所願，聞言便反駁道：「你說的話不通。如說這塊石頭是原來天生的，自然是句瞎話。如說堵孔的人含有惡意，那日我等送上門來，豈非現成，何必賊走關門，反啟人疑？至於朱真人愛惜我們，怕我們犯險，不會和上次預防甄大哥變心一樣，預先賜一封仙柬麼？如說有什麼毒物潛伏，既知道，就應該為世除害。這裡離家只有三十多里，早晚遇上，仍然是禍，怕它也不是事，莫如將此石頭弄開，到谷中去察看個水落石出。只要大家留一點神，打了鹿就回家，不見得就會有什麼危險。」

元兒本來好奇，又看出那石是由外塞進去的，更疑心谷裡面藏有什麼靈藥異寶之類，也在一旁慫恿。方端一不拗眾，又經三個小弟兄再三勸說，也活了心。只吩咐此去遇事謹慎，稍有不妙，立刻知難而退。三個小孩自是滿口答應。

當下商量，先將那塞孔的大石去掉。方環、司明各持刀劍掘了一陣，誰知石質甚堅，嵌得嚴絲合縫，不能動傷分毫。方端看出有異；方要出聲攔阻，元兒已將聚螢、鑄雪兩口寶劍拔出，朝石旁縫隙裡砍去。青白兩道虹光閃了幾閃，那石應手而裂，俱都成了碎塊。只得也幫著動手。四人俱是心靈手快，頃刻之間，已將崖孔掘通。司明歡呼了一聲，首先縱了進去，元兒見那崖孔甚厚，走有兩三丈才見天光。出孔一看，果然靈秀幽靜，別是一個天地。走下去約有三四里地，便入谷中，谷徑纖迴曲折，峻崖圍擁。當中一峰，高有百丈，隨著崖勢，晦明變化，石形詭異，不可名狀。

四人一路攀援縱躍，到達峰頂。見此峰東南北三面俱是山環，只西面是一片大森林，黑壓壓一望無際，那些樹俱是千年古木，高幹參天，筆也似直。樹頂濃蔭密罩，枝葉繁茂，一株擠著一株，密排怒生在那裡，氣象甚是蒼鬱雄偉。

方環對元兒道：「入林不遠，藏有一個低崖，崖側有一大深潭。梅花鹿和山雞甚多，常在那裡遊息。還有許多不知名的禽鳥，生著五色毛羽，好看極了，我們捉幾隻回家去養著多好。」

方端道：「今日我見山外堵得那塊石頭，你和明弟也頗有幾斤蠻力，連砍數下，俱未動損分毫。雖然經元弟寶劍砍開，畢竟來得古怪。這裡如有怪異，為世除害固所應該，但是我等俱有老親在堂，豈可輕易涉險？此時我越想越覺不對，依我看，我們急速下去，走到以前去過的地方，得了彩頭便走，想那用石堵孔的人，見石被我們毀去，未必甘休，等午間雷大哥接了雷老伯趕回，和姑父大家商量好了，分出人來埋伏在外面，看清那堵孔的是個什麼樣人物，再作計較。此時仍以悄悄前往，不可深入為是。否則我們只顧在此耽延，今日有客來，不比往常出獵。如過時不歸，一則母親與姑父俱要擔心，二則雷老伯父來了也無人接待。」元兒聞言，首先稱是。司明、方環雖然不願，因方端說得有理，便都默然認可。

四人且說且行，不覺已到峰下，走入森林以內。初進去時還見天光，越往前走，樹木越密，雖在深秋，因為地暖，依然一片濃蔭，暗沉沉映得人眉髮皆碧，共走了有半里之遙，忽然林木漸稀，時有枯木古幹撲臥地上，樹身也不時發現有擦傷抓裂之痕。遠望前面，密林中似有野獸來往。又走幾步，遙聞嘯聲。司明斷定那是虎嘯，說前面不遠便是水塘，肥鹿甚多，大家輕輕掩過去，不要和上次一樣將牠驚走。

言還未了，方端一眼瞥見一隻高大的梅花鹿，頂帶長角，正從身側大樹後面叢草裡驚起。知樹木太多，鹿角礙事，容易擒到，心中大喜。抖手就是一鏢，正打在鹿的後腿上面。那鹿原是在樹隙裡一片淺草地上伏臥，驟聞人聲驚起，又吃了一鏢，越發駭得沒命一般，低著頭從林縫中飛竄過去。

四人當然不捨，隨在鹿後緊緊追趕，沿途林木雖密，偏那鹿生息此間，地形太熟，只管繞著林木飛馳。因有密林遮蔽，暗器不易發出手去，追不多遠，便近水塘。眼看前面逃鹿繞過水塘側那片草原，往對面密林中跑去，經行之處正是一株高有十多丈的參天古檜下面。那鹿剛起步前竄，倏地連身往樹林間四足亂登，喲喲直叫。

司明方要追將過去，方端目光到處，大吃一驚，猛地一把將他抓住。同時元兒也看見樹梢上盤踞之物，便將後面追的方環拉住，一同躲在樹後。司明剛問何故，方端忙一伸手將他口堵住。附耳低聲道：「呆子，你看樹上那是什麼東西？我們還不快走！」司明抬頭定睛一看，原來樹巔上盤著一條似蛇非蛇，又寬又扁的怪物。因為全身盤繞在大樹上面，看不出有多長，但估計單單從樹梢到地，已有十丈左右，那東西周身梅花斑紋，與鹿皮顏色相似，形如錦帶。一頭被鹿背遮住，看不甚清，不知是頭是尾。另一頭，倉猝間也不知藏在何處。只見牠身體寬有二尺，厚只兩三寸。舒卷之間，甚是敏捷，那鹿已被牠捲了上去。

四人知道厲害，正打算往回路溜走，猛地又聽一聲怪嘯，耳音甚熟，細一尋找，竟是日前所遇怪鳥。方環知那鳥目光敏銳，凶猛非凡，連忙悄聲止住三人不要亂動，以防被牠警覺。正在附耳低言，猛地忽聽對面怪物所盤樹身亂動，枝葉紛飛。百忙中偷眼往外一看，只見對面綠樹蔭裡露出兩三點龍眼大小的星光，那怪物的一個怪頭卻從死鹿腹際昂將起來。接著便聽叭的一聲，死鹿落地。

這時四人方看清適才捲起逃鹿的是怪物的尾巴，其形狀只尾根盡頭處像一把大蒲扇，別的花紋寬扁均與身體一樣。那個頭卻怪得出奇，比身體還扁還闊。頸間有一大包隆起。因為頭薄，那三隻怪眼好似三朵星火鑲在嘴唇上面，閃閃發光。怪物的身體已疾如流水般繞住樹幹，一陣旋轉將下半身仍繞緊樹身不放，上半身卻蟠屈在樹的空杈裡，不時毒信吞吐，縮頸翹首，向著外面天空，似在等候敵人前來爭鬥神氣。

就這一轉眼工夫，怪鳥已飛臨怪物頭上，先不下擊，只管在空中盤飛，迴旋不已。

那怪物卻瞪著怪眼，隨著怪鳥飛處旋轉，一瞬也不瞬。相持不多一會，怪鳥想是相持得有些不耐，倏地一聲怪嘯，就從水塘側那片草地的上空，束緊雙翼，隕石飛星般直擊下來，眼看飛離怪物頭頂只有丈許。猛見怪物似長虹貫日般，呼的一聲張開大嘴，紅舌如焰，連身飛起，朝怪鳥迎去。那怪鳥想是識得厲害，竟然不敢挨牠。猛地又是一聲怪嘯，頭昂處，兩翼微一舒展之間，朝著怪物的頭上斜飛而過，兩下裡相去僅止三尺左右，彼此都撲了個空。怪鳥飛勢太猛，樹木太高，耳聽枝斷柯折之聲，樹梢被牠鋼翎橫掃之處，便折落了一大片，隨著兩翼風力，滿空飛舞，半晌方才緩緩降落。

這時四人暗中不但看清那怪物身首雖扁，那張嘴張開來竟和門板相似，大得出奇。並且還看出那怪鳥除了原來一雙鋼爪之外，肚腹之間還生著一隻怪爪與人手相似，長與爪齊，大有三尺，可以隨意屈伸。

這一場紛擾過去，怪鳥在空中盤旋了一陣，二次又復橫空下擊，那怪物也照舊抵擋。話不重敘，怪鳥連番下擊，經過四五次沒有得利，好似暴怒起來，口裡怪叫越急。末後見鋼爪傷不了怪物，竟在飛起時節，將挨近怪物左右的樹木亂抓。有那低的便被牠連根拔起，高的也吃牠抓了個稀爛粉碎，僅剩樹身和一些殘枝斷幹。不消片時，除怪物盤踞的一株參天老檜因有怪物保護，沒有多大傷損，近梢繁枝卻也被牠掃斷不少。這一來，雙方爭鬥越看得明顯。

方氏弟兄和司明、元兒見了這般凶惡聲勢，嚇得哪敢妄動。怪物形象雖然可怕，看上去還有些遲蠢，並看出牠沒有樹身纏住作憑藉，不能飛躍，那怪鳥卻是大半嘗過厲害，知道牠目光敏銳，越飛得高遠，越能明察秋毫。尤其這次所見，比上次所見要大得多，腹下又多添那麼一隻怪爪，四人藏身之處本甚隱秘，萬一往回路逃走，被牠發現，捨了怪物，逕來追人，如何抵禦？元兒雖有雙劍，但是前次赤身去救司明，原因一時情急拚命，雖然僥倖傷了怪鳥一劍，將牠驚走，當時幾乎連身都被牠雙翼兜起，事後追思，甚是膽寒。加上方端再三勸阻，也就不敢自恃。

大家都是一心想讓怪物將怪鳥纏住，姑無論是否兩敗俱傷，到底便於逃走。偏偏相持了個把時辰，除左近樹林遭殃，絲毫未分出什麼勝負。四人俱恐家中父母師父惦念，正在焦急之際，見那怪鳥忽然得了機會。

原來那怪鳥因屢擊不中，已經情急，恰巧這一次是想避開怪物正面，轉翼側擊，不想怪物目光也是銳利非常。見怪鳥斜飛下投，長身旋轉屈伸之間，便似匹練拋空般迎射上去，兩下裡來勢均疾。怪鳥恐被牠長嘴咬住，翼稍一側，拚命向前斜飛上去。因為飛得較低，竟被側面的樹幹阻住。怪鳥本不長於退飛，何況下面還有強敵，離身僅只數尺，一著急，奮起神力，怪叫一聲，便衝了過去。只聽咔嚓連聲，怪物左側的幾株大樹，上半截全被牠鐵翼掃斷，怪物盤踞之所越顯孤立。怪鳥雖得逃走，左翼鋼翎也折落了不少。

怪鳥情性原本凶猛，小挫之後，越加暴烈，飛出去沒多高遠，便即飛回。這時怪物附近諸大樹全部零落倒斷，大有四面受敵之勢，怪鳥照先前在空中盤旋了兩次，倏地兩翼一收，又從正面下擊。

四人方暗笑怪鳥專攻怪物的前面，未免太蠢，誰知怪鳥卻早打好主意。牠飛臨怪物頭上兩丈多高，等到怪物上半截長身子正在一屈一伸，蓄勢待發之際，並不再往下落，仍照先前一擊不中，凌空逃走，往前飛去。這次怪鳥飛行較高，怪物即便往上衝起，相去也有丈許。因為每次都是這般方式來去，怪物以為怪鳥怕牠，疏於防範。略為作勢往上起了起，見怪鳥又從頭上飛過，便又縮了下來，不做理會。

就這一眨眼的工夫，沒料到怪鳥預存機詐，並不往上斜飛。牠一飛過怪物的頭頂，眾人方聽風聲呼呼，天際又起了一陣極細微的破空聲浪。未及轉頭注視，那怪鳥已經如魚鷹投水般，猛地二次一束兩翼，頭朝下，尾朝上，直往怪物盤踞的樹後投射下去，三爪齊舒，將怪物下半截扁身子抓個正著。

怪物驟不及防，那仗以用武的上半身，疊帛也似盤屈在樹枝空處，身子又是奇扁，一時轉折不便，中了怪鳥暗算。因為疼痛，像兒啼般怪嘯了一聲，便將上半身轉電也似直往樹後繞去，張開又長又闊的大口，朝著怪鳥便咬。怪鳥雖然得勝，無奈來勢大猛，只圖傷敵，沒有想到退路。

怪物下半身雖然被牠撲住，三隻鳥爪全都陷入木內甚深，不易拔出。加上頭下尾上，更是費勁。眼看著怪物回身來咬，一急，便用盡力氣，拚命想要掙脫。兩翼直搧，三隻鋼爪不住一分一挺，只搧得左近林木風湧如潮，搧上一點便都斷折。那株參天古樹受了這半日的震撼傷殘，已是不支，哪再禁得起這般的神力鼓蕩，不消兩三次折騰，只聽咔嚓兩聲過去，怪鳥的三隻鋼爪竟然裂木而出，那株怪物盤踞高有一二十丈的老檜樹，受不住這樣絕大的暴力震撼，也同時倒了下來。

怪鳥鋼爪本來鋒利若刀，加上三隻都抓在怪物下半身上，脫身時節被牠用力一掙一分，當中一隻鋼爪已將怪物的脊骨抓裂。再被左右雙爪往下一分，爪尖便在怪物身上往橫裡劃過，立時將其裂成兩段，僅剩下爪隙裡一些殘皮肉藕斷絲連般掛住。那又大又粗的樹身倒了下來，恰巧壓在怪物身上，一任怪物多麼厲害，也是禁受不了。牠驟負奇痛，往前一掙，立時斷處中分，疼得怪物不住怪叫。下半截身子還盤繞在斷樹上面，上半截身子已是失去了憑依，暴怒之下，當時一個前掙猛勁，就勢張開血盆一般大口，連身向怪鳥，穿了上去。

那怪鳥先時鋼爪入木，陷在樹身上面，及見怪物回身，張口來咬，一時情急拚命，使了猛力，才得脫離危險。偏偏身軀上下倒置，不便飛翔；前面又是斷木如排，阻障甚多。剛飛竄出去三丈遠近，頭部便撞在斷木上面。斷木雖被牠撞斷了幾根，那鳥頭究竟不如腹下鋼爪厲害，頭腦先已受了大傷。疼痛昏眩中，僥倖可以昂著起飛。那怪物恨牠入骨，必欲拚個死活，加上一股子急勁，也同時在後面斜穿上來。眼見怪鳥只要被怪物又長又寬的嘴咬上，雙方都難保活命。

在這怪鳥、怪物兩敗俱傷之際，那天半破空之聲已是越來越近。但方端、元兒等四人目睹惡鬥奇觀，都注意雙方的最後勝負，通沒注意別處，當怪物上身大半截憑空從斷樹空裡竄出去時，那下半截身子失了主體，已和散帛墜地似地掉了下來。這時最前面的怪鳥鐵羽橫飛，恰似兩片墨雲，夾著當中一團灰霧，疾逾奔馬，飆飛疾轉；那怪物又似彩練拋空，長虹貫日，電駛星投。那怪鳥吃斷樹一阻一頓，未免飛翔略緩，沒有怪物來勢迅疾。牠們眼看首尾相啣，越來越近，相去咫尺，就要拚命。

四人正盼怪物將怪鳥咬住，兩敗俱傷，不但可以乘機逃走，弄巧還可代人世間除去兩個大害。說時遲，那時快，就在四人英眸凝注，瞬息之間，倏見一道半青不白的光華，恍如日隕中天，銀河瀉地一般，從橫側面碧霄中直往怪鳥怪物的空當裡斜穿下來，先迎著怪物只一繞，狂風中猶如兩段黃練舒卷拋落，怪物立即身首異處。怪鳥也忽然似被什麼東西阻住，兩翼只管盡力招展，卻不能往前飛行一步。四人忽見前面又生巨變，大吃一驚，定睛往怪鳥腹下一看，只見那道青白光華斂處，現出一個身材高大，穿著一身白衣，面紅如火，頭梳抓髻，道童打扮的人，一雙手已抓緊在怪鳥腹中間那對怪爪上面。

那怪鳥原本性野非常，身雖被擒住，哪裡甘服，翼爪鐵喙同時動作。一面拚命飛掙騰撲不已，一面施展鋼喙鋼爪，不住抓啄。惱得那道童性起，厲聲大喝道：「不知死活的孽畜！好意救了你的命，卻這般不識好歹，竟敢和我倔強。」說罷，手揚處，似有青白光華閃了一下，那怪鳥便乖乖地斂了雙翼，隨著那紅臉道童落下。那道童說話聲如霹靂，震得山谷都起回音。

四小兄弟見道童一來，怪鳥、怪物一死一擒，哪知什麼厲害輕重，元兒和方環首先異口同聲說了一句：「這定是位劍仙無疑，我們快去見見。」一邊說，一邊往前面就跑。

司明也忙跟著追了上去。方端最為精細，因那道童比大人還高，裝束卻不倫不類，落地時節更看出他濃眉如漆，相貌凶惡，心中正犯躊躇。見三人相次追出，一把未把方環拉住，暗道：「不好！」尋機一動，便不隨他三人前進，仍在藏處偷看動靜。

那道童原是路過，先不知四人藏在林後隱處。身一落地，剛取出一瓶藥物，倒了些在死怪物的身上，猛聽對面有人說話。接著便見三個幼童奔來，不但個個相貌清奇，資稟高厚，而且為首一人還一手持著一柄短劍，日光下寒芒耀彩，流光四射，確是兩口極好的異寶奇珍。再往來人腳底下一看，除頭一個持雙劍的童子，步履身輕異乎尋常，彷彿練過幾天內功外，餘者資質雖佳，只不過武功有些根底，並未受過高明傳授。猛地心中一動，不禁喜出望外。暗想：「今日無心中收伏了一隻異鳥，又遇上這兩口仙劍，真是奇逢良遇，不可錯過。」

當下道童不俟三人走近，便迎上前喝道：「無知頑童，那條三眼錦帶蛟雖已被我用飛劍斬去，但是這東西奇毒無比，你們不可上前，招呼挨上，連肉都爛盡。」一面包裝好意說話，一面又接近元兒下手。猛聽左側灌木叢中有一人老聲老氣地罵道：「你這不識羞的鬼崽子，得了便宜不走，還想在我老頭子跟前假裝瘋魔，騙小孩子的東西。叫你知道我老頭子的厲害。」言還未了，早黑忽忽飛起一片東西，朝那道童臉上打去。

那道童忽聽有人答話，便猜是這三個小孩子的師長，暗想：「這孩子點點年紀，卻有這種奇珍在手，他的師長必非常人。且莫管他，就近先將劍搶了過來，順手時便連小孩也一齊搶走；否則，也可見機而退。」想到這裡，緊步上前，一手仍緊擎著那隻怪鳥，另一隻手便往元兒胸前點去。準備將元兒點住，搶了雙劍再說。

卻不料元兒雖因一時看見道童劍斬怪蛟，手擒怪鳥，起了敬羨之心。及至見他飛奔近前，忽聽旁邊灌木內另有人出聲相罵，那道童面容驟變，滿臉凶惡之容，目光只注視在自己兩口劍上，便已有了戒心。又見他手指一起，似要朝自己胸前點到，越發知道不妙。剛腳底一墊勁，往後縱退開去，那片黑影已經打到道童臉上。

那道童一心只顧注意元兒手中雙劍，以為手到必得。不曾想到答話的人不但手比他快，而且本領驚人，一大片東西發出來，竟會絲聲響皆無。剛覺眼前一黑，想閃避已經不及，只聽吧的一聲，打了個滿臉花，兩眼難睜。熱辣辣不怎樣疼痛，只覺得奇臭刺鼻。

他張口想罵，恍似迎面又來了股軟勁，打中臉上的那一灘東西，又無端塞了個滿嘴，其味鹹苦，腥臊異常。只氣得暴怒如雷，恨不能立時和仇人拚個你死我活。一面張口亂吐，一面忙伸左手往臉上亂抓。剛剛睜開兩眼，還未及看清敵人打來的是些什麼汙穢之物，猛覺心裡一陣噁心，再也忍耐不住，哇的一聲，連適才入口穢物和日裡所吃的酒肉，全都傾腸倒肚嘔吐出來，同時手上還抓著一把又黏又膩的東西。忍不住定睛一看，也不知是什麼野獸蟲蛇拉的稀糞，顏色紫灰，其臭直不可形容。剛順手往地下一甩，猛地又覺口裡奇臭，其中穢物似未吐盡，心裡一犯噁心，二次又嘔吐起來。

偏偏那隻怪鳥也來湊趣。這東西性本猛烈異常，起初被擒就不住打算掙脫，只因被道童禁法制住，不能飛遁。及至道童中了暗算，怪鳥不耐奇臭，等道童二次嘔吐時節，忽覺禁法在無形中失了效用，哪裡還肯怠慢，竟然展開鐵羽，望空便飛。

道童在氣急敗壞之際，猛覺手中擎的怪鳥用力一掙，便往橫裡展開。知道禁法已被人在暗中破去，只是到手之物，還不肯捨。百忙中不及行法，強忍嘔吐，使足力氣，想將怪鳥抓住。那怪鳥力大絕倫，起初一則為他飛劍斬蛟威勢所震，二則又受了禁法困制，乖乖服從，單憑人力如何能行。就在道童驚慌失措之際，那一雙數丈長的闊翼已是橫展開來，同時那比刀還利的鐵喙，也向道童手上猛啄。

道童心裡一驚，剛暗道一聲：「不好！」怪鳥的一雙鋼爪又跟著抓到。總算道童也是久經大敵，起初不過驟中暗算，滿臉口眼鼻俱是汙穢填塞，奇臭熏人，急怒攻心，神志昏亂。這時已覺出萬分不妙，還是對付仇敵要緊，不敢再加堅持。忙將手一鬆，就勢將身一矮，往後一退，原打算避開怪鳥一雙鋼爪。誰知那怪鳥雖是只求逃走，本無傷他之心，不知怎的，飛起時節忽然左翼低斜，往下打來。道童以為怪鳥既脫手掌，必然朝前高飛，鐵喙、鋼爪俱已避過，萬沒料到會受對方仇敵操縱，有此一著。二次想躲，已經不及，被怪鳥翼梢掃在右肩上，幾乎打了個骨斷臂折，一下子跌倒在地。

如是稍有靈機的人，仇敵還未見面，就連番吃了許多大苦，就該三十六著，走為上策才是，他偏執迷不悟，忍著奇痛，縱起身來往對面一看，只見那隻怪鳥仍在前面，離地約有數尺，雙翼只管招展撲騰，卻似被什麼禁法制住，不能往前飛行一步。再仔細往怪鳥腹下一看，才看出地下還站著一個渾身穿白的矮胖粗短紅臉老頭。

那老頭穿著一身白衣，除腳底下穿的一雙多耳黃麻鞋外，白眉白髮，皓首如銀，一雙大眼又明又亮，凹鼻闊口，短袖外露出兩隻又胖又白又粗的手臂。一手也和自己先時一樣，擎著那隻三爪神鳥腹下的鋼爪；另一手卻拿著一段一分為二的樹幹，上面還附著些用來打得自己滿臉開花，奇臭難聞，似糞非糞的穢物。一領白道袍長只及膝，露出兩段胖藕也似的短腿。

渾身上下，除那一雙精光四射，烏黑如漆的眼睛和那一張其紅如火的臉外，竟是無一不白。正站在那裡舉著那半片木幹，指著自己直樂呢。

那道童橫行多年，幾曾吃過這般大虧，本想尋見敵人拚個死活才罷。及至一見了老頭這般古怪容貌，猛地想起近年傳說當年與神駝乙休、怪叫花窮神凌渾同輩，同時號稱「海內三奇」的那個異人的形狀，正與此人相類，知道厲害，不禁膽寒起來。

由於適才苦頭吃得大大，見來勢不善，雖然略為加了點仔細，不敢驟然出手，但仗著平時沒和敵人有甚仇隙，仍還弄不明白，不肯就此罷手。便喝問道：「我路過此地，斬去毒蛟，與世人除害，與你並無仇怨，你為何對我暗算？用汙穢之物傷人，是什麼道理？」

老頭笑罵道：「不知死的孽畜，你師徒作惡多端，不久便要伏誅遭報，還敢在我這裡胡鬧？

那錦帶蛟雖然毒重，因我在此，從未出山傷人。我原想制服了牠，替我防止俗人侵擾，這東西本也難得馴化，今日劫鹿吞吃，已動殺機，你無心殺了牠，就是將這鳥兒捉去，準備為你爪牙，也不算是冒犯我老人家。

「偏偏你貪心不足，打算用百鍊聚毒散將這錦帶蛟的毒水化煉，凝成精液，帶回山去害人，已該萬死，而且竟敢在我冷翠林前，想劫走我老朋友矮叟朱梅記名末代弟子的聚螢、鑄雪兩口仙劍。豈能便宜了你？你適才吃的便是那蛟拉的糞，其毒非常，這還是念你無知誤犯，再在此逗留遲延不走，惹得我老頭子生了氣，便叫你死也死得難過。」

那道童聞言，越知適才所料不差，益發心驚。知道此人心辣手狠，疾惡如仇，再不見機，決難討好；加上心中奇穢未消，受毒已重，急於回山醫治。便忿忿問道：「欺凌後輩，不算漢子。看你形狀，聽你說話，以及這裡地名，你莫非便是銀髮叟麼？」

老頭笑罵道：「你這孽畜，居然倒有一點眼力。既知是我，先時又何必自作強項，我遲早尋你老鬼算帳，快些逃命去吧。」說罷將手一揚，便有千百道銀絲飛起。那道童疑是老頭動手，駭得膽落魂飛，逕自破空逃去。

四人眼看那千百銀絲飛入林際，朝著那錦帶蛟屍身旁邊一陣亂轉，只見砂石驚飛，銀光如雨，霎時間便成了一個深坑。銀髮叟先將銀絲招回，對那怪鳥道：「孽畜還不下去，幫點忙去！」那怪鳥此時真也聽話，飛過去爪喙齊施，一陣扒抓，頃刻間連錦帶蛟和死鹿，大樹幹，俱都埋入土內，地也填平。然後依舊飛回，這番卻不棲在銀髮叟的手上，竟在近側一個矮樹椿上落下，剔毛弄翎，圓睜著一雙精光四射的怪眼，顧盼生姿，端的神駿非凡。

這時元兒等三個小孩俱都看得呆了，也忘了上前見禮。只有方端一人躲在適才隱身的樹後，因看出那斬錦帶蛟的道童有異，始終沒有出來，先時很代元兒等三人捏一把冷汗，不住心中默祝仙佛保佑，及至銀髮叟一出現，便分出了兩下來意善惡以及人的邪正，再一提起和矮叟朱梅是老朋友，越知不是外人，心便放了一大半，等銀髮叟驚走道童之後，方端首先奔上前去，跪在地下見禮道：「弟子等年幼無知，誤入仙山，若非仙長相救，幾遭不測。望乞宣示法名，以便終身敬仰。」言還未了，元兒、方環、司明三人也被方端提醒，奔將過來，跟著跪倒行禮。

銀髮叟先命眾人起來，笑指著司明說道：「兩次都是你這孩子領頭來到此地，幾乎連小命送掉。第一次你們來，我不在家，守山老猿說你們只到林外轉了一轉，便即回去。我知你們二次定然還來，這裡野獸厲害還在其次，毒蟲怪蟒甚多，遇上便難活命，那守山老猿並不能幫你們制伏。我近月來想補積一點功課，又時常出門閒遊，恐你們小小年紀，誤蹈危機，好心好意弄一塊石頭，將出路封閉，你們偏將它毀了去。

「你們雖不認得我，我卻常聽朱矮子說起你們的來歷，他還說內中有一紅紫眼珠小孩，新近得了鑄雪、聚螢兩口雙劍，是他將來收山弟子，名叫裘元。今日一見，果然矮子眼力不差。那蛟原被我封閉穴內，被老猿無心中將牠放了出來。我追尋到此，見蛟鳥惡鬥，只不傷害你們，我還想多看一會熱鬧。誰知鬼老的大徒弟神目童子邱槐從山外路過，聞見腥風，跟蹤到此。他因峨嵋門下有幾隻仙禽，心中不服，看上那隻三爪神鳥。原想將錦帶蛟斬了，將三爪神鳥帶回鐵硯峰去，用法教練好了，尋李英瓊、秦紫玲，石生等人拚個高低。我見惡蛟已被他代我斬去，總算除了人間一害，三爪神鳥雖然被他擒去，也算是酬了他一時之勞。反正這東西終究不是峨嵋門下神鵰、神鷲、神鶚的對手。」

說到這裡，猛聽那三爪神鳥在樹上朝著銀髮叟叫了兩聲，銀髮叟回頭笑罵道：「你這畜生，大似有不忿之狀。」

銀髮叟又接著往下說道：「我料邱槐造不出多大的反，本想由他帶去就帶去。誰知這業障竟識得錦帶蛟兩腮中所藏的毒汁，連軟脊管中毒髓俱都其毒無比。他師徒原精煉毒之法，專門搜尋各種惡蟒毒液，煉成之後拿去害人。當時生心在蛟身上，灑了消形斂毒的藥粉，想將蛟身化去，收採毒液，即此我已萬難容忍。他同時又看出元兒手中兩口仙劍是個異寶奇珍，起了貪心，想將劍奪到了手，再如得便，連你們三個小孩也一齊攝回山去。

「漫說朱矮子曾經再三托我，說裘元是他將來傳授衣缽之人，正經入門，拜師學道，須在五年之後，這五年中要在外積修那十萬外功，要遇不少險難魔劫，請我和諸同輩道友便中相助，不能坐視；就是外人，我也不能任三個天真未鑿的小孩斷送在惡人手內。本不難用飛劍將這業障斬首，終念他雖然無心為善，卻有斬蛟之功，暫時僅給他吃了一點苦頭，饒了他的狗命。雖然便宜他暫活些日子，他師徒惡貫將盈，早晚仍是難逃顯戮。不過這業障一雙鬼眼最毒不過，所煉妖法和劍術，已盡得旁門真傳。你們三人既被他見過，異日相遇，難免不遭毒手。即使現在就去尋求劍仙，煉了飛劍，二三年內也敵他不過。」

言還未了，四人忽同時福至心靈，二次重又跪下，各自報名，口稱弟子，哀求收錄仙師門下，傳授道法。

銀髮叟笑道：「你們還是起來，有話好商量。我和朱矮子一樣，最不願人朝我跪拜。」

四人聽銀髮叟有了允意，個個心喜，不禁欣然起立，恭聽訓示，銀髮叟又道：「裘元是朱矮子心愛徒弟，我不能收。日前老猿稟報，只說是幾個會武藝幼童誤入此山。我當是近山獵人之子，沒有在意。今日方知你三人資質雖不如裘元，也還不差。方端與我無緣，卻是不能收錄；方環、司明頗似我少年時情性。我正因以前幾個徒弟相繼失足，遲我多年功果。你二人既然誠心拜我為師，可回去各自稟明了父母。等我明日出山訪友回來之後，即著守山老猿持我柬帖，前去相召便了。」

四人中，元兒已得矮叟傳諭，允許入門，不過是目睹靈奇，隨眾求拜，一見不准，尚不在意。惟因銀髮叟單不收錄方端，漫說方端以為是自己資質太差，仙緣淺薄，心中愧恨，無地自容，便是三人也都出乎意料之外，個個代他難過，再三苦求不已，銀髮叟只是不允。方端在小弟兄當中最識大體，通明事故，天性尤極純厚。一見仙人執意不允，想起親仇未報，好容易遇見萬世難逢的仙緣，卻和矮叟朱梅一樣；仙靈咫尺，一任他每日背人跪在岩前苦苦哀求，終無覆命。不禁傷心落下淚來。

司明最是莽直，見了這般情況，便拉著銀髮叟的胖手說道：「我方二哥又孝母親，又比我們規矩懂事，師父怎地偏心不收？若異日遇見那鬼道童，不把他害了麼？」

銀髮叟也不理他，逕用手撫著方端的背說道：「哪個神仙不愛忠孝節烈之事？我不收你，並非你．人資質不濟，獨無仙緣。一則我與你無此一段緣法；二則我在人間不久，入門弟子從奉到我柬帖那日起，便須來此隨我修煉，至少兩三年內須要拋去萬緣，不能私自出山一步。你老母在堂，如你弟兄二人同時離家，我縱允許，問你能否？聽朱矮子說，你急報父仇，曾在金鞭崖下晝夜背人焚香跪求，已有多日。幾次為你至誠感動，打算破格收錄，令你拜在他師弟的門下，也因你心志不能專一，暫時有些礙難，才行中止。你早晚仍是此道中人，不過晚成罷了，傷心則甚？至於異日業障為害，因你適才機警，未隨他們三個出來，不曾被他看見，也無足慮。」

方端聞言，恍然大悟，跪謝道：「弟子父仇未報，自忖資質駑下，難列門牆。一時情急悲感，竟忘了老母衰病。此時隨師入山，自無人服侍奉養。如非恩師指點愚蒙，幾乎成了千古罪人。」

銀髮叟笑道：「自來沒有不忠不孝的神仙。似你這般天性篤厚，已是仙佛中人，早晚自有機緣就你。此時天已近午，你們應該及早回去。我那守山老猿身材高大，生相猙獰，此時先讓你們見上一見，以免日後送書柬去時，乍見驚疑。」

說罷，嘬口一聲長嘯，其音悠揚，響震林樾，半晌方止。尾音甫歇，先是遠處林梢起了一陣細碎之聲，由遠而近。不一會，前面樹梢動處，一個老猿縱將下來，奔近銀髮叟面前，便即跪倒，似人言非人言地叫了幾聲，眾人也聽不出說些什麼。只見牠生得凹鼻凸嘴，火眼白髮，渾身蒼綠，身高約有丈許，兩隻長臂直垂到了地面，爪利如鉤，果然獰惡非常。

老猿叩罷，便即起身侍立，目不旁瞬，望著銀髮叟，態甚恭謹。銀髮叟指著四人說道：「你先送他們出了山口，便即回來，我還有事命你去做。以後見了他們，有用你去處，須要聽話。回時還將出口處用石堵好，以免外人進來。」老猿聞言，回首望著四人，一雙火眼光芒四射，滴溜直轉。方端忙叫方環等三人與老猿見了禮。

銀髮叟道：「你們原為狩鹿而來，只是我這裡的眾生，只要不為惡過甚，俱由牠自在生息。你們如還要時，出了山中，可著這老猿代你們打算。」說罷，也不容眾人還言，將足一點，一片白光閃過，恰似新年放的花炮，撒了一天銀雨，晃眼不知去向。只有老猿還垂著兩條長臂，站在旁邊。

方端知道銀髮叟已去，忙命三人跪下朝天謝送，叩頭起來，老猿已經晃著一雙長臂，走向前去領路。方環同元兒道：「明弟因為害過一回眼，姑父用了點草藥治療，雖然醫好，卻變了一雙紅眼，我們才給他起了這火眼仙猿的外號，不想今天倒遇見真的火眼猴子了。」說時，方端恐老猿聽了不願意，便朝方環使了個眼色，叫他噤聲。那老猿回頭望了方環一眼，仍自前行，四人均未在意。

走沒多遠，司明忽然想起心事，想向老猿要一隻小猿，養在家裡。知方端聽了必要攔阻，暗中拉了元兒一把，故意落後，悄聲和元兒商量道：「這老猿這般高大，子孫想必不少。我想和牠商量，要一隻小猴到家中養著，你看怎樣？」

元兒攔道：「此事萬使不得，休說瀆了仙猴，並且你已在仙師門下，不久要入山學道，要牠何用？方二哥知道必不願意，還是不提的好。」

司明道：「我正想方三哥出家，有方二哥侍奉老母。我爹爹雖說身體強健，但是膝前只我一個，我姊姊又不在家，我去之後，早晚做飯服侍，洗衣燒火，誰人代我去做？我想這仙猿既是通靈，牠的子孫也必是個仙種，只要牠肯來，便可和人一樣使喚，這有多好。你可千萬別和方二哥說。」

元兒雖覺不妥，但是又覺司明所說也是人子一番孝心，攔又不好，不攔也不好，正在遲疑，司明已經冒冒失失跑向前面。後面三人對於老猿全存著一番敬意，相隔約有三丈多遠，隨著前進。一見司明搶走向前，挽著老猿手腕，連說帶比。方端恐他又去生事，連忙追上前去時，司明話已說完，拉了老猿一隻毛手，相並同行。

這時正行經一個上下相差約數丈的危崖，老猿竟伸手抱起司明縱了下去，神態甚是親密。此次回路，老猿原是抄的一條捷徑，縱躍攀援，本甚難走。等到方瑞等三人趕到，老猿已從下面回縱上來，比著手勢要抱三人。方端探頭往下一看，正是來時經行的那座孤峰的下面，不但危崖聳立，底下還隔著一條寬約兩丈的絕澗。再看司明，已被老猿抱著縱向澗對岸，拍手相招。

這般險的形勢，任是三人平素身輕力大，也不敢輕易嘗試，只得恭敬不如從命，一任老猿主持。老猿先蹲下身子，方端趴在背上，抱持著牠的頭頸。然後一手抱起方環，一手托起元兒，隨便一躍，恍似飛將軍從天而下，直朝崖下澗的對面縱去。三人被老猿背抱著，只覺兩耳風生，和騰雲一般，轉瞬間已落在對面澗岸，一點聲息都無，足踏實地。

喜得方環、元兒、司明等三人拍手跳躍，不住稱讚。方端心才放下，當著老猿，不便詢問司明所說何話。見老猿神氣平善，估量司明未曾把話說錯，也就放開一邊。

再走不多一會，已出山口。老猿朝四人連比了幾個手勢，意思是叫四人暫候片刻。

四人站定以後，老猿一聲長嘯，飛身樹上，只見一個白蒼相間的影子疾如穿梭般在山前一片叢樹梢上閃了幾閃，便即不見。

四人想起適才險狀和此番奇遇，俱都驚喜交集，只有司明想起老父無人作伴，高興了一會，又發起愁來。

四人閑著無事，因銀髮叟和四人分手時，曾命老猿回山時節，將洞口堵好，正商量代老猿照樣去運石頭。忽聞虎嘯連聲，山風突起，震得林木搖晃，沙石騰飛。元兒方喊得一聲：「有虎！」手拔雙劍，便要迎上前去。猛聽方環、司明齊聲喊道：「雷大哥，不要怕，是自己人，快到這裡來。」

元兒朝前一看，果是雷迅，騎在虎背上，忘命一般跑來，手裡暗器如連珠似的，直朝後面發去。身後追的正是適才走去的老猿，一手夾著一隻大梅花鹿，一手伸出，連接雷迅的暗器，縱躍如飛，已快要追到雷迅的身後。

四人恐有失誤，連忙一同搶上前去。剛剛放過雷迅，老猿已經追到面前，立定，指著雷迅，不住比手畫腳。

方端便喊過雷迅，說道：「這是我等拜兄雷迅，想必適才彼此不知，有甚誤會之處，望乞猿仙看在我四人份上，恕他不知之罪吧。」

老猿聞言點了點頭。方端又叫雷迅與老猿見禮。

雷迅依言行禮之後，便對四人道：「我與家父早就到了你們家，見過司老伯和伯母。伯母知道你四人是往紅菱磴打鹿，午前必歸，誰知等到過午不見到。我看出伯母似乎有些擔心。還是司老伯說你四人臉上連日俱帶喜氣，決無凶險。我知谷中險惡，終不放心，請三位老人家且飲且候，便騎虎出來，追尋你們蹤跡。

「走沒多遠，在那邊山角遇見這位猿仙，正擒一隻肥鹿，待要夾起。是我不知，想撿便宜，動手沒兩下，便被牠將我一柄雙刃鯉魚鐧奪去，折為兩段。我看出不妙，幸而見機得快，騎上虎便逃。連發許多暗器，俱被猿仙接去，正在害怕，不想卻是一家。我昨晚才與賢弟等分手，幾時和這位猿仙相熟，怎我竟不知道？」

方端道：「說起來話長，母親、姑父俱已等急，我們回家再說吧。」

請續看《青城十九俠》二　魔宮風暴

近代武俠經典復刻版

青城十九俠（一）驚逢錦蛟

作者：還珠樓主
發行人：陳曉林
出版所：風雲時代出版股份有限公司
地址：10576台北市民生東路五段178號7樓之3
電話：(02) 2756-0949
傳真：(02) 2765-3799
執行主編：劉宇青
美術設計：吳宗潔
業務總監：張瑋鳳

出版日期：2024年9月
ISBN：978-626-7464-86-1
風雲書網：http://www.eastbooks.com.tw
官方部落格：http://eastbooks.pixnet.net/blog
Facebook：http://www.facebook.com/h7560949
E-mail：h7560949@ms15.hinet.net
劃撥帳號：12043291
戶名：風雲時代出版股份有限公司

風雲發行所：33373桃園市龜山區公西村2鄰復興街304巷96號
電話：(03) 318-1378
傳真：(03) 318-1378
法律顧問：永然法律事務所 李永然律師
北辰著作權事務所 蕭雄淋律師

行政院新聞局局版台業字第3595號 營利事業統一編號22759935
©2024 by Storm & Stress Publishing Co.Printed in Taiwan
◎如有缺頁或裝訂錯誤，請退回本社更換

定價：320元

版權所有 翻印必究

國家圖書館出版品預行編目資料

青城十九俠 / 還珠樓主著. -- 臺北市：風雲時代出版股份有限公司, 2024.09
冊；　公分

ISBN 978-626-7464-86-1 (1冊：平裝). --

857.9　　113008573

風雲時代

風雲時代